KLAUS
RIFBJERG

Falscher Frühling

Roman

Aus dem Dänischen
von Lutz Volke

Verlag Volk und Welt
Berlin

ISBN 3-353-00184-0

1. Auflage

L. N. 302, 410/76/87
Originalausgabe: *Falsk forår*, erschienen im Verlag Gyldendal,
Kopenhagen 1984;
Printed in the German Democratic Republic

Einbandentwurf: Gabriele Mothes
Satz, Druck und Einband: Karl-Marx-Werk Pößneck V15/30
LSV 7341
Bestell-Nr. 648 786 2

00840

I

Die Geschichte nimmt hier ihren Anfang, aber, wie die meisten, auch anderswo und zu einem anderen Zeitpunkt. Das Geräusch aufklatschender, schwerer Fische, die – je nach Größe – zuckend und schlotternd in einer der Kisten landeten, nachdem sie durch ihre Hände geglitten waren, ließ jedoch an Konkretheit nichts zu wünschen übrig. Hier und nirgendwo anders ist die Geschichte angesiedelt.

Tenna Hansen richtete sich auf und drückte die eine Hand ins Kreuz, während sie mit der anderen das Haar aus der Stirn strich und ihre Blicke durch den mit nacktem Wellasbest überdachten Betonbau schweifen ließ, in dem die Geräusche sich vervielfachten und hin- und herschossen, so, als wollten sie in aller Deutlichkeit auf das direkte, ungeschminkte Hier und Heute verweisen, vorgeführt ohne Tricks und doppelten Boden. Das rauhe Gummi des Handschuhs kratzte ihr auf der Stirn, und sie lächelte. Ein Gabelstapler, beladen mit Fischkisten, knallte durch den Plastevorhang, der Halle und Kai trennte. Der Vorhang sollte an besonders kalten Tagen Zugluft verhindern, die flatternden Plastestreifen erweckten jedoch eher das Gefühl eines noch durchdringenderen Zuges, und wenn man auch vom mildesten Winter dieses Jahrhunderts sprach, so schickten das Hafenbecken und die dahinterliegende Nordsee doch einen solchen Schwall rauher Luft herein, daß auch Wolle und Thermojacke nichts halfen.

Tenna Hansen zog den Gummihandschuh von der rechten Hand ab und ließ die Hand über das Gesicht gleiten. Es war immer voller Schuppen, weil sie sich während der langen Arbeitsvorgänge ab und zu gedankenlos über das

Gesicht fuhr oder die Schulter hob und die Wange daran rieb. Das tat sie – wie gesagt – unbewußt, und an dieser kleinen Selbstkontrolle war durchaus nichts Merkwürdiges. Sie überprüfte ihre Anwesenheit, bestätigte sich selbst und konnte dann weiter ihrer Arbeit nachgehen. Alles war in Ordnung. Sie legte Wert darauf, daß alles in Ordnung war. Während sie verschnaufte, bestätigte sie sich: Tag und Umgebung stimmten. In der Konstatierung, daß sich alles normal verhielt, lag etwas Beruhigendes. Das nasse Schwappen, wenn eine mit Fisch und Eis gefüllte Kiste hochgehoben und auf den Stapel gesetzt wurde, klang so wie immer, und das drohende Beschleunigungsknurren der gelben Gabelstapler enthielt genau jenes Maß an selbstbewußter Aggressivität, das nötig war, um Kraft zu demonstrieren und von dem Vermögen zu zeugen, es mit allem und jedem aufnehmen zu können. Gleichzeitig war es natürlich ein Spiel.

Sie nahm die Hand vom Kreuz und stützte sich mit beiden Händen auf die vor ihr stehenden Kisten. Der Rhythmus der Halle und die Bewegungsweie der einzelnen Figuren ließ deutlich die Merkmale eines Spiels erkennen. Nahm man den Deckel vom Haus ab, lag die Bahn klar vor einem. Und als Tenna da so vornübergebeut stand und sich einen Augenblick ausruhte, hatte sie das Gefühl, sie wäre nicht nur Mitspieler, sondern hätte den erforderlichen Überblick, um bei der Leitung des Ganzen mittun zu können. Sie hatte oft mit Johannes am Flipperapparat gestanden und die Kugel zwischen den summenden und klikkenden Hindernissen rotieren lassen, und obwohl sie sich darüber im klaren war, daß das eine mit dem anderen nicht zu vergleichen war und sie nicht mehr zu sagen hatte, als ihr von ihrer Gewerkschaft eingeräumt wurde, so überkam sie doch gerade jetzt ein Gefühl von Souveränität. Ein andermal würde sie sicherlich außerstande sein, derartiges zu fühlen. Sie kannte ihre Höhen und Tiefen, jetzt aber war sie in Hochstimmung; wenn sie jetzt auf den Fingern pfiff, würde alles stehenbleiben, und alle würden sie anblicken und fragen: Was ist, was sollen wir tun, Tenna, machen wir etwas verkehrt, hast du einen Befehl für uns?

Sie wandte sich wieder ihren Sortierkisten zu und pfiff vor sich hin, als sie sich den Handschuh überzog und abschätzte, wie weit sie gekommen war. Seelachs hatte sie zu sortieren, und die torpedoförmigen grauen Fische mit den starren, flachen Augen schienen sich kleinmachen zu wollen in Erwartung ihrer Hände und des festen Griffs, der sie bald packen und in die entsprechende Richtung fliegen lassen würde. Sie wurden emporgehoben, flogen durch die Luft, landeten schlotternd und plumpsten gegen die Wände der groben Holzkiste, naß, schlingerd, tot, aber noch nicht steif.

Einer der gelben Gabelstapler fuhr auf sie zu, und als er genau vor ihr war, stoppte der Fahrer und fragte laut, ob sie nicht bald soweit sei. Sie sah nicht auf, arbeitete einfach weiter. Unbemerkt von dem Mann auf dem Gabelstapler lächelte sie, denn alles war eine Bestätigung. Heute handelte es sich um ein Spiel. Tenna hatte Lust zu singen, und sie hätte es getan, wäre sie dann nicht von allen anderen für verrückt gehalten worden; sie hatte Lust, den Mund aufzureißen und loszuschmettern, eine Oper an genau diesem Ort wäre ganz einfach toll, denn das hier war ja nicht nur ein Spielapparat, das war eine Bühne, und eines wußte sie mit Sicherheit: Die Akustik mußte tierisch schön sein, gleichsam als würde man in einem überdimensionalen Badezimmer singen, hier hätte Tenna Hansen Maria Callas und Birgit Nilsson in einer Person sein können, nur daß dann alle denken würden, mit ihr seien sie durchgegangen.

Ein Problem aber war das eigentlich nicht, denn das letzte, was man von ihr annehmen würde, wäre, daß sie nicht ganz dicht sei. Laurits, der Mann auf dem Gabelstapler, wußte mit Bestimmtheit, daß Tenna nicht verrückt war.

Sonst wäre er kaum so nahe an sie herangekommen – im nächsten Augenblick würde er den ganzen Stapel Kisten aufladen und mitsamt der Sortiererin bis unters Dach heben, um zu sehen, was sie aus der Lage machen würde und ob sie wirklich nicht aus dem Gleichgewicht zu bringen sei.

„Wieviel hast du?“ rief er.

„Dreihundert Kilo.“

„Erste?“

„Ja, erste und zweite. Hundert Kilo erste und zweihundert zweite.“

„Und dritte?“

Sie blickte auf.

„Was geht dich das an?“

Er sah auf die Uhr.

„Es ist halb zehn.“

Sie beugte sich wieder über ihre Arbeit.

„Ich werde schon noch fertig.“

Die Erscheinung des Mannes auf der hohen gelben Maschine lag zum einen schwer, zum anderen flüchtig auf ihr. Dann hörte sie, daß er den Gang einlegte, und gleich danach ging der Druck in ihr zurück, sie schielte nach oben, hob die Schulter und rieb ihre Wangen daran, das Haar unter dem Kopftuch war warm, und die Augen waren ihr ein wenig feucht. Sie spürte auch den Rücken, am schlimmsten war es immer über dem Kreuz, wenn die Holzkistenstapel wuchsen und man sich um so tiefer nach dem Fisch bücken mußte, der in großen, für den Abfluß des Wassers mit Löchern versehenen Zinkbehältern hereingebracht wurde.

Ringsherum nahm der Lärm zu, Leute waren aufgetaucht, und sie sah den Auktionator, der sich einen Überblick über den Fang verschaffte, von Stapel zu Stapel gehen. Fremde und Touristen wie im Sommer waren jedoch nicht dabei. Das war auch gut so, Tenna hielt nichts davon, als Ausstellungsgegenstand zu fungieren. Es war schon schlimm genug, wenn jemand aus der Halle vor ihr stand und sie anstarrte, so wie Laurits vorhin – sie wußte, weiter tat er nichts –, aber wenn es sich um Fremde handelte, war das kaum auszuhalten, und sie verstand auch nicht, was diese dazu veranlaßte. Natürlich hatten sie Urlaub und nichts anderes zu tun, vielleicht wollten sie etwas „erleben", aber Tenna fragte sich, was das wohl für ein Erlebnis war, sie da in Gummistiefeln und Sweater herumstehen und mit Dorsch und Seelachs und Schellfisch hantieren zu sehen. Sie war mit Johannes auf Zypern und auf den Kanarischen Inseln gewesen und einmal auch an der Sonnenküste, wo sie die Fischer beim Hinausfahren und beim Heimkommen beobachtet hatte, mit sage und schreibe fünf kleinen Fischen und einem Tintenfisch waren sie eingelaufen, aber das bekam sie mehr zufällig mit, sie hatte sich nicht hingestellt und geglotzt, sie war gar nicht dazu in der Lage, so zu glotzen, und sie erinnerte sich, wie verlegen sie wurde, wenn eines der farbenprächtigen Zigeunerkinder sich vor ihr aufstellte und sie anbettelte oder ihr etwas verkaufen wollte. Das wurde ihr zu viel mit diesen Augen, die sie anstarrten, gerade und direkt anstarrten, diese dunklen, eindringlichen Augen, die unaufhörlich blickten, als sei es die natürlichste Sache von der Welt, unentwegt Leute anzusehen.

Sie richtete sich wieder auf und schob mit dem Fuß das große Tragegefäß beiseite. Die mit Seelachs gefüllten Kisten reichten ihr nun bis zur Brust, und auch wenn sie das nur indirekt anging, so erfüllte es sie doch mit Zufriedenheit, daß es so viele waren und daß sie so prächtig aussahen. Sie war – wie die anderen auf diesem Platz auch – natürlich abhängig von der Größe des Fangs und von den zugeteilten Quoten, noch nie war es allerdings vorgekommen, daß kein Fisch angelandet wurde, und aus irgendeinem Grund hatte sie sich darüber nie so viel Sorgen machen können wie die anderen. Vielleicht war das eine Art Abgestumpftheit, aber abgestumpft, fand Tenna, war sie eigentlich nicht. Im Gegenteil, sie erlebte ihr seelischen Schwingungen recht intensiv – wie gesagt –, doch hatten diese selten etwas mit den Schwierigkeiten zu tun, die von außen auf sie zukamen. Etwas, womit man am Abend nicht fertigwerden konnte, ließ sich am nächsten Morgen in der Regel ausgezeichnet an, und dann packte sie zu. Selten brachte sie das, worüber andere sich so erregen konnten, aus dem Gleichgewicht, sie mußte sich jedoch eingestehen, daß sie sich immer darüber im klaren war, was nun eigentlich den Ausschlag gab für ihr gutes oder schlechtes Befinden. Manchmal war sie der Meinung, es müßte da in ihrem Innern etwas vorhanden sein, was mit dem Rest der Welt überhaupt nichts zu tun hatte. Ihr lag es aber nicht, sich selbst eine solche Bedeutung zuzuschreiben, daß ihr ihre Gefühle wichtiger waren als alles andere, was in der Welt geschah. Nicht, weil sie krankhaft bescheiden war oder sich in ihrem Verhältnis zu anderen unterlegen fühlte, im Gegenteil, manchmal überkam sie das Gefühl, im Verhältnis zu anderen so plaziert worden zu sein, daß sie entweder auf einem verkehrten Planeten gelandet sein mußte oder daß der, auf dem sie lebte, einer völligen Umgestaltung bedurfte.

Im Augenblick schien gerade alles durcheinander geraten zu sein, im Sonnensystem wie in den inneren Sekretionen. Sie starrte auf den Plastevorhang, und als in dem Moment ein Gabelstapler hindurchbrach und die Türen hinter ihm zufielen, schlug sie – wie in einem Akt der Verzweiflung – die Hände über dem Kopf zusammen. Es machte ihr jedoch nichts aus, daß die Kunststofftüren im Zugwind und durch die gewaltsam hervorgerufene Bewegung immer noch klappten, ihr Handschlag signalisierte vielmehr eine Entscheidung, jedenfalls was sie betraf, sie wollte hinaus und sich eine Zigarette anzünden.

Ein Gutes hatte die Arbeit im Hafen: Wenn man sie ordentlich erledigte – vorausgesetzt, es gab Arbeit für einen! – schlich keiner herum, um zu kontrollieren. Es gab keine Stoppuhren und keine Sirenen, damit wäre in einer Stadt, wo die Fischer das Sagen hatten, nichts auszurichten gewesen. Und wenn auch solche Methoden in der Konserven- und in der Fischmehlfabrik üblich waren – dort, wo die Fischer persönlich hinkamen, durfte jedenfalls nicht herumkommandiert werden. Fischer war sie ja nicht, aber Tenna war schon des öfteren auf dem Meer gewesen, und mit totaler Selbstverständlichkeit fühlte sie sich den Fischern ebenbürtig. Daß man genauso tüchtig war wie die Männer, lag in der Tradition, und als Einheimische wußte sie auch, daß man darüber kein Wort verlor. Das war einfach eine Voraussetzung, aus, Schluß, fertig.

Ihre Gummistiefel fegten durch die Wasserpfützen auf dem Terrazzo, als sie dem kleinen Aufenthaltsraum im Hintergrund der Halle entgegenstrebte. Sie trug ihre siebenunddreißig Jahre aufrecht. Sie hatte die Hände in den Taschen der Gummischürze vergraben und fühlte diese Extralast als leichten Druck im Nacken, da, wo das Halteband der Schürze verlief. Vielleicht spürte sie das auch deshalb besonders, weil sie sich Mühe gab, den Kopf aufrecht zu halten. Sie setzte die Füße bei jedem Schritt fest auf den Fußboden, und ohne die Augen groß zu bewegen, bekam sie mit, was sich um sie herum abspielte. Die Aktivität war immer noch enorm, hatte aber ihren Charakter geändert. Das Intervall zwischen der ersten Auktion um sieben Uhr und der nächsten um zehn ging seinem Ende entgegen, die Spannung stieg, es war wirklich wie im Theater, die Bühnenarbeiter eilten hinter dem Vorhang geschäftig umher, nun sollte der nächste Akt beginnen.

Daß Tenna Hansen sich nicht zurückgesetzt fühlte, weil sie hier nicht mitmachen durfte, hatte mit ihrem Rollenverständnis zu tun. Sie hatte mit ihrer Rolle keine Probleme. Was sie hier tat, wurde von ihr so selbstverständlich angenommen wie beispielsweise von ihr auch die Rolle als Hausfrau und treusorgende Mutter angenommen worden wäre oder auch die des Auktionators. Dann würde sie eben in wenigen Minuten nach vorn treten und die Aufkäufer, deren Zahl nun immer größer wurde, mit singender Stimme zum Bieten auffordern. Ebensogut hätte sie die Königin von Schweden sein oder ein Lotterieunternehmen betreiben können. Sie hatte im Mutterleib die Fähigkeit zur Anpassung mitbekommen, nein, Anpassung war nicht das richtige Wort, sie hatte vom Startpunkt an, von dem Zeitpunkt an, wo ihr Bewußtsein einsetzte, gefühlt, daß es da etwas gab, was man ihr nicht nehmen konnte, daß ihr eine Sicherheit eigen war, die man gut und gern für Temperament halten konnte. Nicht auf die Art, daß sie sich selbst einredete, ich komme mit allem zurecht, ich bin immer zufrieden. Eher könnte man da von einer Musikalität sprechen, die ihren Sitz sowohl im Bewußtsein als auch im Körper hatte und zwar so, daß dort, wo sie war, sich auch die Welt befand. Es würde ihr ganz einfach unnatürlich vorkommen, sollte sie Distanz oder Mißgunst konstatieren, und darin lag keine Selbstaufgabe, vielmehr eine fortwährende Befriedigung, die sie auch jetzt fühlte, obwohl diese Empfindung nur im Unterbewußtsein vorhanden war. Durch den dünnen Wasserschleier auf dem Steinfußboden zog sie mit ihren Schritten eine Spur, die von dem selbstgewählten Weg zeugte, und niemand, der sie sah, konnte darüber im Zweifel sein, daß hier Tenna Hansen ging. Nun war nichts Besonderes daran, süchtig nach einer Zigarette zu sein und eine Packung „Grøn Cecil" mit sich im Kopf herumzutragen, doch diejenigen, die sie erblickten, lächelten unmittelbar; einer sagte anerkennend: „Ah!", ein zweiter hob winkend die Hand. Obwohl diese Signale scheinbar abprallten, wurden sie doch registriert, und als sie das Kabuff mit den Stahlschränken und dem Kühlschrank und dem Tisch und den Duschen betrat, war es nicht nur dem zentralbeheizten Raum zuzuschreiben, daß ihr die Wärme in die Wangen fuhr.

Sie fischte den Schlüssel zum Stahlschrank, in dem ihr Mantel hing, aus der Schürze. Die Zigaretten lagen in der im Schrank abgestellten Tasche. Sie besaß ein Wegwerffeuerzeug, und während sie dieses entzündete, mußte sie daran denken, daß in der Zeitung gestanden hatte, Wegwerffeuerzeuge seien lebensgefährlich. Das Lächeln, das ihr in den Mundwinkeln gesessen hatte, als sie die Halle durchschritt, brach nun hervor. Sie saugte kräftig an der Zigarette und spürte, wie der Rauch sich in den Lungen ausbreitete. Die feinen Härchen im Nacken sträubten sich, und auf den Unterarmen bildete sich eine Gänsehaut. Es war schwer auszumachen, wo man den Tod plazieren sollte. Zu dem aber hatte sie sowieso kein besonders intimes Verhältnis. Wenn es also gefährlich war, Wegwerffeuerzeuge zu benutzen, mußte sich die Gefahr noch potenzieren, wenn man damit Zigaretten anzündete. Bei diesen Warnungen sah man nicht durch, und wenn man an den Genuß dachte, dann wog die Angst vor dem Unausweichlichen nicht schwerer als die Asche, die sie mit einer Bewegung des Handgelenks auf den Fußboden herabrieseln ließ.

Sie setzte sich auf die Bank und streckte die Beine von sich. Wärme breitete sich rund um den rauschenden Heizkörper aus, der Kältehauch, den sie nach den ersten Zügen verspürt hatte, verschwand, und sie merkte, wie die Halsmuskeln sich entspannten, als sie den Kopf an den hinter ihr stehenden Schrank lehnte. Sie war in einen Zustand totaler Bewegungslosigkeit verfallen und wußte nicht, ob sie eine Sekunde oder eine Stunde mit geschlossenen Augen dagesessen hatte, als die Tür aufging und die kleine Gerda hereingeschlendert kam, um auf die Toilette zu gehen oder sich eine Tasse Kaffee zu holen oder was sonst auch immer. Gerda war kleiner als Tenna und jünger, rothaarig und hatte das Gesicht voller Sommersprossen, wie gespritzte Malerei.

„Hej", sagte sie.

Tenna hob die Hand mit der Zigarette. Nach deren Länge zu urteilen, war sie nur eine Sekunde lang weggetreten.

„Hej, Gerda", antwortete sie.

„Na, verpestest du die Luft?"

Gerda tänzelte auf eine Art herum, daß sie beständig an die 13 Schränke stieß, auch wenn sie sich nicht vom Fleck rührte.

„Ja, ich hatte eine Zigarette nötig", sagte Tenna.

„Uff, da draußen ist heute was los", fuhr Gerda fort. „Siebenhundert Kilo haben sie mir vor zehn Minuten hingestellt. Und alles für jetzt."

„Was machst'n dann hier?"

„Ach, ich laß mich nicht verschaukeln."

Gerda stieß so heftig mit dem Ellenbogen gegen die Schranktür, daß es krachte.

„Hast du 'ne Zigarette für mich?"

Tenna reichte ihr die Packung „Cecil". Gerda hatte kleinere Hände als sie und auch dünnere. Unterhalb der Pulswärmer waren sie rot vor Kälte. Vielleicht benutzte sie gar keine Arbeitshandschuhe, das dumme Ding, doch das war unmöglich, die Haut würde nach fünf Minuten in Fetzen hängen; es mußte an ihrer Haut liegen – und an ihrer Jugend. Tenna betrachtete sie. „Sie könnte beinahe meine Tochter sein", dachte sie, aber das war natürlich Blödsinn, denn Gerda war mindestens fünfundzwanzig. Tenna spekulierte weiter, addierte und subtrahierte. Fünfundzwanzig von siebenunddreißig. Sie lächelte, zog an der Zigarette.

„Was lachst du?" fragte Gerda.

„Ich mußte nur an was denken."

„Das tust du immer. Du siehst immer so aus, als würdest du unentwegt an was denken, Tenna."

„Wirklich?"

Gerda pulte Tabak von der Unterlippe, die von der gleichen Helligkeit war wie ihre Haut.

„Und dann lachst du. Gibt's da was zu lachen?"

„Nee."

Tenna lehnte sich wieder zurück und lächelte nun nicht mehr. Die Waden taten ihr weh, und unter dem Sweater spürte sie immer noch ihr Kreuz. Gerda hatte das Licht von hinten, und einige der roten Strähnen wirkten durchsichtig. Die Februarsonne blendete auf und ab.

„Was ist mit Johannes?"

„Nichts Neues."

Tenna drückte die Zigarette im Blechaschenbecher aus. Das war wohl der gängigste Gesprächsstoff. Das und dann das Fernsehen. Ob es Arbeit gab oder was das Fernsehen brachte. Sie erhob sich und wühlte in der Tasche.

„Hast du schon gewußt, daß das lebensgefährlich ist mit den Wegwerffeuerzeugen?"

„Daß was?"

„Daß das lebensgefährlich ist mit den Wegwerffeuerzeugen?"

„Nee."

„Das stand in der Zeitung."

Tenna konnte sich selbst nicht ganz erklären, warum sie keine Lust hatte, von Johannes zu erzählen und von seiner Arbeitslosigkeit. Vielleicht war ihr das peinlich, oder es langweilte sie ganz einfach nur. Was gab es da zu erzählen? Er durfte nicht aufs Meer, weil es nicht genug Fisch gab. Er bekam keine Arbeit, weil es keine Arbeitsstellen gab. In diesem Punkt ging es ihm nicht anders als vielen anderen auch. Es waren jetzt über 30000. Das war kein Thema, über das zu reden sich lohnte. Sie kamen doch zurecht. Sie hatte Arbeit, und er kriegte Unterstützung. Eine Zeitlang bekam er die jedenfalls noch, und solange sie Arbeit hatte, waren sie nicht auf Sozialhilfe angewiesen. Einen Augenblick lang streifte sie der Gedanke, daß diese Möglichkeit existierte: Sie konnte ebenfalls gefeuert werden. Aber das war wie der Gedanke an den Tod, darüber nachzudenken, hatte keinen Zweck, ändern konnte man sowieso nichts. Eine Falte bildete sich über ihrer rechten Augenbraue, dann wischte sie den Gedanken weg.

„Sie können explodieren."

„Was?"

„In der Hand. Die Feuerzeuge."

„Ach so."

Das schien Gerda nicht zu interessieren. Manchmal war es überhaupt schwierig, herauszufinden, was die Leute interessierte und was sie nicht interessierte. Die Feuerzeuge waren Tenna eigentlich total gleichgültig – wenn man davon absah, daß etwas Grausames in dem Gedanken lag, ein Ding, das einem völlig gleichgültig war und über das man früher nie nachgedacht hatte, könnte sich plötzlich als todbringend erweisen. Was hatte sie da gelesen? Ein Bischof (war es ein Bischof?) fährt mit seinem Auto auf der Landstraße, dann hat er Appetit auf eine Zigarette, greift nach dem Wegwerffeuerzeug und peng, das geht ihm in der Hand hoch, und im nächsten Augenblick hängt er samt Auto an einem Baum. Er tot wie ein Rollmops.

Diese Geschichte hatte sie in der Zeitung gelesen, und sie stellte fest, daß, wenn es sich dabei nicht um einen Bischof gehandelt hätte, die Story nie in die Zeitung gekommen wäre, jedenfalls nicht in dieser Aufmachung. Gewöhnliche Menschen, die umkamen, erregten nicht so sehr das Interesse, Herrgott, was passierte nicht alles Tag für Tag? Hausfrauen faßten die Heizung an, während sie telefonierten, und flupp, weg waren sie. Mütter wollten Brot schneiden und pfropften statt dessen die Hand in die Brotschneidemaschine. Falls es noch jemanden gab, der eine Brotschneidemaschine benutzte. Das stand in der ganz rechten Spalte – wie die Verkehrsunfälle. Denen schenkte man auch keine Aufmerksamkeit mehr. Nur wenn es bekannte Schauspieler waren, die zu Tode kamen, oder der König und die Königin. Verkehrsunfälle, das war etwas ganz Selbstverständliches, etwas, was zum Alltag gehörte, eine Art zu sterben, die okay war.

Gerda drehte sich im Sonnenlicht, das plötzlich wie wild durch die Fenster blitzte. Sie stieß mit dem Knie an die Bank und wand sich vor Schmerzen. Im selben Moment wurde die Tür zur Halle aufgerissen, und Hanki steckte seine Nase herein.

„Was treibt ihr, Mädchen?"

„Das siehst du doch wohl«, antwortete Gerda.

„An den Akkord denkt wohl keiner."

„Was anderes hast du nicht im Kopf."

Hanki schneuzte sich die Nase zwischen zwei Fingern und wischte sich den Rest mit dem Ärmel ab.

„Wir hatten doch gesagt, daß wir alles mit in die Auktion nehmen."

Tenna erhob sich. Sie war größer als Hanki, überragte ihn gleichsam.

„Wer hat denn gesagt, daß wir nicht fertig werden?"

„Keiner"

„Na, dann ist's ja gut."

Sie winkte mit dem Kopf, und Gerda folgte ihr nach draußen, kichernd.

„So ein Pärchen", meinte Hanki. Er hatte ein bläuliches Gesicht – vom Wetter und vom Bier. An der Unterkante der blankgescheuerten Mütze zeigte sich ein weißer Streifen. Das war Salz, entweder von altem Schweiß oder von der See oder von beidem. Er starrte den beiden Frauen nach, und es flimmerte ihm einen Moment lang vor den Augen. Wie die sich aufführten, verdammt noch mal. Aber so war es wohl immer schon gewesen, und es war nicht richtig zu verstehen, wieso. Er drehte sich hastig zur anderen Seite, schielte aber gleichzeitig dem Aufmarsch hinterher, an dessen Spitze die große Tenna ging, gefolgt von der kleinen, konfusen Gerda. Stiefel, Hosen, Schürze, Kopftuch, Haare, und das Licht, das nun durch das hohe Dachfenster hereinbrach und im Wasser spielte. Es war ganz einfach erschreckend, daß man sich so ohne weiteres damit abfand. Ja, nicht nur abfand, sondern auch Gefallen daran fand, und für einen Augenblick beherrschte Hanki der Gedanke, es sei nicht ganz gerecht, daß ausgerechnet Johannes daran teilhaben, ja, all diese Pracht und Herrlichkeit geradezu besitzen sollte. War er denn was Besonderes? Er war bestimmt nichts Besonderes, jedenfalls von Hankis Standpunkt aus, und obendrein war er arbeitslos. Diese Gedankengänge waren verwirrend, sogar beunruhigend, aber sie zuckten auch nur wie ein Blitz auf, wie dieses Sonnenlicht hier in dem mildesten aller Winter. Johannes war nichts Besonderes, und wenn man es genau nahm, dann war auch Tenna nichts Besonderes. Sie hatte ihre Sorgen wie jeder andere, und wenn man sich ihre Kinder ansah, ja, dann wurde einem klar, daß die jedenfalls nicht leicht regierbar waren. Hanki kannte das von sich zu Hause, aber bei Hansens war das wohl noch ein Zahn schärfer, denn das Mädchen war bereits einmal schwanger gewesen, und wie alt war sie – vierzehn? Und wenn man zu entscheiden hatte, wer von den beiden gefährlicher aussah, der Junge oder das Mädchen, dann wurde es schwierig. Sie hatte ihr Haar karottengelb gefärbt, und es stand steil in die Luft, und er, er war wohl so was wie ein Rocker. Na, da sei Gott vor. Hanki schob mit dem Handrücken die Mütze ein Stück nach hinten. Da lief es bei ihm zu Hause doch besser – wenn auch Randi nicht im mindesten mit Tenna zu vergleichen war, nicht im allergeringsten Maße. So, darüber nachzudenken, hatte er jetzt aber nicht die Zeit, da gab es andere Dinge, nach denen er sehen mußte, und selbst wenn der Lärm das erste war, was er wieder in sich aufnahm, so hatte er doch in diesem Moment auch wieder die ganze Halle im Blick –

als wäre das Licht angeschaltet worden –, es war möglich, selbst das kleinste Detail sogar hinter einer Ecke einzufangen, ja, Hanki wurde ein Teil dieses Bildes, ging darin auf, verschwand und war zu gleicher Zeit wieder zur Stelle.

Das Bild für sich gesehen konnte nun so gut wie nichts mehr aufnehmen, es war ausgefüllt bis zum Rand, und die Bewegungen, die bisher einem bestimmten Muster gefolgt waren – unregelmäßig, aber zielbewußt –, schienen nun eindeutig eine Richtung einzuschlagen. Die Männer sammelten sich um die vollen Fischkisten, standen zuhauf oder breiteten sich fächerförmig aus, konzentriert um einen Punkt, wo es etwas besonders Interessantes zu sehen gab. Es wurde immer noch Fisch sortiert an den Standplätzen, von Tenna und Gerda und den anderen – und es sortierten nicht nur Frauen –, aber jetzt setzte die Auktion ein, die Aktivität erhielt einen Brennpunkt, um den sich die Aufmerksamkeit sammelte, und hierin lag schließlich der Sinn aller Anstrengungen des Tages und der vergangenen Nacht und des davorligenden Tages. Geschäfte sollten gemacht werden, jetzt, auf der Stelle. Die Fische schienen sich auf das Besondere der Situation eingestellt zu haben. Sie zappelten nicht mehr, sondern lagen friedlich Seite an Seite, die starren Blicke parallel ausgerichtet, sie ließen sich begutachten und um sich feilschen. Sie sollten verkauft und sie sollten weiter auf den Weg gebracht werden. Ein Teil ging als Frischfisch weg, ein anderer wurde eingefrostet, wieder ein anderer war zur Weiterverarbeitung als Filet und zum alsbaldigen Verbrauch bestimmt. Es war eine Messe, die über den Kisten gelesen wurde, und Tenna mußte wieder an ihren explodierenden Bischof denken und daran, daß, wenn nun der Auktionator in die Luft flog, er bestimmt auf die erste Seite der Lokalzeitung kommen würde, aber er trug nur eine Kappe und keine Bischofsmütze, seine Worte waren kein Gebet, sondern nur eine lange Reihe von Zahlen, und das war sehr beruhigend, denn das war ja, wenn man alles zusammennahm, das Eigentliche: daß es Fisch gab, und der kam aus dem Meer, wurde sortiert und verkauft. Tenna griff nach den letzten Fischen und ließ sie in die Kisten gleiten, und während sie noch dabei war, kam schon Prytz mit den kleinen bunten Zetteln, also waren die Fische unter ihren Händen bereits verkauft worden, und das war ja nur möglich, weil alle mit beinahe hundertprozentiger Sicherheit davon ausgehen konnten, daß Tenna, wenn sie sagte, sie werde fertig, auch wirklich fertig wurde, und daß das kalkulierte Gewicht stimmte. Wieder streifte sie die Handschuhe ab und holte Atem. Die gute Laune hielt an, und mit dem letzten Arbeitsgang hatte sie auch ihre Kreuzschmerzen überwunden. Man mußte nur in Bewegung bleiben. Die Muskeln verkrampften sich ab und zu, aber wenn man in Gang kam, löste sich der Krampf auch wieder. Das hing mit der Wärme zusammen. Sie straffte das Kopftuch unter dem Kinn. Unter dem Deckbett war es morgens warm und angenehm, doch sobald man auf den Fußboden trat, merkte man, wie man sich verkrampfte, oft so stark, daß man Schwierigkeiten hatte, in Gang zu kommen. Es kostete Überwindung, in die Knie zu gehen, und vor dem Spiegel gab es einen Punkt, wo es an einer Stelle im Rücken geradezu „Knack“ sagte, wenn sie sich vorbeugte, um sich Wasser ins Gesicht zu schütten, und dann war es schwierig für sie, sich wieder aufzurichten. Doch das kam langsam, aber sicher, der Körper mußte angeschoben werden – wie die Motorräder in früheren Zeiten. Wollten die nicht starten, mußte man eben nebenherlaufen. Hunderte Male hatte sie das bei Anders gesehen. Wenn er weg mußte, und das Aas wollte nicht, dann preschte er mit der Karre den Weg hinunter, sprang schließlich auf und hoppelte in Richtung Bootswerft davon, gewaltigen Krach zwischen den Plankenzäunen verbreitend und blaue Wolken hinter sich herziehend. Es galt, in Gang zu kommen, so einfach war das, und wenn

Tenna auch oft glaubte, sie würde es nicht schaffen, so gelang es ihr doch stets von neuem. Natürlich gab es Tage, an denen nichts so richtig spurte und wo sie weiter nichts wollte, als unter dem Deckbett bleiben, doch dann mußte sie daran denken, wie hell es vor der Haustür sein könnte, wie angenehm die Luft ist, wenn der Wind nicht von der Fischmehlfabrik herüberweht, wieviel es doch gab, was sie auf keinen Fall versäumen wollte, und dann stand sie auf und brachte sich in Gang – wie so viele andere. Und wenn die Wärme kam, dann fühlte sie sich auch innerlich warm, sie spürte es bis zu den Oberseiten der Schenkel, und sie ließ ihre Hände dort auf und ab gleiten, als könne sie nicht genug davon bekommen.

„Frieren dir die Finger?"

Das war Gerda.

„Nee."

„Tut dir der Rücken weh?"

„Nee. Ich bin warm geworden."

„Hast du gefroren?"

„'n bißchen."

„Das kommt vom Rauchen, du."

Mußte die nun auch klugscheißern!

„Ach, hör auf."

Tenna richtete sich auf und steckte die Hände in die Achselhöhlen. Die Schenkel summten.

„Hast du noch nicht gehört, daß die Blutgefäße sich zusammenziehen?"

„Tatsächlich?"

„Na klar, beim Rauchen. Und dann friert man."

„Mann, bist du klug."

„Das stand in der Zeitung."

Laurits flitzte mit seinem leeren Gabelstapler vorbei. Er hatte eine Zigarette im Mund, und es war nicht zu erkennen, ob sie brannte oder ob sie erloschen war. Die Menschen hatten sich etwas tiefer in die Halle zurückgezogen, und es waren auch nicht mehr so viele. Die Stimme des Auktionators war so gut wie nicht mehr zu hören, und mehrere Jalousien wurden aufgezogen, so daß der Wind vom Hafen hereinfegen konnte. Die Plastiklappen saugten sich förmlich aneinander. Die Schläuche waren hervorgeholt worden, aus denen nun weiß das Wasser schoß und als Fächer auf den Beton platschte. Stapel von Kisten mit Fisch wanderten an die Exporteure ab, das war die übliche Demontage, der gewöhnliche Abbau, die großen Dieselfahrzeuge dröhnten, Gänge wurden eingelegt, man stieß zurück, schubste sich zurecht, schmiß die Türen, ein Autoradio war plötzlich laut zu vernehmen und dann wieder nur leise, so daß die Stimme eines Quizmasters, erst allesbeherrschend, wieder zu einem unterdrückten Murmeln wurde und der nachfolgende bekannte Poptitel zu etwas Erkennbarem, das einem allerdings gleichgültig war, ja, vielleicht war man sogar froh, ihm entgehen zu können.

Tenna Hansen wechselte die Kleidung und hängte die Arbeitsschürze an ihren Platz neben den Stiefeln, die auf dem Boden des Blechschrankes standen. Einen Augenblick lang überlegte sie, ob sie sich eine Zigarette anzünden solle, aber mit einer Zigarette im Mund auf dem Fahrrad kam sie sich blöd vor, und sie dachte an Laurits, wie der vorbeikarrte und sicherlich gar nicht wußte, ob er nun eine Zigarette zwischen den Lippenn hatte oder nicht, ob sie brannte oder erloschen war. Sie stopfte die Packung „Cecil“ in die Tasche zurück und ließ diese zuschnappen. Bis Mittag war es fast noch eine dreiviertel Stunde, also konnte sie noch in die Stadt. Übrigens gab es da jetzt keine Probleme mehr, denn die meisten Geschäfte waren auch über Mittag geöffnet, und nachdem die Verkaufsgenossenschaft hier eine Filiale errichtet hatte, bestand sozusagen Tag und Nacht eine Einkaufsmöglichkeit, sonnabends hatten sie jedenfalls bis zwei Uhr auf, während die anderen schon um zwölf zumachten. Man kam also nicht mehr in die

Klemme, wenn man sich einigermaßen einzurichten verstand und wenn man natürlich das notwendige Geld besaß.

Sie setzte sich aufs Fahrrad und spürte, wie der Sattel unter ihrem Hintern solide nachfederte. Es war tatsächlich mild. Der Wind kam vom Meer. Das leuchtete grün und hatte weiße Kämme gesetzt. Die Wolken rissen auf, und die Sonne fächerte ein Strahlenbündel herab, das auch die weißen Giebelkanten der alten Fischspeicher illuminierte und den roten Backstein des Zollgebäudes auf eine fast überwältigende Art hervorhob. Als sie in die Hauptstraße einbog, entflammte das gelbe Haus mit dem Bäckerladen an der Ecke ebenfalls, und Tenna hatte das Gefühl, sie fahre durch eine Allee von Licht, Licht, das von beiden Seiten einströmte, von Mauern und Fenstern reflektiert wurde, in ihre Augen strahlte, so daß sie genötigt war zu blinzeln, um nicht blind zu werden.

II

Was Elisabeth Ward veranlaßte, den Ziegenlederhandschuh hinauf zum Gesicht zu führen und einen Punkt auf der Oberlippe, rechts unterhalb der Nase, mit dem Zeigefinger zu berühren, war nicht nur das Empfinden, ein kleiner Nerv bewege sich unkontrolliert, sondern eine Gewohnheit, die sie sich vor vielen Jahren schon zugelegt hatte, als könnte sie, indem sie den Finger genau dort hinsetzte, einen Ausbruch bremsen oder sich zur Konzentration zwingen oder an etwas anderes denken als das, was sich ihr gerade aufdrängte. Als wäre das immer etwas Beunruhigendes oder etwas, was Takt und Beherrschung erforderte.

Die linke Hand ruhte leicht auf dem Lenkrad, und als sie den kleinen Punkt stabilisiert oder ihren Drang zu Exklamationen überwunden hatte, legte sie auch die rechte Hand auf das Rad und ließ die Eindrücke von draußen ungehindert auf sich wirken. Zu Anfang war es ganz einfach schwer gewesen, sich an den Rechtsverkehr zu gewöhnen, und sie hatte genug damit zu tun gehabt, sich auf das rein Praktische zu konzentrieren: den Rover mit der Rechtslenkung ohne Unfall durch den Verkehr zu steuern. Doch allmählich – in dem Maße, wie sie nach Norden vorstieß und sich dabei halbwegs an den Verkehr gewöhnte – stellte sich bei Elisabeth eine andere Form von Interferenz ein, und sie war mit sich selbst uneins, ob das nun berechtigt oder unberechtigt sei, jedenfalls machte sich in ihr ein Widerstand gegen diese unangenehme Hitze breit, die ihr regelmäßig in den Hals schoß: beim Anblick der Hügelketten und der Dünen, deren Häufigkeit zunahm, während die Fruchtbarkeit offensichtlich abnahm, beim Anblick der Kiefern, die streng und wachsam dastanden und den Sandboden säumten, oder des Heidekrauts, das braun am Boden entlangkroch und so aussah, als würde es niemals wieder blühen.

Eigentlich hatte sie sich von der Abfahrt an auf strenge Diät gesetzt. Sentimentalität sollte nicht aufkommen, sie war zu alt, um so etwas an sich heranzulassen. Da aber dieser ganze „Ausflug", wie sie die Unternehmung nannte, von Gefühlen bestimmt war, konnte man in einem gewissen Grad von einem inneren Widerspruch sprechen. Die Straße war nüchtern, beinahe schnurgerade, und jedesmal, wenn die breiten Radialreifen in die auf dem Asphalt stehenden Pfützen fuhren, zerschmetterten sie gnadenlos die Reflexion des Himmels und warfen sie rechts und links in den Straßengraben. Sie drückte auf einen Knopf, um ein wenig Luft hereinzulassen, die Scheibe glitt herunter, und sie spürte die Mischung aus Salz und Kälte, die vom Meer kommen mußte, das selbst nicht zu sehen war, aber auf beiden Seiten der immer enger werdenden Schere lag, hinter den Dünen. Elisabeth stieß einen Laut zwischen den Lippen hervor, der wie ein Pusten oder ein kleiner Seufzer klang. Durch das raffinierte Ventilationssystem – der Wagen gehörte zur 15000-Pfund-Klasse – sollte eigentlich genügend Frischluft in das Innere kommen, aber hole sie der Teufel, wenn sie sich nicht erlauben könnte, ein wenig nachzuhelfen, nachzuhelfen bei diesem und jenem. Ihre Schultern sanken herab, und der Griff um das Lenkrad, der fester geworden war, lockerte sich. Sie drehte die Hand und besah sich die Innenseite des grauen Handschuhs. Alles war in Ordnung. Wenn sie den Daumen am Zeigefinger rieb, war das ein Gefühl, als berühre man ein Häutchen, zarte Haut, Haut wie bei einer Jungfrau. Weich und mit innewohnender Kühle, so sollte es sein, lebendig, aber unter Kontrolle, echt, aber bearbeitet. Sie seufzte abermals und wandte ihr Gesicht der Landschaft zu.

Das trügerische Frühlingswetter richtete hohe Reflexionen zwischen den Hügeln auf, und durch das Rauschen der Räder auf dem Asphalt hindurch (der Motor lief völlig geräuschlos) vermeinte sie, das tief und beständig rollende Meer zu hören. Kleine Vögel schossen – wie Erbsen, die man aus der Schote drückt – ab und zu quer über die Straße, und sie rief sich den vorhergehenden Tag ins Gedächtnis, der auch hell gewesen war und von beunruhigender Milde. Da war sie von London abgefahren, nach Norden, zur Fähre. Es gab aber einen Unterschied, drüben saßen die Stare bereits auf dem Dachfirst und pfiffen, das hier waren nur Kleinstspatzen, Heidekrautgeschöpfe, zufällige Windphänomene, deren Stimmen punktweise zu hören waren und nur die Tiefe des riesigen Raums auszudehnen schienen. Vielleicht auch sagten sie im Winter überhaupt nichts, doch im Sommer waren sie da und hackten melancholisch Löcher in die Stunden.

Die Hitze, die sie vorher schon gespürt hatte, lag noch immer in der Vertiefung hinter dem Kiefer, bereit hervorzuwallen, und wieder hob sie die Hand und faßte sich vorsichtig unter das Kinn. Elisabeth Ward fühlte sich unsicher, und „unsicher" war noch nicht einmal der richtige Ausdruck. Eher konnte man von Panik reden, auch wenn sie sich geschworen hatte, daß es nicht so sein sollte. In der Regel war sie in der Lage, den kleinsten Anflug von Erregung völlig unter Kontrolle zu bringen – Daumen und Mittelfinger glitten sacht über den Unterkiefer –, ja, sie war dafür bekannt, anderen Menschen stets die Angst und Verwirrung nehmen zu können, das war eine Notwendigkeit, nicht nur in der Branche, der sie angehörte, sondern auch in dem Leben, das sie sich erwählt hatte. In ihren Kreisen war es eine Selbstverständlichkeit, sich nichts anmerken zu lassen, und die Panik, die sie kannte – und stets abwürgte, wenn es um sie selbst ging –, war eine Art Markenzeichen, ein Teil aus einer Show, der dazu gehörte, wenn eine Ausstellung oder eine Vorführung vor der Tür stand und die Sachen – wie nach einem Naturgesetz – entzweigingen oder sich anhäuften, nicht zur rechten Zeit fertig wurden. Mode und Alptraum gehörten zusammen, sie lächelte, die schlimmen Träume ließ man allerdings auf der Türschwelle zurück oder in der *hall* oder kolportierte sie zur Unterhaltung, hübsche Geschichten, die einer anderen und ferneren Welt angehörten. In die Wohnstube nahm man sie nicht mit, aber Dorothy nahm so etwas mit nach Hause, sie war die professionelle Aufgeregtheit in Person, und nicht nur einmal, sondern hunderte Male hatte Elisabeth sie an ihrer Brust sich ausweinen lassen, wenn das Ganze am Einstürzen war.

Warum saß sie jetzt da mit diesem ziehenden Gefühl im Zwerchfell, und warum hatte sie sich auf eine sonderbare Weise nicht unter Kontrolle? Sie hätte viele kühle und gute Gründe dafür angeben können, aber was sie am meisten daran irritierte, war, daß sie die schon tausendmal durchgegangen war, sie hatte für sich entschieden, daß das, was sie unternahm, vernünftig und durchdacht war, daß sie eine Forderung sich selbst gegenüber erfüllte, die „recht und billig" war, und hatte sie sich in anderen Zusammenhängen selbst auf Schmalkost gesetzt, so bot sich hier eine Möglichkeit, ein wenig aufzudrehen, zu expandieren, und sie fand, das habe sie verdient. Nicht, weil ihr Leben bis zu diesem Zeitpunkt vielleicht nur aus Restriktionen bestanden hätte, eher könnte man das Gegenteil behaupten, ganz bestimmte Ansprüche hatte sie sich immer erfüllt, Ansprüche, zu denen sie sich berechtigt fühlte, weil sie die war, die sie war, doch das passierte innerhalb eines bestimmten Rahmens, und sie war sich durchaus darüber im klaren, daß das eine oder andere beiseite gesetzt wurde, daß es da etwas gab, was sie ausschloß. Was das nun war, darüber machte sie sich nicht zu jeder Zeit Gedanken, es war auch gleichgültig, denn meistens vermißte sie nichts.

Ein leichter Schmerz an der Schläfe, der vom Luftzug hervorgerufen wurde, veranlaßte sie, das Fenster wieder zu schließen. Das Geräusch im Wagen veränderte sich, das Rauschen der Reifen wurde geringer, es war, als stopfe man sich etwas in die Ohren. Sie wurde schläfrig und unternahm eine Extraanstrengung, um die Augen weit zu öffnen. Die Nacht an Bord war nicht so ruhig verlaufen, wie sie gehofft hatte. Schiffsreisen in alten Tagen hatte sie immer in einem Zustand völliger Schläfrigkeit verbracht, kaum, daß sie sich bis zum Liegestuhl an Deck schleppen konnte, und schon war sie entschlummert, jetzt aber gab es so viel Plaste und Gerummel auf dem Schiff, und sie hatte auch Gedanken gewälzt, ja, sie mußte eingestehen, es gab da Dinge und Sachen, die sie unbedingt noch einmal durchdenken mußte, obwohl der Herr im Himmel wußte, daß sie sich gründlich bedacht hatte.

Damals hatte sie sich allerdings nicht bedacht. Sich bedenken, das wäre das letzte gewesen. Es gab ja auch gar keinen Grund dazu. In dieser Landschaft konnte man sich nicht bedenken, jedenfalls damals nicht. Nun spürte sie wieder dieses Prickeln, als preßten sich Moleküle und Elektronen von Sumpf- und Dünenspiegelungen durch das getönte Glas; man hätte von besonderen chemischen Reaktionen sprechen können, doch konnte sie sich nicht zugestehen, an so etwas zu glauben; obwohl das Mechanistische ihr zusagte und von ihr als Trost empfunden wurde. Aber wenn nun schon von Chemie die Rede war, dann hatte es da ein starkes und unumgängliches Pulver gegeben, und sie hatte es, ohne zu mucksen, geschluckt. Kein Zweifel, in diesem Sommer waren sie alle verrückt, ja, außer Rand und Band, und nicht nur, daß die Befreiung den letzten Rest von Vernunft aus den Köpfen der Leute gespült hatte, sie war damals sehr jung gewesen, obwohl das Alter zu dieser Zeit gar keine Rolle spielte, aber wenn man doch nun tatsächlich so jung war, wie sollte es dann anders gehen, als es ging?

Sie hatten wie üblich das Hotel bezogen. Alles war wie immer gewesen. Und doch war alles ganz anders, natürlich, selbstverständlich, ein jeder konnte sich das selbst sagen. Die Suppe wurde wie immer serviert. Der Titel ihres Vaters wurde laut und deutlich ausgesprochen: „Wünschen der Herr Reichsgerichtsanwalt noch ein paar Brötchen?" Sie beugten sich nach vorn über den Tisch und kicherten, doch Frau Kanter hielt sich aufrecht und hob nur ein klein wenig die Serviette, um anzudeuten, daß sie sich beherrschen sollten. Kleine Mädchen waren sie nun nicht mehr, sie und Betty waren im Jungmädchenalter, *they had come of age.* Und wenn auch alles wie vorher war – man zog sich zum Essen um und trank auf der Glasveranda Kaffee, nachdem alle auf dem Hügel gewesen waren, um den Sonnenuntergang zu betrachten –; so lag doch so etwas wie eine neue Unbändigkeit in der Luft, etwas Grenzenloses, das vielleicht ein Traum war, aber man hatte alle Möglichkeiten der Träume in sich, das Neue selbst war neu, die Deutschen waren weg, es gab Rationierungen und keine Autos und Schwierigkeiten mit diesem und jenem, doch über all dem erstreckte sich – wie der Sommerhimmel – die Freiheit, und der Traum handelte davon, daß alles geschehen konnte. Gewiß waren sie dahingebummelt, und selbst in der ersten Klasse fuhr man, jedenfalls in bezug auf die Reisezeit, beschwerlich, aber man wurde nicht visitiert bei der Fahrt über den Großen Belt, und keiner mußte – wie während des Krieges – bangen, daß ein gesprengter Schienenstrang oder eine in der Toilette versteckte Bombe einen das Leben kosten konnte.

Anscheinend war auch der Sommer grenzenlos. Er hatte im Mai begonnen, wurde tiefer und tiefer und nahm immer mehr an Intensität zu, und im Juli hatte er dann beinahe den Charakter einer Kulisse. An jedem Morgen – meistens war es allerdings schon Vormittag – wenn die Mädchen erwachten und sich auf den ausgebeulten Matratzen des Sommerhotels wälzten, die Arme auf dem Deckbett von sich streckten, stand draußen der Sommerhimmel wie gemalt und die Sonne flimmerte zwischen den Gardinen, und das Fenster, von einem Haken gehalten, klapperte leise in der Brise, die nie kalt war, sondern nur versprach, daß sie auch am Nachmittag noch Frische einatmen konnten, wenn sie in ihren zweiteiligen Badeanzügen ausgestreckt in den Dünen lagen und den Kopf heben mußten, um Luft zu bekommen.

Selbst die Zänkereien zwischen Elisabeth und Betty schienen verebbt zu sein, als sei es beschlossene Sache gewesen, daß im Jahre 1945 ihre Pubertätsbeschwerden aufzuhören hatten. Dafür war die Zeit auch herangereift, denn Elisabeth zählte zwanzig Lenze und Betty achtzehn, aber damals richtete sich die Länge der Pubertät nach dem Willen der Eltern, nur eben nicht in diesem Jahr, da war weder Platz für Nörgeleien noch für Restriktionen, auch war die ältere Generation voll damit beschäftigt, sich ihren Teil vom Kuchen einzuverleiben – der Reichsgerichtsanwalt spielte mit Revisor Hald Sechsundsechzig, daß der Korbtisch krachte, den sie sich unter den Sonnenschirm geholt hatten –, von ihnen, so schien es, sah man in einem fort nur die Rückenpartie, und auf Frau Kanter traf das buchstäblich zu: Sie verschwand auf der weißen Sandspur, die durch die Wiesen führte, wo Glockenblumen und Grasnelken zuhauf standen und sich vom Wind wiegen ließen, ging in die Hocke und pflückte; denn Stockrosen eigneten sich nicht für die Tische vorm Haus, und Blumen sollten überall stehen, in allen Vasen, auch im Hotelzimmer und im Salon, und die Unscheinbarsten, so fand sie, waren die schönsten.

In der Zeit davor hatte man ständig auf irgend etwas achten müssen. Da waren die Deutschen an der Zufahrt zum Strand, da gab es gesperrte Gebiete und Minen, und obwohl die Minen und die gesperrten Gebiete immer noch nicht verschwunden waren, wurde es doch anders empfunden, denn die Deutschen waren weg. Vielleicht war es unten am Strand tatsächlich noch immer lebensgefährlich, doch wer konnte darauf Rücksicht nehmen, und man badete verzückt zwischen angeschwemmten Brandbomben und merkwürdigen Kisten, die alles enthalten konnten, von Munition bis Senfgas. Es gab keine Verbote, keine außer denen, die man selbst aufstellte, und wenn man berücksichtigte, wie sehr Betty und Elisabeth ansonsten unter Kontrolle standen, so herrschten jetzt beinahe anarchistische Zustände. Natürlich wurden die Zügel in hergebrachter Art angelegt. Es gab Grenzen für das, was man aussprach, und bestimmte Regeln für den Umgangston. Keines der Mädchen hatte etwas dagegen, dem Zeremoniell der Eltern in puncto Kleidung zu folgen, nach dem zum Mittagessen Bluse und Rock obligatorisch war und zum Abendbrot selbstverständlich Abendgarderobe. Beide Mädchen interessierten sich für Kleidung, und deshalb spielten die Regeln gar keine Rolle, das war eben so, man machte das so, und war Geld genug vorhanden – die Familie Kanter war nicht reich, aber durchaus wohlhabend –, entstanden selten Probleme hinsichtlich der Variationen. Trotz des Krieges hatten sie genug Sachen, und Henriette Kanter, ihre Mutter, hatte während der fünf Kriegsjahre ihre Garderobe ohne Schwierigkeien bewahren und erneuern können.

Diese Seite der Angelegenheit war völlig in Ordnung, um so mehr verblüffte die „Unordnung", in der die Mädchen leben durften, wenn ihnen die Eltern den Rücken zuwandten. Die Landschaft mit den runden Dünen und dem breiten, unendlichen Strand, all dieser Sand begrenzte anscheinend das Risiko. Fiel man, tat man sich nichts. Selbst wenn man von der Dünenspitze sprang, wurde aus dem Fallen nur ein Rollen, eine juchzende, selige Abwärtstour, die immer ein gutes Ende nahm. Und auch wenn Betty und

Elisabeth über das Spring- und Fallalter schon hinaus waren – seit ihrer Kindheit hatten sie in den Dünen gespielt –, so wurde ihre Vertrautheit mit der Umgebung in einem Format projiziert, das alles einzuschließen schien, auch die besorgten Eltern – die natürlich nicht wußten, daß man die Mädchen in den Dünen mit einer Zigarette antreffen konnte und daß sie oft nackt badeten, wenn sie nordwärts marschierten, ganz hinauf bis zum Spirbakken, wo sonst kein Mensch war.

Vielleicht funktionierte auch aus diesem Grunde die Verteidigungsbereitschaft nicht an jenem Tag, an dem ein Jeep auf die Platten vor dem Hotel rollte, dem zwei junge Männer mit burgunderfarbenem Barett entsprangen. Sie hatten mit der Demontage einer deutschen Küstenbatterie in der Nachbarschaft zu tun, und nun nahmen sie im Hotel Quartier, ein Unterleutnant und ein Sergeant. Andere Befreiungstruppen waren nicht in der Nähe, und so war es nicht verwunderlich, daß die beiden empfangen wurden, als wären sie die Befreiungstruppen, und obwohl der historische Tag schon etwas zurücklag – jetzt war Juli –, gab es keinen Hinderungsgrund, die Euphorie ein wenig zu verlängern, und ohne Standesunterschiede geltend zu machen, wurden die beiden Soldaten in den exklusiven Kreis der Kopenhagener Gäste aufgenommen und zu gleichrangigen Personen erklärt. Vielleicht war das eine Selbstverständlichkeit, was den Offizier betraf, aber auch der Sergeant wurde in Kauf genommen – die Uniform fungierte als allgemeingültiger Passierschein –, und da beide Männer jung und hübsch waren und ihre Uniform so herb und gut roch – eine Aura von Putzmitteln und Stiefelfett umgab sie –, führten sie auch ein exotisches Element spontaner Maskulinität mit sich, etwas, was mit Tapferkeit zu tun hatte, etwas, was Heldentod und große Taten ahnen ließ, etwas, mit dem die anderen jungen Männer auf dem Tennisplatz nicht so recht konkurrieren konnten, auch wenn einer sich einmal an dem Diebstahl eines deutschen Stahlhelms beteiligt und ein anderer illegale Schriften verteilt hatte.

Obwohl das automatische System des Rovers die Fenster beinahe hermetisch abdichtete, diffondierte all das hindurch und in das Bewußtsein Elisabeth Wards mit jener bitteren Schmerzlichkeit ein, die sie einmal empfunden hatte, als sie in eine Krähenbeere biß, und das war herrlich und ekelhaft zugleich gewesen. Sie hätte darauf schwören können, daß sie nicht Opfer einer derartigen emotionalen Teppich-unter-sich-selbst-wegziehen-Anwandlung werden würde, aber Herrgott, wie hätte es damals, in diesem Sommer, in diesem Jahr, anders sein können, und wer um alles in der Welt konnte wissen, daß sich unter dem Kampfanzug des Offiziers nun ausgerechnet ein Mann von einfacher Herkunft verbarg, während der Sergeant ein Goldvogel war und obendrein noch blaues Blut in den Adern hatte? Oder so etwas Ähnliches.

Sie berührte die Oberlippe mit dem behandschuhten Finger und spürte das leichte Zittern. So viele Dinge konnte man vom Verstand her nachvollziehen, oder besser gesagt: All das, worüber sie jetzt nachdachte, erinnerte sie an das Gerüst oder den Überbau, in dem sie den größten Teil des Lebens gezwungen war (oder wünschte?) herumzukrabbeln. Rang und Stand, was zum Teufel war das schon, und andererseits, war das nicht alles? Es kam auf die Betrachtungsweise an, Elisabeth war kein Snob, und damals stellte sich eine solche Frage überhaupt nicht. Es gab nicht einen Menschen im Hotel oder innerhalb der nächsten Meilen, der in den beiden Engländern etwas anderes sah als Helden, die strahlende Jugend, motorisierte Ritter, edle Freibeuter, gehüllt in blaue Nebel von Zigaretten, Marke „Senior Service“, und Abgaswolken. Reichsgerichtsanwalt Kanter und Frau Henriette waren dann auch die ersten, die sich aufstellten und winkten, als die Mädchen in den Jeep krabbelten, und los ging die Tour, im Schlepp eine

Sandkaskade. „Tschüs, und amüsiert euch gut!" Und sie riefen zurück: „Tschüs, das werden wir schon!" In hellen Sommerkleidern und mit offenem Haar. Es konnte ja nichts passieren. Das war alles nur ein Spiel oder ein Traum, so wie dieser Sommer oder das Jahr als Ganzes. Das Dunkel war verschwunden, und über allem strahlte das Licht, dieser Sommer ging nie vorüber.

Aber das tat er dann selbstverständlich doch und mit den Konsequenzen für Elisabeth, die sich ergeben, wenn man will und Lust hat, jedoch weder über Erfahrung noch über Kenntnisse verfügt. Falls man davon ausgeht, daß Richard (Dickie) Wing es auf sie abgesehen hatte, so ist es eine Untertreibung zu behaupten, sie ließ ihn gewähren. Ihr war, als sei sie einzig und allein auf ihn programmiert worden, er *mußte* es sein, der Zeitpunkt war richtig, er war *der Richtige*, und wenn sie auch erschauerte, als er die Uniformjacke und das Hemd auszog und sie sah, daß die Sonnenbräune nur bis zum Hals ging und er weiter unten weiß war, proletarisch weiß, wie sie sofort erfaßte, so war doch ihr Erschauern wiederum nicht eindeutig, und die Erregung, die sie bei seinen Liebkosungen empfunden hatte (Betty hatte sich mit dem Sergeanten davongemacht und turtelte in einer anderen Ecke des Wäldchens), steigerte sich zum Taumel, und sie war nicht im mindesten überrascht oder verwirrt oder peinlich berührt oder verlegen oder verletzt, als er ihr seine Männlichkeit präsentierte, die breitschaftig und fest war und in Farben erstrahlte, die der Körper sonst nicht aufzuweisen hatte. *Hail the Conquering Hero*, sie wurde von einem Mandrill bestiegen!

Das war ein Ächzen und Knarren im Hotel in den hellen Nächten des ganzen Sommers, die Dielenbretter gaben nach, in die alterssschwachen Sommermatratzen bohrten sich ausgeleierte Federn, Decken wurden auf dem Fußboden ausgebreitet, Federbetten zur Seite geschleudert, tiefbraune Schenkel reflektierten den ersten Schimmer der durch die offenen Fenster dringenden Morgensonne, Kichern und Seufzen wurden unter einer rauhen und dennoch sanften Handfläche erstickt, und was da an Jungfräulichkeit im wörtlichen wie übertragenen Sinne bei Elisabeth noch vorhanden gewesen sein mußte, verlor sich an jenem Tag auf dem Sandweg, wo der Unterleutnant und sein Sergeant mit nicht fehlzudeutender Absicht in den Jeep sprangen und davonzogen, während alle Zurückbleibenden winkten und der Hotelbesitzer die Schiffsglocke läutete, die sonst nur zur Anwendung kam, wenn man zu den Mahlzeiten rief.

Und dann später ... Nein, eine Eimertoilette war es nicht, trotz alledem hatte die Zivilisation wohl schon Einzug gehalten, oder doch nicht? Elisabeth nahm das Gas zurück und blinkte, um auf einen Parkplatz einzubiegen, wo es Tische und Bänke gab und die üblichen Abfallsäcke, die nun naß und mißmutig wie gebrauchte Walfischpräservative im Februarwind hingen. Sie wischte sich über die Stirn und zog die Handschuhe aus. Es war warm im Wagen, und ihr war wohl auch ein klein wenig übel. Wie damals. Für sich genommen war es ein überraschendes Erlebnis. Den einen Tag jung, normal, unbekümmert, im Gleichgewicht, optimistisch, am nächsten Tag ein biologisches Phänomen voller Scham, Opfer einer unberechenbaren Seekrankheit, geplagt von einer Serie Ahnungen, die sich früher hätten melden sollen und die vielleicht hätten verhindern können, daß ... Im Rückblick kam ihr das alles wie ein Traum vor, eingeschlossen allerdings waren darin auch Alpträume. Sie hatten gevögelt, als sei das die natürlichste Sache von der Welt, das machte man eben, wenn man erst herausgefunden hatte, wie so was funktionierte, und Dickie Wing war ein ausgezeichneter Lehrmeister gewesen, sanft, aber kräftig, subtil, aber unnachgiebig. Es konnte einfach nicht anders ausgehen, ansonsten hätten sowohl er als auch sie unnatürlich eingerichtet sein müssen oder sie hätten mehr

Glück haben müssen, als die Polizei erlaubt. Elisabeth wurde schwanger, fertig, aus.

Zuerst wollte sie das selbstverständlich nicht wahrhaben. Sie war, wie sie immer war, sie war, wie sie sein *wollte.* Sie sei gesund und normal, sagte sie sich, während sie sich zu Hause im Valeursvej an der Toilettenbrille festklammerte und würgte, um sicher zu sein, daß auch alles Innere mit hochkam, es sei doch weiter nichts als eine kleine Unpäßlichkeit, aber tief unter den wohlzurechtgelegten Ausflüchten und Manövern war sie sich durchaus darüber im klaren, was mit ihr los war, und als sie auch sich selbst gegenüber eingestehen mußte, wie die Sache stand, begann sie darüber nachzudenken, was nun geschehen sollte.

Mit Richard Wing hatte sie nur ein paar Briefe gewechselt, wurde aber bald von einer Art undefinierbarer Verwirrung ergriffen. Seine Briefe waren nicht gerade interessant. Gewiß gab es da viele Versicherungen von Liebe und Hingabe, aber sonst stand nicht viel darin, und als er demobilisiert wurde, erstarb der Briefwechsel ganz allmählich. Eigentlich war nichts Besonderes daran, daß der Poststempel „Birmingham" lautete, in Birmingham mußten alle möglichen Menschen zu Hause sein, doch war das ein weiterer Sprung in jenem Bild, das Elisabeth in ihrem Kopf von Richard Wing bewahrt hatte. Es lag etwas Beunruhigendes und Verwirrendes darin, ihn sich außerhalb eines bestimmten Zusammenhanges vorzustellen. Das war bisher die Landschaft und das Hotel gewesen, der Strand, das Wäldchen, die sanften Dünen, die ausgebeulten Matratzen und das Morgenlicht. Es hätte zur Not angehen können, wenn er in London zu Hause gewesen wäe, aber Birmingham, was war Birmingham, wo lag Birmingham, und wie sah es dort aus? Die Bilder verflüchtigten sich aus ihrem Bewußtsein, und mit dem Fortschreiten der Schwangerschaft – und ihr ging es immer dreckiger, auch weil sie noch immer nicht den Mut aufgebracht hatte, mit jemandem über ihren Zustand zu reden, auch mit Betty nicht – wurde es immer schwerer für sie, an dem festzuhalten, woran sie sich bisher geklammert hatte: seine Nähe, seine außerordentliche Fähigkeit, ihr ein Gefühl von Gegenwärtigsein zu vermitteln, sein ganz handgreifliches Vermögen, sie in Atmosphären zu erheben, in die zu gelangen sie rein physisch früher nie zu träumen gewagt hätte. Er hatte Kontakte berührt, die Elisabeth vorher nur als Ahnungen bekannt waren, aber über die Begegnung mit dem Maskulinen hinaus, das für sie ganz eindeutig eine Befreiung bedeutete, war die Verbindung mit der Situation und dem Ort, mit der Landschaft, mit dem Geruch das alles Entscheidende für das Erlebnis. Wenn sie ihn sah, hatte sie ihn in Uniform vor Augen, im Jeep, rauchend, lachend oder im Bett, der weiße Körper phosphoreszierend in der Dämmerung oder im frühen Morgenlicht. Es war zu weit bis Birmingham, um einen Zusammenhang herstellen zu können, und je schlechter es ihr ging, um so schwerer fiel es ihr, die Beziehung aufrechtzuerhalten. Mit seiner Schrift war irgend etwas nicht in Ordnung! Der Mann, der sie so sanft und so kräftig genommen hatte, konnte doch unmöglich diese Krakel schreiben. Und obwohl Elisabeth nur ihr Schulenglisch beherrschte, war es ihr doch nicht möglich, die Fehler in der Orthographie zu übersehen. Unterleutnant Wing konnte nicht richtig buchstabieren! Natürlich schämte sie sich über ihren snobistischen Geistesfick, seiner Rechtschreibung hatte sie ihre Jungfernschaft schließlich nicht geschenkt. Und trotzdem. Diese Worte wiederholte sie immer wieder, während sie im Balkonzimmer mit der Aussicht auf den Sund hin- und herwanderte. Trotzdem! Und dann fluchte sie lange und innig, eine Gewohnheit, die sie auch später nicht ablegen sollte. Das mußte doch mit dem Teufel zugegangen sein, sagte sie sich, daß man so dumm sein konnte. Obgleich Gespräche sexuellen Inhalts absolut nicht zur Alltagskost im Kanterschen Heim gehörten, wußte sie jetzt, ja, nun wußte sie es, daß man Kinder bekam, wenn man miteinander ins Bett ging, daß es Möglichkeiten zur Verhütung gab, daß der gute Dickie sie hätte beschützen sollen, daß er seine Vorteile wahrgenommen hatte, ohne einen Augenblick an seine Verantwortung zu denken. Er hatte sie genommen, aber hatte er sie überhaupt gemocht? Waren die primitiven Krakel und Versicherungen (mit Fehlern darin) nicht nur leeres Gerede, und war es nicht möglich, daß es diesen Leutnant in Wirklichkeit gar nicht gab, daß er gar nicht hiergewesen war, daß ihn nur die Phantasie vorgegaukelt hatte? Sie schlug sich mit der Hand auf den Bauch, denn sie wußte nur allzu gut: Wenn Richard Wing eine Spukgestalt war, dann handelte es sich auf alle Fälle um einen sehr potenten und fruchtbaren Spuk. Verdammt, verdammt, verdammt.

Sie ließ sich ein wenig mehr in den Sitz zurückfallen und schloß die Augen. Von draußen war eine Elster zu hören. Ihr Ruf erklang metallisch, mit höhnischen Pausen, ein Räuber, der genau wußte, wie schwer er zu fangen war. Elisabeth schaltete das Radio ein. Sie erwartete – wie immer – BBC 4, hörte statt dessen aber eine weibliche Telefonstimme, die Dänisch sprach und von irgendeiner Sache berichtete, die sie in ihrem Garten vergraben hatte. Kartoffeln? Einen Schatz? Einen toten Hund? Es war nicht auszumachen. Ab und zu wurde die Frau von einem Mann unterbrochen, der sie offensichtlich zu leiten hatte oder sie ausfragen sollte. Das klang vage, und man hatte Schwierigkeiten, sich hineinzufinden. Worum ging es eigentlich? Elisabeth versuchte zuzuhören, öffnete die Augen, aber das Lachen wirkte so gekünstelt, daß es sie verwirrte. Die ganze Zeit lag über dem Gespräch sowohl etwas Forciertes als auch etwas Verwässertes, eine aufgesetzte Freundlichkeit, die entweder Aggression verbarg oder ganz einfach Dummheit. Dann ging das Gespräch in eine Art Quiz über, und sie erkannte das Genre von zu Hause wieder, doch plötzlich wurde ihr bewußt, wie viele Jahre vergangen waren – nicht, seit sie zuletzt in Dänemark gewesen war, auch wenn das nun schon wieder lange zurücklag –, seit sie zum letzten Mal bewußt darauf geachtet hatte, wie die Leute redeten, was sie sich erzählten und in welcher Weise sie das taten. Die Stimme ihres Vaters hatte nicht so geklungen wie die des Mannes im Radio, und wenn sie selbst Dänisch sprach, dann klang das auch nicht so wie bei der Frau. Das konnte nicht nur der Klassenunterschied sein – benutzte man dieses Wort? –, die Sprache selbst mußte sich verändert haben. Und vielleicht, weil sie sich in der assoziativen Nähe jenes Jahres befand, hörte sie plötzlich wieder die Freiheitsbotschaft, ohne jedoch dem Wortlaut Beachtung zu schenken, vielmehr lauschte sie der Betonung, der Art, wie der Sprecher die Wörter formte, seiner Modulation und Intonation, und das klang tatsächlich völlig anders als heute. Das klang mehr wie ihr Vater.

Ihr Vater ... der geweint hatte. Das hatte sie vorher nie erlebt, und sie hatte es nie für möglich gehalten, daß sie das erleben würde. Er mußte in dem Alter gewesen sein, in dem sie jetzt war, und als sie hereinkam – zusammen mit der Mutter –, um mit ihr gemeinsam ein Geständnis abzulegen, war sein Gesicht gleichsam auseinandergefallen, sie hatte die Tränen die Wangen hinunterlaufen sehen und plötzlich gemerkt, wie schwächlich er aussah, wie alt. Als sei es ihr Großvater, der da in dem Stuhl vor dem großen Mahagonitisch saß, mit zuckenden Schultern dasaß und weinte, weil sie ein Kind bekommen sollte. Sie war geneigt, dichter an ihn heranzutreten als zuvor, fühlte aber gleichzeitig einen unüberwindlichen Abstand zwischen ihm und sich. Warum mußte er so reagieren? Er war doch nicht schwanger, er war doch nicht verlassen worden. Was er vielleicht zu opfern hatte, war ein wenig Ansehen, doch von welcher Art und wem gegenüber? Ihr Mitleidsgefühl nahm zu in der Konfrontation mit seiner Hilflosigkeit, aber auch eine gewisse Wut machte sich in ihr breit, ja, beinahe hätte sie einen Augenblick lang geglaubt, er spiele ihr da etwas vor, das alles sei Theater; Männer hatten nicht zu weinen, jedenfalls nicht ihr Vater.

Danach hatte es natürlich Diskussionen und Donnerwetter und Wetterleuchten, Stoßgebete und Beschwörungen gegeben. Elisabeth war auch nur in technischer Hinsicht „verlassen" worden. Hätte man die Absicht gehabt, methodisch vorzugehen, wäre Mr. Wing in diesem unwirklichen Birmingham natürlich mit Leichtigkeit aufzuspüren gewesen, aber in diesem Punkt wurden die Bremsen gezogen. Vielleicht war das das überraschendste, auch wenn Elisabeth vielleicht nicht so überrascht sein konnte, wie es eine Zeitlang ihrem Gefühl entsprach. Am meisten überrascht war Betty. Die Bombe des Geständnisses hatte auch sie erschüttert, doch ihr fiel es nicht schwer, den Schock zu überwinden, und sie fand auch nichts Welterschütterndes daran, daß die Schwester ein Kind bekommen sollte und den flotten Leutnant heiraten würde – auch wenn er nun nicht mehr Leutnant war, sondern wieder seinem alten Beruf nachging, als „Bahnlatscher". So hatte der Vater es genannt: Bahnlatscher. Und jedesmal, wenn Elisabeth über die Tietgensbro ging oder ab Hellerup mit der S-Bahn fuhr, versuchte sie, einen Bahnlatscher zu erblicken. Was machte so einer? Trug er Koffer, oder war das vielleicht derjenige, der mit dem kleinen Hammer am langen Stiel herumging und „klang" an den Rädern der Eisenbahnwaggons machte, um zu hören, ob ein Sprung darin war?

Vielleicht war Betty die demokratisch Eingestellte – und auch die Tugendhafte. Es war unmöglich, aus ihr herauszubekommen, wie weit der Sergeant in den hellen Sommernächten bei ihr gelangt war. Die alte Vertrautheit war offensichtlich aufgebraucht. Sie verschwand mit der Pubertät. Und mit der Schwangerscaft, was tritt da ein? fragte sich Elisabeth. Sie hatte das Gefühl, als hinge sie in der

Luft oder als wäre sie eingerollt in den Rest des Verdunklungspapiers, das an dem großen Tag von den Fenstern entfernt und im Keller verstaut worden war. Es hätte verbrannt werden sollen, aber ganz so ausgelassen zu sein wie die Nachbarn in den ärmeren Vierteln konnte sich die Familie Kanter nicht erlauben. Es wurden Kerzen in die Fenster gestellt, keine Lagerfeuer entzündet.

Das Verdunklungspapiergefühl wurde ihr nicht nur von der permanenten Dunkelheit um sie herum, in der sie sich zu befinden glaubte, eingegeben, sondern war auch Ausdruck von Klaustrophobie. Sie war tatsächlich eingeschnürt, zusammengerollt, außerstande sich zu rühren. Immer mal wieder war sie nahe daran, auszubrechen, nichts konnte scheußlicher sein, als dieser andauernde Belagerungszustand, unter dem die Argumente und Gebete der Eltern, die guten Ratschläge und die Nachsicht (als eine Art Taktik) wie spanische Reiter und Panzersperren um sie herum aufgepflanzt wurden. Betty hatte vielleicht recht: das beste wäre, abzuhauen und diesen Heizer – oder was er nun war – zu suchen, jedenfalls weg. Und die Verrücktheit, die ab und zu eine Schwangerschaft begleitet, in diesem Fall aber eher den Umständen zuzuschreiben war, ließ Elisabeth abwechselnd explodieren und sich tiefer und tiefer in sich selbst vergraben.

Das Unangenehme daran war allerdings, daß sie, je mehr sie grub und je tiefer sie stieß, desto näher an dieses Phänomen herankam, das in ihrem Innern eingeschlossen war. Auch wenn sie sich auf die Erinnerungen konzentrierte – die flüchtig und schwer zu fassen waren wie die Jahreszeit selbst –, gelang es ihr nicht, ihr Erleben von Dickie Wings eisenharter Süße und der Ekstase, die diese in ihr hervorgerufen hatte, mit dem Gewächs da drinnen im Dunkeln zu verbinden. Vielleicht rottete die Schwangerschaft den Geschlechtstrieb aus, aber zu gewissen Zeiten kamen ihr Zweifel, inwieweit er überhaupt jemals vorhanden war, und in ihren schlimmsten Stunden konnte sie sich einbilden, sie sei einfach verführt worden. Er hatte ihr nicht nur die Unschuld genommen, er hatte sie auch verunglimpft, und wenn sie sich die Schreie ins Gedächtnis rief, wurden diese plötzlich zu Schmerzen. Es hatte wehgetan, es hatte sogar höllisch wehgetan, auf alle Fälle, als er sich das erste Mal mit seinem *juggernaut* Zugang zu ihren geheimen Zonen verschafft hatte, Gebiete, die sie bis zu jenem Tag bewacht und mit Eifer verteidigt hatte, mit eben solchem Eifer, wie ihn die Familie nun aufbrachte, um die Tochter in Stücke zu reißen.

Die Tobsuchtsszenen waren kurz und heftig, und merkwürdigerweise war zumeist Betty das Opfer. Der Anblick des weinenden Vaters gebot Elisabeth aus mehreren Gründen Einhalt. In seiner Gegenwart zügelte sie schnell ihre Wut, nachdem sie sich Luft verschafft hatte, wenn die Pressionen zu groß geworden waren und die Alten sie durch eine Serie mentaler Übungen geschleift hatten, während derer Vorwürfe und Bitten einander abwechselten. Umgekehrt verhielt es sich mit Betty, und unzählige Male hatte Elisabeth sich bisher gefragt, warum gerade sie dafür hatte herhalten müssen, warum die jüngere Schwester, die doch nichts getan hatte und vielleicht sogar die vernünftigsten aller Pläne bewegte, gequält und beschimpft werden mußte, jenseits jeglicher Vernunft. Auf den ersten Blick war das einleuchtend: Gerade weil sie so billig davongekommen war, sollte sie jetzt draufzahlen. Aber die Komplikationen saßen tiefer und konnten erst später aufgedeckt werden. Die fehlende Vertrauensbasis war einer der Gründe. Elisabeth mußte – gegen ihren Willen – auf jegliche Heimlichkeiten verzichten. Dafür sorgte das Monster in ihrem Bauch. Daß nichts geheimgehalten werden konnte, war eine der schrecklichen Seiten der Schwangerschaft, alles kam ans Licht, ein jeder – auch fremde und unbeteiligte Personen – konnte nach und nach an ihrer Situation teilnehmen, ja, Elisabeth wurde auf eine bestimmte Art das Eigentum aller, und das erfüllte sie mit Ekel. Und vorwiegend aus diesem Grunde wurde Betty sozusagen zu einem positiven Spiegelbild, zu einer Reproduktion ihrer selbst als unschuldiges, unberührtes, unangetastetes Wesen. Diese Rolle war unspielbar, mit dieser Rolle war man bestraft und wurde man bestraft, bis vollständiges Schweigen zwischen ihnen herrschte. Das schwarze Papier schnürte von allen Seiten, und je mehr sie um sich schlug, desto mehr verstrickte sie sich in ihrer Unausweichbarkeit.

Daran war nichts Seltsames, denn eine Alternative gab es nicht. Ohne Schwierigkeiten zu haben, holte der Reichsgerichtsanwalt Kanter die notwendigen (und unangenehmen) Auskünfte über Richard (Dickie) Wing ein, und ohne Schwierigkeiten dabei zu haben, überzeugte Frau Henriette Kanter ihre Tochter davon, daß es einem Selbstmord gleichkäme, würde sie eine Ehe mit jemandem eingehen wollen, der in einem fremden Land wohnte und nicht die Spur einer Chance hatte, seine Stellung im Leben wesentlich zu verbessern. Das sprach für sich selbst, darüber mußte nicht diskutiert werden, das war eine simple Tatsache. Langsam, aber sicher und unterstützt von ihrem eigenen tiefsitzenden Widerwillen, wurde Elisabeth von einem regelrechten Abscheu gegenüber ihrem ehemaligen Liebhaber erfaßt. Versöhnliche Elemente waren in keiner Weise mehr vorhanden, und die Erscheinung des weißen Körpers mit dem sonnengegerbten El-Alamain-Kopf verwandelte sich von etwas mystisch Anziehendem zu einer obszönen Karikatur. So durfte ein Mensch nicht aussehen. Was früher ein Spielen in Wellen am Strand gewesen war und frischer Windhauch über weißen Dünen, wurde nun zu taumeliger Seekrankheit und zu saurem Aufstoßen. Daß ihre eigene Laufbahn, was immer sie sich auch aussuchen würde, beendet wäre durch eine Heirat mit dem unseligen „Befreier", war klar.

Aber was dann? Was dann? Sie griff nach dem Lenkrad und zog sich in eine aufrechte Position. Über ein „Was dann“ war nicht allzuviel nachzudenken. In der neuen Besatzungszone gab es gar keinen Platz für Manöver. Eine Abtreibung – eine illegale, wie das damals hieß – war völlig undenkbar. Der Reichsgerichtsanwalt, der sich kraft seines Amtes mit der höchsten Gerechtigkeit beschäftigte, mußte rein, unangreifbar bleiben, über alles erhaben, was auch nur im Geringsten als kriminell oder ungebührlich angesehen werden konnte. Aber seine seraphische Unantastbarkeit war nicht der einzige Grund. Abtreibungen durfte man einfach nicht vornehmen lassen. Jeder gesunddenkende und normale Mensch mußte vor dieser Sünde, die ein Verbrechen gegen die Menschheit war, zurückweichen. Nahm man etwa nicht einem kleinen Kind das Leben? Lehnte man sich nicht gegen den Willen Gottes auf, indem man auf so schäbige Art vorging? Entzog man sich mit dem Versuch, feige durch eine häßliche Hintertür zu schlüpfen, nicht der notwendigen Buße? Die Gesichter der Eltern schienen in höhere Sphären zu entschweben, wenn dieses Thema berührt wurde, die Eltern schienen vor Elisabeths Augen zu wachsen, zu Statuen zu werden mit vor der Brust gekreuzten Armen, den Kopf im Nacken und mit einem Blick, der in Nebeln verschwand. Sie selbst aber stand, sofern das überhaupt möglich war, in noch stärkerem Maße schamgebeugt unter ihnen und war sich bewußt, daß sie außerstande sein würde, einen so grausamen Eingriff vornehmen zu lassen. Wäre Richard Wing anwesend gewesen, sie hätte nicht gezögert, ihm den Kopf abzureißen oder ihn kaltblütig niederzuschießen, aber dieses andere war zu frevelhaft, das sah sie ein, so etwas tat man nicht. Wenn der Verführer es schon geschafft hatte, aus ihr ein lichtscheues Wesen zu machen, so sollte es ihm nicht gelingen, sie noch tiefer in Promiskuität und Erniedrigung zu treiben.

Elisabeth ließ die Finger über das Lenkrad gleiten. Das Plastmaterial hatte die gleiche Temperatur wie das Wageninnere, vielleicht war es ein wenig kühler, weil sie das Fenster offengehabt hatte, aber es war angenehm, funktionell und entsprach hervorragend der weichen, kühl-trockenen Haut ihrer Handfläche. Durch die Frontscheibe sah sie einen Lastwagen Kurs auf den Parkplatz zwischen den Kiefern nehmen. Es war ein Sattelschlepper mit Anhänger, Fischtransport. Sie war auf ihrem Weg nach Norden einer Menge davon begegnet. Der Wagen blieb mit einem stotternden Fauchen der Vakuumbremsen stehen, während sich ein schwaches Schütteln durch das Zugfahrzeug fortpflanzte, als der Fender die Vorwärtsbewegung des Trailers auffing. Ein sanfter Stoß, den sie aus ganz anderen Zusammenhängen her kannte und den sie geschätzt hatte, vielleicht noch nicht so richtig im Jahre 45 – aber wer weiß?

Alle diese großmütigen Beschlüsse waren jedoch insofern vorteilhaft, als sie einige Pluspunkte sammeln konnte. Wenn sie sich von dem Kindesvater lossagte, wenn sie keine Dummheiten beging (Abtreibung), wenn sie sich in allem und jedem nach dem Wunsch der Eltern richtete, würden diese nicht nur den Verpflichtungen dem Kind gegenüber nachkommen (eine Adoption wäre die einfachste Sache von der Welt), es käme auch ein Bonus für sie selbst in Form einer Ausbildung dabei heraus. Eine Ausbildung hätte sie sowieso erhalten, das war klar, nun allerdings wurde diese mit unverhoffter Freizügigkeit versehen. Die illegale Liebe mit nachfolgendem peinlichen Resultat schien trotz alledem Elisabeth in eine besondere Klasse versetzt zu haben, vielleicht aber enthielt die Wahlfreiheit auch eine verborgene Degradierung: Ihr wurde erlaubt, zu werden, was sie wollte. Möglicherweise schwebte ihren Eltern vor, daß die Wahl unter allen Umständen auf ein akademisches Fach fallen würde, auch wenn es im Jahre 1946 überhaupt nicht zu den Selbstverständlichkeiten gehörte, daß Töchter aus dem gehobenen Bürgertum die akademische Laufbahn wählten. Aber einmal abgesehen von dieser Eskapade, hielt man Elisabeth Kanter nicht für dumm. Sie hatte sich in der Schule gut gemacht, das neusprachliche Abitur von Aurehøj mit guten Noten abgeschlossen, irgend etwas deutete darauf hin, daß ihre mögliche Wahl kein Schuß in den Ofen werden würde, und außerdem bewegte man im Hinterkopf den heimlichen Gedanken, daß – falls das Schlimmste eintreten sollte, nein, das Schlimmste *war* eingetreten, also das Zweitschlimmste, nämlich daß sie irgend etwas Albernes oder Unakzeptables wählen würde – das dann sicherlich etwas war, was sie aus dem Hause entfernen würde oder was auf die ihr eigene Exzentrizität zurückgeführt werden könnte, der sie ja bereits in so fataler Weise Ausdruck verliehen hatte. In Wirklichkeit bekam sie Bestechungsgeld. Das war keine Kompensation, kein Trost, es war eher eine in Geld verwandelte Unsicherheit, ein weihrauchumhüllter Ablaß, der alle und in erster Linie ihren Vater und ihre Mutter wieder an anderes denken lassen konnte; diese unglückselige Geschichte mußte aus der Welt geschafft werden, mit den Unannehmlichkeiten mußte es ein Ende haben. Herr und Frau Reichsgerichtsanwalt opferten mit anderen Worten nicht nur ein Enkelkind, sie kippten auch das eigene Kind mit dem Badewasser aus; denn in ihrer Trance konnte Elisabeth gar nichts „Vernünftiges“ einfallen, sie wußte ja kaum, was Vernunft eigentlich war, dagegen lag klar auf der Hand, daß sie weg mußte, am besten so weit weg wie möglich.

Die erste Station war ein „diskreter Aufenthalt“ in Randers bei einer Apothekerfamilie aus dem Bekanntenkreis. Hier ging sie wie ein Gespenst einher, ein sehr handgreifliches allerdings, ihr Bauch wuchs, und sie mußte ihren Körper geradezu verkanten, wenn sie durch die Tür wollte. Die Frau des Apothekers sah in ihr beinahe so etwas wie eine Ergänzung zum Personal und mußte sich mehr als einmal zurückhalten, da ihr ein „Fräulein“ auf den Lippen lag. Es war einem unwohl dabei, und es rief Verwirrung hervor, wenn man einerseits Rücksicht auf das ins Unglück geratene Kind von Freunden zu nehmen hatte und andererseits sich eine gewisse Kompensation davon versprach. Für ein junges Mädchen war es ganz einfach ungesund, immer nur umherzulaufen, und wenn auch Geld für Elisabeths Anwesenheit gezahlt wurde, schien es doch durchaus angemessen, sie an den täglichen Hausarbeiten zu beteiligen. Sie war keine Prinzessin, weiß Gott nicht. Das fand der Apotheker auch, und ab und zu rief ihre Schwangerschaft – die heilige Jungfrau mit dem dicken Bauch – bei ihm anscheinend starke Gelüste hervor und beflügelte seine Phantasie. Er versteckte sich in Ecken und Winkeln und trat mit weit aufgerissenen Augen hervor, wenn Elisabeth sich näherte, und als es ihm einmal gelang, sie trotz all ihrer Ausweichmanöver einzufangen, schloß sie für einen Augenblick die Augen und fühlte ein wenig von der rauschhaften Verwirrung, die sie beim Zusammensein mit Richard Wing erlebt hatte. Der Mann war wahnsinnig und eindeutig pervers. Sie hatte ihn nicht nötig und absolut keine Lust auf ihn, keinen hatte sie nötig, es lag jedoch in der Illegalität und in der Positur, die er einnahm, etwas anziehend Absurdes, etwas, was immer noch besser war als die gequälte Mitleidigkeit und die Verachtung seiner Frau. Der Apotheker fing sie ein, schlang seinen Arm um ihre Hüfte und drückte sie nach hinten weg, indem er sein Ohr gegen ihren Bauch preßte. „Was haben wir denn hier?“ flüsterte er. „Was haben wir denn hier?!“

Das Ganze war innerhalb einer Sekunde überstanden, dann hatte sie sich freigemacht und ging weiter den Korridor entlang. Am Mittagstisch und an anderen Orten, an denen er es für gut befand, ließ er ihr gegenüber seine leicht hervorstehenden gelben Bocksaugen aufblitzen, aber sie sah durch ihn hindurch, schien nichts zu bemerken, zeigte ihm ihre Verachtung. Doch irgendwo im Inneren schätzte sie die Aufmerksamkeit, die – wie sie spürte – auch eine Form von Verachtung war, allerdings so primitiv, daß sie entschuldigt werden konnte und auf alle Fälle diesem naßtrüben Friedhofshauch aus Heuchelei und Verstellung vorzuziehen war, der sie ansonsten umgab. Das war doch wenigstens ein Zeichen, das war doch ein Impuls, der Erinnerungen wachrief an das, was einmal schön gewesen, ja, berückend schön gewesen war. Sein Ohr auf ihrer gestrafften Haut und etwas, was sich unter der birnenförmigen Schwere bewegte, ihr Abdomen war es, das das Vorhandensein eines Geschlechts weitergab.

Möglicherweise war das der Zeitpunkt, an dem sie einen Entschluß faßte oder einen Gedanken ausformte, der in ihrem Bewußtsein so fest wurzelte wie die hartnäckigste aller Schwangerschaften. Keine Kinder. Was sie in ihrem Bauch mit sich herumtrug, mußte irgend etwas anderes sein. Und wenn das weg war, dann nie mehr. Liebe, Berührung, Sensualität (das Wort kannte sie damals nicht), ja, ihretwegen ebenso Lüsternheit (war die damals vorhanden oder jetzt?), mit all dem konnte sie leben, aber ohne das alles (das in ihrer Situation nur eine schwache Erinnerung war, ein Vibrato, hervorgerufen von dem Ohr des Apothekers auf ihrem Bauch in einem halbdunklen Korridor der Apotheke von Randers) konnte sie nicht leben. Traten Unkosten auf, mußten andere dafür geradestehen, sie würde sich schon zu schützen wissen.

Elisabeth sah, daß der Lastwagenfahrer die Tür seiner Kabine öffnete und schließlich herabkletterte. Das letzte Stück sprang er, federte in den Knien nach. Sein grüner Overall fing ein wenig von dem Winterlicht ein, und die Stiefel brachen den Wasserspiegel der Pfützen auf. Er wiegte sich leicht beim Gehen, so, als sei er sich über seine Kraft im klaren, wolle aber seine Wuchtigkeit ein wenig verbergen. Neben dem Rover blieb er stehen und beugte sich vor. Sie fuhr das Fenster etwas weiter hinab und lächelte.

„How do you do“, sagte er.

„Hello“, grüßte sie zurück.

Der Fahrer versuchte, mit den Händen zu reden. Eine nichtangezündete Zigarette hing ihm zwischen den Lippen.

„Have you . . . Have you got . . .?“

„Feuer?“

„The lighter . . . in the truck . . .“

Etwas ging in seinem Gesicht vor. Elisabeth lächelte wieder.

„Sie können ruhig Dänisch sprechen.“

„Ach so, ich habe das Nummernschild gesehen . . .“

Der Mann kratzte sich im Nacken.

„. . . aber es ist ja auch noch keine Urlaubszeit.“

Elisabeth drückte den Zigarettenanzünder auf ihrem Armaturenbrett hinein. Die Sonne war verschwunden, und die Elster lärmte in einem etwas entfernter stehenden Baum.

„Sind Sie etwa Dänin?“

Sie nickte. Er lachte.

„Das konnte man ja nicht wissen. Dann geht's leichter.“

Die Hand, die nun die Zigarette hielt, fuhr herum, als wolle er ihr den Parkplatz zeigen oder als habe er irgend etwas auf dem Herzen, was er nicht loswerden konnte, obwohl sie jetzt dänisch sprachen. Der Anzünder fluppte heraus, sie griff ihn und reichte ihn aus dem Fenster. Er beugte sich vor und umspannte ihr Handgelenk, während er an der Zigarette zog. Die Glut warf einen Schein auf sein großes Kinn. Sein Mund bewegte sich im Rauch.

„Man muß drumherumgehen“, sagte er und nickte dabei.

„Drumherum?“

„Ja, ist dir das nicht aufgefallen? Wenn man mit dem Fahrer sprechen will, muß man auf die rechte Seite gehen.

So ist das. Obwohl ich finde, daß das unbequem sein muß."

„Man gewöhnt sich dran."

„Wirklich?"

Zu Anfang hatte Elisabeth sein familiäres „Du" gar nicht bemerkt, dann war ihr bewußt geworden, daß sie geduzt wurde und daß sie das als nicht normal empfand. Das englische „You" war kein „Du", jedenfalls nicht, wenn man mit fremden Leuten redete.

„Ich wäre sonst übrigens nicht auf dich zugekommen", sagte der Mann. „Aber dann hatte ich so einen Jieper auf eine Zigarette, und der Scheiß da funktioniert nicht."

Elisabeth steckte den Zigarettenanzünder wieder in die Halterung zurück.

„Es freut mich, daß ich Ihnen behilflich sein konnte."

„Die Engländer sind nicht beliebt hier."

Das teddybärartige Äußere und all die Pullover, die er übereinandergezogen hatte, ließen den Fahrer älter aussehen, als er in Wirklichkeit war. Er war wohl gerade in den Zwanzigern.

„Das mit den Fischen, das ist nicht in Ordnung, finde ich."

Er kratzte mit der Stiefelspitze auf dem Asphalt herum. Der Wind versetzte die schlaffen Abfallsäcke in ein leichtes Zittern. Natürlich hatte Elisabeth den Fischkrieg verfolgt, aber ohne besonderes Engagement. Das war auch eine Frage von Loyalität, und sie mußte feststellen, daß sie sich gespalten fühlte. Vielleicht hatte die Propaganda bei ihr etwas bewirkt, oder sie war eben Engländerin geworden. Niemand konnte ihr das verdenken. Und was gingen sie im übrigen die Fischfangquoten an? Komisch war nur der Gedanke, daß man nun wieder die Engländer haßte. Im einen Augenblick Helden, im nächsten Schurken, erst die Deutschen, dann die Engländer. Sie spürte plötzlich eine überwältigende Müdigkeit. Bestand das Leben nur aus dieser

Art von Gesprächen? Ganze Ozeane hatte es davon gegeben, tonnenweise Gerede, kilometerweise Ereignisse und Krisen, Schlachten und Diskussionen, unendliche Reihen von Nachrichtensendungen, vollgestopft mit Mitteilungen, die zu guter Letzt immer die gleichen waren. Wenn irgend jemand sie jetzt fragen würde, sie könnte nicht sagen, was da passiert war und wann und was das zu bedeuten hatte. Die Krisenkonstante der Zeit war überwältigend, der Unglücksberg wuchs ununterbrochen, und um sie herum fielen die Stunden und die Minuten, die Tage und die Jahre als Schlacken herab, während die Haufen ausgebrannter Uhren an ihrer Seite zunahmen. Da blieb einem nichts weiter übrig, als zu lächeln.

„Ist das nur die Schuld der Engländer?" fragte sie.

Es lag etwas Sonderbares darin, mitten in der Rekonstruktion eines uralten Universums über Tag und Weg sprechen zu müssen. Vielleicht steckte aber auch ein Sinn dahinter, vielleicht war es genau das, woran sie sich gewöhnen mußte, wenn der Ausflug einen Sinn haben sollte. Egal, wie man sprang und hopste, der Weg führte immer wieder in die Trivialität zurück. Kein Weg drumherum! Der Fahrer hatte die Zigarette bis auf die Kippe aufgeraucht, die schmiß er nun weg.

„Ich weiß ja nicht", sagte er, „aber das sind Sturköppe, und wenn die reden, dann ist das immer so von oben herab."

Er sah sie erschrocken an.

„Ja, ich will ja keinen beleidigen, und du sprichst ja Dänisch. Aber wenn du meine persönliche Meinung hören willst, dann geht es ja viel mehr um die EG und all das. Um all das, in das wir uns haben hineinziehen lassen."

„Das sagen die Engländer auch."

„Die Engländer?"

„Die hassen den Market. *The European Community* ist ..."

Ihr Dänisch war angerostet, und sie wußte auch nicht, was sie eigentlich sagen wollte. Die Wörter blieben also in der Luft hängen, aber das Gefühl von etwas Uneingelöstem verließ sie nicht. Sie hob den Kopf und sah dem jungen Mann direkt in die Augen.

„Kennen Sie Tenna Hansen?"

„Was?"

Sie beugte sich etwas vor.

„Kennen Sie eine Frau Tenna Hansen? Sie soll hier wohnen."

„Tenna Hansen?"

„Ja."

„Ja, die kenne ich schon. Was heißt kennen, also so genau . . ."

Elisabeth hatte bereits das Gefühl, sie sei zu weit gegangen. Eben noch war sie nicht in der Lage, ein normales Gespräch zu führen, und im nächsten Augenblick tischte sie ihre intimsten Sachen auf. Sie legte einen Finger auf die Oberlippe und spürte, wie kalt die Haut war.

„Ist das nicht die von der Auktion, die Große?"

War Tenna groß?

„Ich weiß nicht, ob sie arbeitet. Ich dachte . . . Sie ist verheiratet."

„Ach, Tenna Hansen . . . Ja, sie sortiert. Ja, so genau kenne ich sie nicht, ich habe sie nur ein paarmal gesehen. Sie ist nicht zu übersehen, sie ist gut ausgepolstert."

„Ist sie . . . dick?"

Er lachte über das ganze Gesicht.

„Na ja, dick . . . an den richtigen Stellen."

Elisabeth wurde rot, und eine kleine Hand kroch unter ihre Twinsetjacke und preßte sich auf das Brustbein.

„Willst du sie besuchen?"

Elisabeth schüttelte den Kopf – und nickte danach ein wenig. Die Bewegungsrichtung war nicht eindeutig festzustellen.

„Ja, dann ist es wohl am einfachsten, wenn du am Hafen nachfragst. Hansen sagtest du doch? Davon gibt es bestimmt eine höllische Menge im Telefonbuch.“ Er führte die Hand an seine Chauffeursmütze. „Aber ansonsten ist das eine mit Pepp, soviel steht fest“, sagte er.

Der Fahrer drehte sich um und wollte gehen, blieb dann aber stehen und kam zurück.

„Ich stecke mir lieber noch eine an, bevor ich abdampfe. Sonst halte ich das nicht durch bis Frederikshavn, da kann ich das Ding reparieren lassen oder mir eine Schachtel Streichhölzer kaufen.“

„Das müssen Sie nicht.“

„Was?“

Sie grub in ihrer Tasche und zog einen flachen Faltbrief Streichhölzer hervor.

„Hier. Die können Sie nehmen.“

„Aber das ist doch nicht nötig.“

Sie reichte ihm die Streichhölzer hinaus. Er nahm sie, und das Briefchen verschwand förmlich zwischen seinen kräftigen Fingern.

„Dann seid ihr vielleicht gar nicht so schlimm?“

Der Fahrer beugte sich weit vor und stützte sich dabei mit einer Hand an der Tür ab.

„Ansonsten sage ich immer zu mir, falls ich mal Margaret Thatcher begegne, der brate ich eine über.“

Elisabeth lachte, das gefiel ihr; da hält sie auf einem Parkplatz mitten im Fischkrieg, und schon wird sie mit Margaret Thatcher in einen Topf geworfen.

„Habe ich Ähnlichkeit mit ihr?“

„Nicht die Bohne.“

„Was dann?“

„Falls ich der begegne, habe ich doch gesagt.“

Er hielt die Streichhölzer hoch.

„Und die hier, die hätte ich von der auf keinen Fall genommen. Lieber dann zwei Feuersteine!“

Sie sah ihn in das Fahrerhaus des großen Wagens krabbeln und hörte, daß der Motor gestartet wurde. Als er zur Ausfahrt rollte, beugte er sich über das Lenkrad und lachte und winkte. Er hatte sich die nächste Zigarette angezündet. Als der Lastzug auf gleicher Höhe mit ihrem Wagen war, stieß das Bremssystem wieder sein pneumatisches Fauchen aus, und der Anhänger ruckte und zuckte, bis die Zugvorrichtung die Bewegungen aufgefangen hatte und die Fahrt gleichmäßig wurde. Der Wagen verschwand auf der Straße, und wenig später war er nur noch als ein Summen zu vernehmen, das schwächer und schwächer wurde, bis es schließlich gar nicht mehr zu hören war. Das Windgeräusch war nun wieder präsent. Elisabeth fror.

Sie schloß das Fenster und saß ein Weilchen mit über der Brust verschlungenen Armen da. Ob sie für den jungen Mann zugänglich gewesen wäre, wenn sie ihn an einem sonnigen Tag und zu einem anderen Zeitpunkt getroffen hätte, irgendwo anders und in anderer Kleidung? Wie würde er sich in Uniform machen? In einer dänischen Uniform? Sie wußte nicht, wie heute ein dänischer Soldat aussah, aber damals ... Da hatten sie gewiß einen scheußlichen Anblick geboten. Oder richtiger gesagt, sie hatten gar nicht existiert. Seit August 43 hatte es ja keine dänischen Soldaten mehr gegeben, und wenn sie sich zurückerinnerte, wie sie davor ausgesehen hatten, schoß ihr sofort der Begriff „Sandlatscher" durch den Kopf. Graue, hinterwäldlerische Sandlatscher, große, häßliche Stahlhelme, die Waschkesseln glichen, klobige Schnürstiefel und pludrige Knickerbocker. Nie im Leben wäre sie auf so einen hereingefallen. Nie im Leben! Um Elisabeth Kanter zu verführen, mußte man ein anderes Format besitzen, nicht wahr? Sommer, Sonne, Salzwasser, blitzende Koppelschlösser, burgunderfarbenes Barett, ein militärischer Gruß als Begleitmusik, ein Jeep mit Wolken blauer Auspuffgase – und was noch? Ein sonnengebräuntes Gesicht, ein Hals mit einem Rand und dann ein weißer Körper, der sich bis ins Unendliche zu erstrecken schien. Mein Gott, wenn sie damals Englisch gekonnt hätte, aus weiter Ferne hätte sie die Warnung vernommen. Seine Sprache, in die mußte Birmingham eingraviert gewesen sein, Güterbahnhof, primitives Reihenhaus mit Vorgarten, Kohlenstaub, schreiende Kinder, dünnes Bier, *Wild Woodbines.* Aber hatte er nicht gerade Wild Woodbines neben allem anderen anzubieten gehabt? Und seine Sprache: Woran erinnerte sie sich? Nicht so sehr an Worte oder Betonungen, sondern an Sanftheit, an Einschmeichelndes, dem sie nichts anderes entgegenbringen mußte, als die Sehnsucht nach etwas ihr Unbekanntem, noch nicht zum Durchbruch Gelangtem, nach etwas, was an einen Traum erinnerte, eine unbestimmte Unruhe, eine kaum spürbare Bewegung tief in ihrem Innern, die sie absolut nicht deuten konnte. Etwas, was an den Schreck erinnerte, den sie beim Anblick seiner gewaltverkündenden Nacktheit verspürt hatte, bei dieser rückhaltlosen Demonstration von Selbstverständlichem und gleichzeitiger Schamhaftigkeit: Etwas, was außerhalb des Alltäglichen lag, aber andererseits völlig vertraut war. Wäre sie vor vierzig Jahren auf den Chauffeur hereingefallen? Kaum anzunehmen.

Mit der linken Hand zog sie den Sicherheitsgurt heraus und machte ihn mit der rechten in der Halterung fest. Das Licht zeigte die Mittagsstunde an, sie spürte Hunger. Der Motor faßte sofort, und die Zeiger auf der Instrumententafel sprangen vom elektrischen Impuls getrieben in die verschiedenen Postitionen. Die anstrengendste Phase der Fahrt war überstanden, Elisabeth konzentrierte sich nun auf Konkretes. Die Kiefern standen immer noch wie Paradesoldaten zu beiden Seiten der Straße. In großen Kurven ging es auf den nördlichsten Punkt zu, wo die Einengung vollkommen wurde und das Meer die Herrschaft übernahm. Ab und zu breiteten sich Wiesenstücke aus und hier und da kultivierte Flecken, wo die Erde – weiß – umgepflügt war und in der Winterbrache schlummerte. Mitten auf einem Grasfeld in Richtung Westen skizzierte eine Reihe windgebeugter Krüppelkiefern die Konturen einer absurden Savanne, und als sich auch noch ein paar Krähen in die Luft erhoben, war der Eindruck von etwas Fremdem und Exotischem nicht mehr wegzudrängen. Geier zwar nicht, doch immerhin Aasvögel.

Sie berührte ihren Hals und spürte die kleinen Runzeln unter dem Seidentuch, die gutmassierte Schlaffheit der Haut. Und das war wohl das schlimmste gewesen: all dieses überflüssige Fleisch, alles, was entfernt werden mußte, zusammengepackt, weggetragen wurde. Sie hatte die Decke angeschrien – nicht so sehr während der Wehen, auch nicht, als das Kind zur Welt kam, aber hinterher, da all das, was mit dazugehörte, weg mußte. Nachgeburt. Dieses Wort hallte in ihrem ätherberauschten Gehirn wider wie ein obszönes Echo. Immer war da etwas übrig, etwas Nichtverwendungsfähiges, Abfall. Sie war sich über die Notwendigkeit der Dinge im klaren, aber es war ihr zuwider, mit Abfall in Beziehung gebracht zu werden. Diese Geburt konnte keine Idylle werden, das Urteil darüber war bereits gesprochen, und sie hatte die Kläger angeführt. Hier galt es nur, durchzustehen. Doch wie überstand man das Blut, all das Blut, all diese gewaltigen, überflüssigen Entladungen? Unmöglich, sich nüchtern zu so viel Gewalt zu verhalten, und sie brüllte, da sie ihr den Bauch preßten: „Ich will nicht, ich will nicht, ich will nicht!" Aber der Strom aus Blut und Überflüssigem war unendlich, und sie hatte das Gefühl, Opfer einer Säuberungsaktion zu sein. Sie wurde gesäubert bis auf die Knochen. Die hatten nicht nur das Kind entfernt, sondern auch ihre Eingeweide, die nahmen alles, kratzten mit einem großen Löffel, sie war die Kruke, aus der man den letzten Rest entfernte, und dann wurde sie weggeschmissen.

Die Stadt kam in Sicht und war nicht mehr so, wie sie sie in Erinnerung hatte. Die Straße war verlegt worden, ganz hinten rechts erahnte sie eine Tankstelle, ursprünglich an der alten Straße gelegen. Lauben und Schuttabladeplätze schoben sich ins Bild, Elektromaste wuchsen inmitten trockenen Strandhafers, und nach Westen hin kämpften Schuppen und kleine Fabriken, Nerzfarmen und Möbelmärkte um die Vormachtstellung. Das war die richtige kalte Dusche, auf die Erde, Sofie! Hier war anscheinend alles zu Abfall geworden, und nach dem zu urteilen, was man von den Anlagen sah, konnten kaum Zweifel daran bestehen, daß das hier alles zu dem bereits Weggeschmissenen gehörte. Nichts Neues hier, so war es auf der ganzen Welt, vielleicht am ausgeprägtesten dort, wo Elisabeth herkam. Ja, vielleicht stammte diese Mentalität aus England, wo die Häßlichkeit die natürliche Nachgeburt der Industrialisierung war.

„Ich grüße dich, Alltag", flüsterte Elisabeth und fand, diesen Satz habe sie schon einmal gesagt.

III

Wenn er ein eigenes Geschäft hätte, wäre alles einfacher. Wenn er Pferd und Wagen hätte, Quatsch, wenn er ein Auto hätte und Käse ausfahren würde, hätte er sich etwas einfallen lassen wie Jørgensen, wäre er nicht zum Warten verurteilt. Aber wäre das überhaupt das Richtige für ihn gewesen, und stimmte das eigentlich, dieses Wenn und Hätte und Würde? Er kannte jedenfalls nicht viele Käsefahrer, die sich im Reichtum wälzten, und wenn er von den Einkünften Jørgensens leben sollte – denen im Winter, wenn sich kein Kunde blicken ließ –, dann könnte er sich ebensogut gleich zum Sterben niederlegen. Trotzdem bewunderte Johannes den Jørgensen ein klein wenig, und ihm gefiel es, wenn er den Laden betrat, und es war nichts zu tun – und so war es ja auch. Jørgensen öffnete gegen neun, doch oft wurde es halb zehn, bevor er aufschloß und die Heizung in dem kleinen Hinterzimmer aufdrehte, wo auch Bilder stapelweise an den Wänden lehnten oder aufgehängt waren, ohne daß jemand zu sagen wußte, warum die nicht vorn im Laden hingen, wo sie zu sehen waren und vielleicht verkauft werden konnten. Jørgensen jedoch sagte oft, es gebe Bilder, die er nicht verkaufe, er liebe sie so sehr, daß er sie nicht weggeben könne. Das verstand Johannes und verstand es auch wiederum nicht, zumindest nicht zu Anfang, wo er der Meinung war, ein Bild sei so gut (oder so schlecht) wie das andere. Damals war er nicht wegen der Bilder gekommen, sondern weil er wußte, Jørgensen hatte nichts Besonderes zu tun, und deswegen konnte man leicht mit ihm ins Gespräch kommen. Aber mit der Zeit sprachen sie auch über Bilder, nicht nur über das, was sie darstellten, sie sprachen auch darüber, wie der Maler eine bestimmte Farbe angewandt hatte, um an einer Stelle eine besondere Wirkung hervorzurufen, und wie er eine Komposition rhythmisch aufbaute, um gewisse Effekte zu erzielen. All das, erinnerte Johannes sich dunkel, hatte er schon mal im Fernsehen gesehen, aber Sendungen über Kunst sagten ihm nichts, und er hatte nicht richtig zugehört. Jørgensen benutzte schon die gleichen Worte, aber er war dichter dran und rauchte Zigarillos, und über alle möglichen anderen Dinge konnte er auch reden, so daß man nicht den Eindruck hatte, er rücke sich in den Mittelpunkt. Er trat nur ein wenig von dem Bild zurück, hielt den Kopf schräg und sagte mit seiner rauchverschleierten Stimme: „Eine schöne Stimmung da, eine schöne Stimmung." Und das sah dann Johannes auch, selbst wenn Jørgensen das Wort „herrlich" für ein Bild benutzte, ein Wort, das Johannes nicht verwenden würde, er gebrauchte selten diese Art Wörter, aber es klang richtig, und er konnte erkennen, was der Künstler gemeint hatte. Das Bild leuchtete, da war im Hintergrund etwas, was sich nicht genau ausmachen ließ, aber die Stimmung verstärkte, die Äpfel in der Schale hatten den Glanz, den Äpfel haben, wenn man unvermittelt auf sie blickt und sich dann nicht erklären kann, warum das Licht sie so apfelartig, so und nicht anders aussehen läßt.

Natürlich machte Johannes auch seine Vormittagsrunde im Hafengelände. Er mußte sehen, wie das alles zusammenspielte und wie es den anderen ging, er fühlte sich jedoch schmerzlich berührt, wenn die Aktivität zu groß war und niemand Zeit hatte, sich um ihn zu kümmern. Er war sich gar nicht sicher, ob er das Meer wirklich liebte, vielleicht lag ihm gar nicht soviel an diesem harten Arbeitsplatz, wenn es nur etwas anderes gäbe. Aber wenn die Kutterflotte ablegte, zog es ihm in den Eingeweiden, und er beeilte sich, hinauf in die Stadt zu kommen, um sich in

Jørgensens Schoß zu verkriechen. Dort entkam er sowohl dem Mitleid als auch dem Neid, der sich in ihm breitmachte, und über das normale Alltagsgespräch hinaus erhielt er hier eine Zugabe, die man auch als Verfremdung bezeichnen konnte. Er hörte sich von einem „mittelmäßigen Ancher" sprechen und von einem „schönen Tuxen", wußte natürlich genau, daß das alles bei Jørgensen entlehnt war, trotzdem war er es, der das aussprach, und er war auch der Meinung, er könne beurteilen, ob ein Bild Mist oder ob es gut sei.

„Sieh dir das an", sagte Jørgensen, der ihm den Rücken zuwandte und – den Kopf schräg – ein Interieur aus der Zeit der Jahrhundertwende betrachtete, ein Theater voller Menschen darstellend, mit Balkon und Proszeniumsloge und Orchestergraben, kurz bevor der Vorhang aufging, mußte man annehmen, rot, schwarz und beige, mit einem gewissen Schwung gemalt, aber auch sachlich.

„Ausgezeichnet, wie er das alles eingefangen hat. Man kann ja beinahe in den Gesichtern lesen und spürt die Spannung. Ist das nicht toll? Sieh dir den Schwarzgekleideten da an, wie der leuchtet, weil er ein wenig weiß dazugesetzt hat, ganz sauber appliziert, genau da in der Wölbung, wo der Balkon das Licht von dem großen Kronleuchter auffängt, siehst du das? Er ist nicht übel, der Kerl, nicht übel ..."

„Was nimmst du für so eins?"

„Was ich nehme? Du willst doch wohl nicht kaufen?"

Nein, daran hatte Johannes natürlich nicht gedacht. Das heißt, später war ihm schon in den Sinn gekommen, daß er vielleicht eines Tages ein solches Bild zu kaufen gedachte. Das wäre ihm nie im Leben eingefallen, als er noch einen festen Arbeitsplatz hatte, aber jetzt konnte er abends im Bett – Tenna an seiner Seite – dem leisen Singen der Heizung lauschen und sich in seiner Phantasie vorstellen, wie es wäre, wenn er ein solches Bild besitzen würde, einen

Viggo Johansen oder einen Aksel Jørgensen oder einen Christian Krogh. Krogh, den hatte er am liebsten. Aber eben ein Bild, eine Malerei, nicht so vollendet wie die im Museum, die waren ja unbezahlbar, aber eins von den Bildern, die Jørgensen hatte und die von Leuten gekauft wurden, vor allem im Sommer, wenn die Touristen kamen. Er lag auf dem Rücken und sah die Bilder vor sich: helle Sommerlandschaften, stürmische See, die Mühle und der Leuchtturm, ein Giebel, auf den Sonne fällt, eine Mutter, die das Haar ihres kleinen Mädchens flechtet. Er streckte die Hand aus und legte sie oben auf Tennas Deckbett. Sie schlief fest. Johannes konnte natürlich nicht einschlafen. Was sollte ihm auch den Schlaf bringen? Er machte ja nichts, es gab keinen Anlaß, müde zu werden, und wurde er am Tage müde, mußte er sich nur auf das Sofa fallenlassen und die Augen schließen. Und das tat er dann auch, und dann lag er entweder hellwach da mit schlechtem Gewissen, den Arsch ins Zimmer gereckt, oder er fiel in ein Loch, angefüllt mit breiigen Träumen, aus dem er benommen und mit einem schlechten Geschmack im Mund wieder auftauchte, einem Geschmack, der haftenblieb, bis er wieder ins Bett stieg und sich herumwälzte.

Die Bilder aber halfen, und er versuchte, sich jedes einzelne genau ins Gedächtnis zu rufen. Er benutzte einige von Jørgensens Begriffen, und besonders ein Bild, so fand er, ein Sandweg mit Telegraphenmasten am Rand, enthielt einen starken Rhythmus, einen Rhythmus, den er auch aus der Wirklichkeit kannte, und hin und wieder, wenn er die kleiner werdenden Masten mit seinem Blick verfolgte und sich von deren Takt einlullen ließ, konnte er ohne weiteres einschlafen. Oder er wurde hellwach, weil die ganze Welt plötzlich mit Rhythmus und mit Rhythmen angefüllt zu sein schien, er konnte seine Gedanken auf nichts konzentrieren, was nicht auf irgendeine Weise schaukelte oder sich wiederholte oder in Kreisen wiederkehrte, und wenn er die Knöchel der Hand auf die Augenlider preßte, um Ruhe zu finden, wuchsen absonderliche Muster aus den Augen heraus und multiplizierten sich auf ihrem Weg über die Tapete und über die Zimmerdecke – wie verrückt gewordene Leuchtspuren und Kometen, so daß er den Drang verspürte, aus dem Bett zu springen und vielleicht auch aus dem Fenster, damit das ganze ein Ende hatte.

Tenna drehte sich im Bett, seine Hand glitt von ihrem Bein. Zwischen ihr und ihm spielte sich zur Zeit nicht viel ab, und wenn er sie nahm, geschah das mit einem sonderbaren Gefühl von schlechtem Gewissen, so, als solle er statt dessen lieber etwas anderes tun, als versäume er dafür etwas Wichtiges oder als sei er mit einer Sache beschäftigt, zu der er gar kein Recht hatte. Der Akt verlief ansonsten relativ normal, doch mußte er sich zwischendurch zusammenreißen, und wenn er Tenna anschließend in die Augen sah, hatte er das sichere Gefühl, auch sie wußte, daß er nicht bei der Sache war. Sein Problem konnte er nicht in Worte fassen, hier konnte er weder mit Rhythmus noch mit Perspektive kommen, so daß er sich damit begnügen mußte, seine Hand auf ihr Deckbett zu legen, was sie wiederum – unbewußt und ohne Bösartigkeit – zurückzuweisen gezwungen war, weil sie ihren Schlaf brauchte. Voller Scham hatte er sich eines Vormittags auf der Bahnhofstoilette zwischen aufgeweichtem Papier, Dreck, Durchzug und schweinischen Inschriften beim gehetzten Onanieren erleben müssen, die Gedanken bei Tenna, die er vor sich sah, so wie andere sie sahen, voller Neid und Sehnsucht, sich verzehrend vor lauwarmer Geilheit, mit vor Lustlosigkeit und Erregung heißen Ohren, während er rubbelte und rubbelte und schließlich ihren Namen zu dem verrosteten Spülkasten hinaufstöhnte, von dem sich ganz langsam ein Tropfen braunen Wassers löste, wie um ihm höhnisch zu verstehen zu geben, daß Rhythmus sich selbst in dem primitiven Abtritt einer Privatbahn bemerkbar machen kann.

Er hatte versucht, sich über das Gefühl von Abstand klarzuwerden, ein Gefühl, das er früher, als alles normal verlief, nicht gekannt hatte. Abstand war ganz in Ordnung, wenn es um das Betrachten von Bildern ging. Die waren überhaupt nicht zu erkennen, wenn man zu dicht herantrat, oder sie lösten sich in ihre Bestandteile auf, wurden zu Klecksen und unverständlichen Zeichen, die für sich interessant sein konnten, aber keine Ganzheit darstellten, keinen Genuß, keine Erklärung, keine Einsicht hergaben. Früher hatte es nie Schwierigkeiten damit gegeben, Tenna zu „verstehen". Was zum Teufel war da zu verstehen? Er hatte das Glück gehabt, das große Glück, sie zu kriegen, denn sie war nicht nur das hübscheste Mädchen bei ihnen im Viertel, ja, in der ganzen Stadt, sie war auch die normalste. Mit ihr war man nicht angeschissen, nicht im geringsten.

Johannes drehte sich auf die Seite und steckte die Hand zwischen die Beine. Sein Glied berührte das Handgelenk, und er merkte, wie fern auch sein Geschlecht war. Als hätte sich sein Schwanz auf einem anderen Planeten niedergelassen. Zur Zeit stellte der seine Anwesenheit an den merkwürdigsten Orten unter Beweis: vor der Kasse im Supermarkt, beim Friseur, wenn er den Kopf in dem großen Tuch stecken hatte, in den öffentlichen Toiletten der Stadt, aber selten hier im Bett an der Seite von Tenna, deren 180 Zentimeter nur auf ihn warteten. Wartete sie?

Er drehte sich noch einmal im Bett herum und lauschte ihren Atemzügen. Sie waren gleichmäßig, fast unhörbar, doch konnte man, wenn man sein Gesicht dem ihren näherte, ihren Atem spüren, der sich ihm wie ein feiner Film über die nachtkühle Stirn und die Nase legte. Johannes schluckte. Er war es nicht gewöhnt, sich verloren zu fühlen. Er hatte nie Grund gehabt, bestimmte Dimensionen und Begriffe in sein Bewußtsein aufzunehmen, er hatte mit seiner Welt auf vertrautem Fuß gelebt, alles war so gewesen, wie es sein sollte, oder besser gesagt, es hatte sich alles in der richtigen Brennweite befunden, nicht zu nah dran und nicht zu weit weg. Wenn er mit einem Stück Tau in der Hand dagestanden oder das Heringsnetz eingeholt oder dem Mann am Spill das Zeichen gegeben hatte, daß er das Netz öffnen und den funkelnden Fischregen sich über das Deck ergießen lassen könne, dann war das Bild scharf gewesen und absolut frei von Mystifikationen und Unsicherheit.

Zu Beginn, gleich nachdem er aufgekündigt worden war, hatte er sich ganz wohl gefühlt. Das war wie Urlaub, und keiner hatte sich vorstellen können, daß der Zustand so lange anhalten würde. Die Arbeit auf dem Meer war immer ein Auf und Nieder. Wellengang. Entweder gab es Fisch, und dann wurde gefangen, oder es gab keinen Fisch, dann wurde eben nicht gefangen. Arbeit für alle zu jeder Zeit war einfach nicht vorhanden, auch der Schiffseigner hatte zeitweise nichts zu tun. Doch in der letzten Periode hatten die Dinge sich verändert. Natürlich wurde gefischt, wenn die Schwärme kamen, aber von entschieden weniger Leuten als früher, und nun schwankte der Boden auf eine andere Weise unter den Füßen. Er hatte am Strand ein Stellnetz ausgelegt, und sie mußten auch nichts entbehren, solange Tenna ihre Arbeit im Hafen hatte, aber diese Geschäftigkeit in der Stadt, an der man keinen Anteil hatte, zermürbte einen sozusagen. Vielleicht war man verwöhnt, jedoch schien Johannes, daß das auch mit der Art seiner früheren Tätigkeit zu tun haben müsse. Es konnte nicht nur daran liegen, daß keine Arbeit vorhanden war, seine Arbeit hatte ja immer einen besonderen Charakter gehabt; denn wenn der Fisch auftauchte, begnügte man sich nicht einfach damit, ihn zu fangen und an Land zu bringen und zu verkaufen, dann fischte man, was das Zeug hielt, unter Aufbietung aller Kräfte, und dann stellte sich manchmal ein Gefühl von Überlegenheit ein, die damit erklärt werden konnte, daß sie etwas Einzigartiges leisteten, etwas, was nur wenige beherrschten und ausführen konnten. Das war natürlich in erster Linie bei den ganz großen Fängen so, wo wirklich Geld für sie alle heraussprang, viel Geld, und doch war es ein verbreitetes Gefühl, dieses, daß sie anders waren, daß sie keine gewöhnlichen Arbeiter waren, sondern frei geborene Männer mit einem nicht alltäglichen Erwerb, einem Beruf, der Raum für Abenteuer ließ und für abenteuerliche Gewinne. Das gab Selbstvertrauen und vielleicht auch den Überschuß, der für einen Lustgewinn notwendig ist.

Er versuchte, seine Handfläche im Dunkel zu erkennen, doch die Februarnacht gab kein Licht von sich. Nur der Wecker schimmerte schwach auf dem Regal über Tennas Bett. Johannes vernahm das Ticken seiner Armbanduhr. Er hielt sie ans Ohr. Sie hatte Tempo drauf. Ein mächtiges Tempo. Die Sekunden schienen sich gegenseitig in die Hacken zu treten und rasten dahin. Vielleicht war das Werk nicht in Ordnung. Er hörte jetzt genau hin. Durfte das Tempo wirklich so hoch sein? Er sah die Sekunden vor sich. Sie waren ganz klein, und es mußte eine beinahe unendliche Anzahl davon geben. Sie mußten sich beeilen. Wie sollten sie sonst im Bereich einer Stunde Platz finden? Sechzig mal sechzig mal sechzig, das war kaum auszurechnen. Er konzentrierte sich. So schwer war das nun auch wieder nicht. Sechs mal sechs sind ... sechs mal sechs sind sechsunddreißig und sechs mal sechsunddreißig ... Er legte den Handrücken auf die Stirn. Sechs mal sechsunddreißig – ein Schmerz wie ein kleiner leuchtender Wurm kreiste um den rechten Augapfel – sechs mal drei sind achtzehn, und sechs mal sechs sind sechsunddreißig ... Irgend etwas schien zusammenzubrechen, deshalb stellte er sich die Zahlen als Schriftbild vor: 60 x 60 x 60. Wenn er den Denkprozeß beschleunigte, gelang es ihm vielleicht. Weg mit der Null. Also 6 x 6 x 6. Das mußte 36 plus 18 plus 36 sein. Die Zahlen schwirrten ihm im Kopf herum, schienen sich aber in der Nähe des rechten Auges, da, wo der Schmerz pulsierte, aufzulösen. Er seufzte tief auf und nahm die Hand von der Stirn. Da war nichts zu machen. Er war nicht in der Lage auszurechnen, wie viele Sekunden auf eine Stunde gingen. Er mußte sich mit der Wahrnehmung begnügen, daß es viele waren und daß das Tempo entsprechend hoch sein mußte, wenn sie alle in eine Stunde hineingehen sollten. Quatsch. Jede Sekunde mußte genau eine Sekunde Zeit haben, um sich auszählen zu lassen. Aber das war auch Quatsch, denn die Markierung mußte nicht unbedingt mit einer Sekunde übereinstimmen. Da war Raum zwischen den Taktschlägen. Eine Sekunde war nicht gleich eine Sekunde auf der Uhr. Doch, natürlich war eine Sekunde gleich eine Sekunde, das war sie nur dann nicht, wenn sie nicht von einem Werk abgemessen wurde. Er wußte genau, wie lang eine Sekunde war. Das hatte er als Soldat gelernt. Sie hatten hinter dem Schutzwall gestanden und gezählt: einundzwanzig, zweiundzwanzig, dreiundzwanzig – dann schleuderten sie die Granate weg und warteten auf das dumpfe Dröhnen der Explosion. Der Sergeant war so witzig gewesen, ihnen eine andere Zählweise zu erlauben: ein Glas Bier, zwei Glas Bier, drei Glas Bier. Man konnte wählen. Also dauerte eine Sekunde ein Glas Bier! Und wenn das stimmte, dann gingen 6 x 6 x 6 Glas Bier auf eine Stunde. Aber das schaffte kein Mensch, die zu trinken, und er war ja sogar zu blöd, sich auszurechnen, wie viele Biere das waren.

Zähneknirschend ließ sich Johannes zurückfallen, der steife Nacken war wie aus Eisen. Im rechten Auge stach es, die Signale, die er mit dem Druck auf beide Lider hervorgerufen hatte, entsprangen jetzt nur noch einem Auge. Gelbe Würmer krochen durch die Dunkelheit, und plötzlich stand da das Wort DUMM. Er war dumm. Das Wort kam nirgendwo her, es tauchte einfach nur im Gesichtsfeld auf, stand da und dröhnte auf ihn ein. Dumm. Er konnte nichts. Er hatte nie etwas Ordentliches gelernt. Wenn man nicht die Sechserreihe konnte, mußte man ein Idiot sein. Selbst der Moses an Bord konnte bestimmt jede beliebige Zahl multiplizieren, auch im Bett und in pechschwarzer Nacht. Der Schiffer konnte bestimmt noch mehr, denn er machte auch die Navigation und mußte mit Karten und Entfernungen und Zirkel und Bleistift umgehen können. Man hätte ihn nur zu fragen brauchen, sofort wäre wie aus der Pistole geschossen die Antwort gekommen: Sechs mal sechs mal sechs sind ... sind wieviel?

Er warf sich auf die andere Seite und versuchte, die Gedanken zu verscheuchen, doch je angestrengter er die Augenlider schloß, desto größer wurde der Schmerz in den Augen. Er hatte ganz einfach Kopfschmerzen bekommen. Mit einem Fluch warf er das Deckbett zur Seite und setzte die Füße auf den Boden. Tenna bewegte sich ein wenig, wurde aber nicht wach. Es wäre besser gewesen, wenn sie aufgewacht wäre, dann hätten sie reden können, aber sie mußte zu zeitig hoch, sehr zeitig, spätestens um fünf. Und was hätte er sagen sollen, wenn sie wirklich aufgewacht wäre. Daß er dumm war? Daß er nicht ausrechnen konnte, wie viele Sekunden auf eine Stunde gingen? Sie würde glauben, er sei geisteskrank. Doch vielleicht mußte er sie gar nicht nach etwas Bestimmtem fragen, er hätte die Hand ausstrecken können, und vielleicht wäre das gerade der Moment gewesen, wo ... Er schielte zu ihr hinüber, doch sie hatte den Kopf tief im Kissen vergraben, und zwischen seinen Beinen hing das Geschlecht und war völlig desinteressiert. Groß, geschmeidig, kräftig, warm, weich, klein, verschrumpelt, dumm, tot. Er erhob sich und stand ganz still in der Dunkelheit. Von weit draußen, hinter Gardine, Wand und Fenster hörte er schwach das Tuten von Nebelhörnern im Hafen. Dann war es auch dort wieder still. Die Welt war wie ausgestorben, vielleicht war sie verschwunden. Wenn er die Gardine zurückzog, vielleicht war da gar nichts mehr. Hatte er davon Kopfschmerzen? Es könnte eine Katastrophe eingetreten sein, doch wenn das so war, dann würden die doch wohl nicht die Nebelhörner in Gang setzen! Tag und Nacht machte sich so ein Dummkopf alle möglichen Gedanken darüber, auf welche Weise es eintrat, wenn es eintrat, wie es sein würde, was man tun solle ... Irgendwie sollte man sich flach hinlegen und eine Zeitung auf den Kopf packen. Aber was, wenn man im Bett lag? Er drehte sich ein wenig zur Seite und mußte daran denken, daß Tenna geatmet hatte. Sie war jedenfalls vor kurzem noch lebendig gewesen, und er hatte nichts bemerkt. Es hatte keinen Knall und keinen Lichtschein gegeben, nur dieses stechende, unruhige Flammensignal, das er in seiner Rübe mit sich herumschleppte. Er fühlte, daß er nahe daran war, durchzudrehen, und wie er da so herumstand, hätte er am liebsten losgeschrien: Dann kommt doch mit der Scheiße, laßt uns das hinter uns bringen, feuert ab, drückt auf den Knopf, na los doch, je schneller, desto besser, worauf wartet ihr denn noch, ihr habt das ja sowieso schon beschlossen, das wird nicht so gesagt, aber das liegt in der Luft, greift zum Telefon, gebt den Befehl, schlimmer als es ist, kann es nicht werden, die Dinge müssen doch mit Konsequenz betrieben werden, darin muß doch ein Sinn liegen, irgendein Zusammenhang, aber bestimmen tut ihr, vielleicht seid ihr der Sinn, ich bin es jedenfalls nicht, dann kommt doch bitte, benutzt euer Köpfchen, benutzt das Pulver, ihr, die ihr so klug seid und richtig schreiben und zusammenziehen und abziehen könnt, bang, zisch, Schluß, fertig, aus.

Während er in den Korridor und zum Badezimmer stolperte, gellten Vorstellungen dieser Art immer noch in seinem Kopf, und ein schmerzhaftes Gefühl von Schuld setzte sich ihm wie ein Geschwür unter dem Brustbein fest. Da ließ er sich einfallen, Gott zu spielen, und rief das Verderben auf die Welt herab, aber schließlich bestand sie nicht nur aus ihm selbst, da gab es Tenna drinnen im Bett, seine Langhaarige, und in den beiden Zimmern rechts und links vom Klo lagen Hans und Erna und schnarchten, falls sie zu Hause waren, die bescheuerten Typen.

Als er Licht gemacht hatte im Badezimmer – das schmal wie eine Zelle war, eine Sitzbadewanne in der Ecke, links davon die Toilette und ein Handwaschbecken, braun von Rost –, sah er sein Gesicht im Spiegel und fühlte alle seine düsteren Vorstellungen bestätigt. Er sah wie tot aus. Das Haar nach allen Seiten, Hängebacken, die rechte Augenbraue sank schwer von Schmerz über das Augenlid, das widerspenstige Haar, das vom Rand des Unterhemds gestaucht wurde, war weiß, zumindest grau. Er trat vom Spiegel etwas zurück und blickte umher. Im Regal hinter der Wäscheschnur standen all die Sachen von Erna. Das sah aus wie in einem Frisiersalon oder wie in einem Chemielabor. Sie mußte Stunden pro Tag damit verbringen, ihr Aussehen zurechtzubiegen. Und wenn man dann daran dachte, wie sie aussah. Ein Huhn, das vor dem Rupfen nicht ordentlich gebrüht worden war, ein Hexenbesen im Gegenwind, ein weiblicher Comic-Held aus kosmischen Welten, in denen er nie gewesen war und in die hinzukommen er nie wünschte! Diese Schlacht war verloren, das wußte er, denn sie hatten alle Varianten schon durchgespielt. Und als sie nach Hause gekommen war und gesagt hatte, sie sei schwanger, hatte er irgendwo tief im Innern gespürt, daß das seine Schuld war, daß das ihre Art von Rache an ihm war, weil er sich aufgespielt und verlangt hatte, sie solle damit aufhören, sich aufzutakeln, er wolle verdammt noch mal nicht, daß sie wie eine Nutte herumlaufe, die einer Irrenanstalt entsprungen sei.

Die Pillen lagen im Toilettenschrank, sich die zu besorgen, war jedenfalls keine Schwierigkeit. Man mußte nur in die Klinik gehen, da schwangen sie dann den Federhalter, als hätten sie nie etwas anderes getan, was sicherlich der

Wahrheit entsprach. Es mußten einige Tonnen Pillen sein, die in der Stadt abgesetzt wurden, denn in der Apotheke herrschte keine Arbeitslosigkeit, und manchmal standen die Leute Schlange bis unten auf die Straße, um ihre Rationen abzuholen. Er nahm eine Rohypnol heraus und ließ dann noch eine Codimagnyl in die Hand rasseln. Das war eine hübsche Mischung. Aber vielleicht waren zwei besser, zwei Codimagnyl. Die konnten die Kopfschmerzen einkreisen, während die Schlaftablette ihn aufs Laken zwang. Und dann war es sicherlich auch so, daß das Codein in der Kopfschmerztablette entspannend wirkte. Das Wort mochte er: entspannend. Der Tag darauf war jedenfalls angenehm entspannt. Der Vormittag ließ sich mit einem halben Rohypnol-Rausch leichter bewältigen. Selbst wenn er erst morgens um vier seine Rohypnol nahm, stand er doch gegen acht Uhr auf, mittelschwer benommen, ein Zustand, der sich bis gegen zwölf hielt, wo er dann zu Jørgensen schlich. Wenn sie sich dann ein paar Pilsner einverhalfen, fühlte Johannes sich wirklich entspannt. Das brachte ihn manchmal sogar zum Kichern. Dann gingen die Ausführungen von Jørgensen an ihm vorbei, dann starrte er nur vor sich hin und grinste.

Die Tür vom Medikamentenschrank klappte mit einem schrillen, metallischen Geräusch ein, und er sah wieder einen Schimmer von sich im Spiegel. Sechsundvierzig Jahre. Wenn er Ballettänzer gewesen wäre, hätte er schon vor ein paar Jahren in Pension gehen können. Aber in diesem mildesten Winter des Jahrhunderts mußte man gar kein Ballettänzer sein, wenn man sich wie ein Pensionär fühlen wollte. Er nickte der verbrauchten Majestät im Spiegel zu. Johannes Hansen, sechsundvierzig Jahre alt, Pensionär. Oder freigesetzt. Oder arbeitslos. Oder Bumms. Oder ein Tablettenwrack. Er riß Mund und Augen weit auf. Oder ein Irrer. BÄH! Ein Irrer. Zweimal hatte er geholfen, Ertrunkene aus dem Wasser zu bergen, der letzte war der

Schlimmste, denn der hatte lange im Wasser gelegen, war schwarz im Gesicht und aufgetrieben. Wenn er sich im Spiegel sah, konnte er feststellen, so schlimm war das mit ihm noch nicht. Und trotzdem war da das Gefühl, daß sie ihn an irgendeiner Stelle schon am Kanthaken hatten, daß irgendeine unbekannte, drohende Macht ihren Zeigefinger unter die Träger seines Overalls gehakt hatte. Auf ihn war gezeigt, ihn hatte man sich ausgeguckt, das wußte er, und falls er es im Inneren nicht fühlte, signalisierten es ihm die Reflexe im Spiegel in unbarmherziger Weise. Das konnte noch soundso lange gehen, er war nicht so naiv, zu glauben, der Tod stehe unmittelbar vor der Tür, aber hinter dem Horizont hatte der schon sein Haupt hervorgesteckt und winkte. Komm, Kamerad, komm, Kumpel, da, wo all die anderen sind, da ist auch Platz für dich. Bei denen, die auf dem Friedhof liegen und auch bei denen, die in noch tiefe-ren Schichten ruhen, alle die Lagen, alle die Stapel, im Dunkel auf der anderen Seite des Himmelsgewölbes wohnen sie in gewaltigen Körben, krabbeln umher wie blinde Bienen, drängeln sich, summen und zischen, stechen, fallen nieder und sterben in so unendlichen Gliedern, daß es mit ihnen geht wie mit den Sekunden, ihre Zahl ist unfaßbar, und sie ticken davon wie rasende, trockene, blinde Insekten im Dunkel jenseits von Tag und Nacht. Er hatte Lust zu tanzen und nickte mit einer wahnverzerrten Grimasse seinem Doppelgänger im Spiegel zu, irgendwoher mußten die Kinder es ja haben, und da der Wahnwitz unmöglich von Tenna kommen konnte, mußte der von ihm ausgehen. Und der mußte ja nicht nur negative Vorzeichen tragen, auch eine positive Ladung müßte sich aus dem Wahn ziehen lassen; Menschen, die nachts ganz allein vor einem Toilettenspiegel tanzen, mußten jedenfalls ein spezielles Überschußpontential besitzen. Er schwenkte seine zuckende Schulter halbwegs über die Sitzbadewanne und wieder zurück und dachte daran, wie idiotisch peinlich es doch wäre, wenn ihn jetzt jemand beobachten würde. Aber warum eigentlich nicht? War er vielleicht idiotischer als Erna, und würde Hans mit seinen siebentausend Reißverschlüssen in der Lederjacke und mit seinem Versuch, auf Teufel komm raus scharf auszusehen, nicht irgendwas von sich selbst in einer solchen Situation wiedererkennen? Sie würden sich vielleicht solidarisch mit ihm erklären, ja, vielleicht könnte sich hiervon ausgehend ihr Verhältnis zueinander grundlegend verbessern. Wenn sie sähen, wie ausgelassen ihr Vater mitten in der Nacht sein konnte, ohne das geringste getrunken zu haben (abgesehen von der Tagesration Bier), würden sie vielleicht sagen: Eh, Vater, du bist ja schwer in Ordnung. Willst du dir nicht auch 'n bißchen schwarze Schuhcreme in die Haare schmieren, so wie wir, oder soll ich dir nicht meine Lederjacke von den „Hells Angels" pumpen, in der ich aussehe wie ein Pekinese, der ein Schäferhund sein will? Die Nacht war, im Gegensatz zu dem, wovon man gewöhnlich ausging, der Zeitpunkt, wo die Familie sich zusammensetzen sollte, mit schwummrigen Augen, ohne Pflichten, für alles offen. Als er sich am Waschbecken abstützte, um wieder zu Atem zu kommen, dachte Johannes an die anderen Gebeutelten, die jetzt überall in den Badezimmern der Stadt stehen und mit den Pillengläsern rasseln mußten. Wenn sie einen Verein gründen würden, könnte der zu einer ernstzunehmenden Interessengemeinschaft heranwachsen, viel stärker als die Gewerkschaften, entschieden einflußreicher als eine der existierenden Parteien. Und wenn dann auch noch die Kinder und die Frauen daran teilnehmen dürften, wenn sie sich in all ihrer erbärmlichen Hilflosigkeit und Angst zu Gesicht bekämen, den Atem des Todes im Ohr und den rasenden Marsch der Sekunden wie Ungeziefer am ganzen Körper, dann würde vielleicht ein Zusammengehörigkeitsgefühl entstehen, das stärker war als jegliches andere jemals zuvor. Er nahm das Glas mit den Tabletten in die rechte Hand und prostete über die Fliesen und die dahinterliegende Wand und über das Dunkel hinaus in alle Richtungen, dorthin, wo die anderen standen und zurückgrüßten, während sie sich auf einen neuen Tag vorbereiteten, an dem von ihnen nur die übliche Fassade zu sehen war und die Haltung zu ihrer Umgebung sich in nichts von der alten, überkommenen und erprobten unterschied: Die Kinder ab nach draußen, die Alte auf ihren angestammten Platz, die Glotze angestellt, ein Bier in die Hand und die Füße auf den Stuhl.

Mit einem Gefühl, als steckten ihm die Tabletten noch im Hals, schlich er ins Schlafzimmer zurück. Er hatte kalte Füße bekommen und freute sich auf das warme Bett, alles in allem schien ihm die kleine Seance im Badezimmer gutgetan, ein wenig entspannt zu haben. Die Betonlast, die er beim Hinausgehen auf dem Rücken getragen hatte, lag nun nicht mehr ganz so schwer auf ihm, und als er das Deckbett hochzog, dachte er an den Prozeß, der bald einsetzte und den er gut kannte. Es konnte eine Stunde dauern, vielleicht auch anderthalb, doch meistens war es weniger, weil er mit den Tabletten im Magen sich sozusagen auf Vorschuß entspannen konnte. Das gab Schlaf, oder wenn er länger wachlag, mußte er eben auf den chemischen Sturz warten, ein Fall – der Hinterkopf schien abgerissen zu sein, so daß das Dunkel einströmen konnte –, der ihn nach hinten zog, ihn nach allen Seiten wirbelte und die Kabel sprengte, die ihn mit dem Bewußtsein verbanden, ein Fall, der ihn an einen Ort verbrachte, wo das Vergessen wohnt, währenddessen das Übel inkognito anwesend war, wahrgenommen als unheimliche Bewegungen eines Nachtvogels.

„Was machst du?“

Er erstarrte auf der Bettkante.

„Nichts.“

Sie raschelte mit dem Deckbett.

„Kannst du nicht schlafen?“

„Ich mußte austreten."
„Wie spät ist es?"
„Ich weiß nicht."
Tenna setzte sich auf.
„Wir sehen lieber mal nach."
Sie machte Licht. Die scharfe Helligkeit bohrte sich in sein rechtes Auge. Tenna nahm den Wecker aus dem Regal und sah nach.
„Zehn Minuten vor vier."
Sie machte das Licht wieder aus. Das Geräusch des Deckbetts – sie deckte sich mit heftiger Bewegung bis über die Ohren zu – klang abweisend. Nicht mehr lange, und sie mußte aufstehen.
„Hast du Tabletten genommen?"
„Ja."
Ihre Stimme kam durch einen Trichter.
„Versuch zu schlafen."
Johannes hob das Deckbett an und kroch darunter. Ein wenig Wärme war noch vorhanden, und er streckte die Füße von sich, fand eine Falte, in der er sie unterbringen konnte. Die Wärme kehrte zurück, der Rücken aber war noch immer steif wie ein Brett, und die Schultern hatten sich nach oben gezogen. Er versuchte, sich zu entspannen, spürte jedoch Tennas gravitätischen Druck als merkwürdige Schwere, die ihn sowohl anzog als auch abstieß. Bald danach tauchte ein Bild auf, zuerst unscharf, dann aber zeigte es sich wie von einem Blitz herausgeleuchtet und blieb stehen. Das war keine von Jørgensens Malereien, diese war besser, vielleicht aus dem Museum, oder es gab sie gar nicht in Wirklichkeit. Doch, sie stammte möglicherweise gerade aus der Wirklichkeit und war gar kein Bild, keine Malerei, sondern etwas aus seiner Erinnerung. Es war die Stadt von Norden aus gesehen. Da gab es sonnenbeschienene Häuser, auch die Mühle, der Himmel beinahe durchsichtig, die Giebel gelb leuchtend, das Rot zwischen

kirsch und scharlach, über allem eine Ahnung von Luft, Meer, sanftem Wind, der Duft von Gras und vielen Sommerblumen, die er mit Namen nicht kannte, ein wenig altmodisch das alles, doch wiederum auch nicht so altmodisch, daß man von einer abgeschlossenen Vergangenheit sprechen konnte, die Welt sah manchmal immer noch so aus, und in gewissen Vierteln war schwer zu entscheiden, ob sie im Jetzt oder im Damals angesiedelt waren. Kindheit, das war das Wort, und in dem Augenblick, in dem es abgefeuert wurde, rutschte das Bewußtsein wieder ins Bild, und er lag wach, eine unerbittliche Frage im Nacken: Warum gerade ein Bild, was hatte es mit den Bildern auf sich, das, was er sah, hatte jedenfalls mit seiner Kindheit nicht direkt zu tun, das waren keine Szenen aus seiner Kindheit, warum zum Teufel stieg es auf diese Weise in ihm auf und gab ihm eine ganz bestimmte Mitteilung, bei der er obendrein das Gefühl gehabt hatte, sie sei dazu angetan, ihn in Schlaf zu versenken? Er wußte sehr gut, daß das ein Viggo Johansen war, und während er sich das im Dunkel des Zimmers selbst bestätigte und sich auf die andere Seite drehte, fühlte er wieder eine Art Freude, denn nun konnte er in Gedanken schnurstracks durch die Ausstellung gehen und direkt hin zu dem Bild und darauf zeigen und sagen: „Das ist es!"

Das Weckerklingeln hackte sich den Weg in sein Bewußtsein und vertrieb ihn aus einem fernen Königreich, wo ausrückende Krankenwagen schleimige, schlingernde Lichtspuren in die Landschaft setzten, und er fuchtelte mit den Armen (glaubte er), um freizukommen, um sich gegen die Mächte zu wehren, die ihn holen wollten. Aber als er die Augen öffnete, sah er Tenna umhergehen, das Licht brannte, ihm war der Hals trocken, und hinter den Augen saßen Gummibänder, die die Augen in den Kopf zu ziehen drohten, wenn er nicht nachgab und die Lider schloß.

„Was ... was ...", stöhnte er.

„Schlaf nur.“

Sie hatte ihre langen Arme nach oben gestreckt und zog das Nachthemd aus. Die Brüste standen heraus und wakkelten leicht, sie kratzte sich in der Achselhöhle, gähnte und ließ das Hemd auf das Bett fallen. Er sah ihren schlanken Körper und die schmalen Furchen zum Nabel hinauf – die beiden Geburten hatten sie hinterlassen – die Schenkel fest und ohne Falten, das breite Becken unter der Hüfte, von wo die Mitte sich erhob, der Hals, der Kopf, der oberhalb des Lichtscheins der Nachttischlampe in Dunkelheit getaucht war. Er versuchte, sich zu bewegen, vermochte es aber nicht. Der Zug im Nacken war gewaltig, und auch wenn er sie klar registrierte, stand sie doch vierhundert Kilometer weit weg und nicht etwa da in ihrem Schlafzimmer. Er rief alle die Zentralen in seinem System an, die ihm überhaupt nur einfielen, aber keiner war zu Hause, alle hatten sie ihre Posten verlassen, das Licht gelöscht, die Vorhänge vorgezogen, die Fensterläden zugeklappt.

„Tenna“, flüsterte er.

„Ja?“

Sie war auf dem Weg ins Badezimmer.

„Ich ...“

Sie hob den Arm und winkte ihm zu, lächelte sicherlich auch. Es war kalt im Zimmer, er sah, daß sie zitterte, dann verschwand sie.

Jeden Tag wurde es jetzt zeitiger hell, doch um acht Uhr, als Johannes zum zweitenmal aufwachte, klebte immer noch ein undurchdringliches Grau hinter Gardine und Fenster. Er öffnete die Augen, rieb sie, um sie von einer auf ihnen klebenden schweren, schmutzigen Haut zu befreien, doch um Klarheit zu schaffen, dazu war eine größere Prozedur vonnöten, größere Schrauben mußten gedreht werden, andere Ventile geöffnet. Er begnügte sich mit seinem Dämmerzustand, warum auch nicht?

Erna mußte gegangen sein, die Schule begann um acht, und Tenna war längst weg. Vielleicht könnte er Hans aus dem Wege gehen, wenn er noch ein bißchen liegenblieb, und dann gab es ja auch noch die Möglichkeit, wieder einzuschlafen. Es war schon vorgekommen, daß er den Vormittag bis so gegen zehn überstanden hatte, ohne irgendeinen sehen zu müssen, ohne mit dem sauren Pickelgesicht von Hans konfrontiert zu werden und mit diesem vielschichtigen Vorwurfsgefühl, das stets und ständig von dem Jungen ausging. Warum zum Teufel war er denn so sauer? Was für eine Rolle versuchte er eigentlich zu spielen? Mikkymaus als Supermann? Søren Brun als King Kong? Er war verdammt nochmal nichts weiter als ein Rotzbengel aus tiefster Provinz, genau wie Johannes. Er war der Sohn eines Fischers, der zwar nicht auf Fischfang ging, aber Fischer gewesen war, immer noch war, wieder Fischer wurde, wenn Gott und Poul Schlüter und die Konjunktur das zuließen, und er hatte seinen Mittelschulabschluß machen können, etwas, wovon Johannes nur träumen konnte. Volksschule und Schluß. Zu mehr hatte es für ihn nicht gereicht, oder es hatte bei ihm nicht zu mehr gereicht. Was war denn verkehrt an einem Mittelschulabschluß? War das vielleicht nicht gut genug? Hatte der Junge höhere Ambitionen? Guckte er darum so aufsässig? Hatte er verdammt nochmal nicht eine Lehrstelle gekriegt? Er war bei den Netzknüpfern, und er war dort, weil er seine Hände zu gebrauchen wußte. Er war flink, hatte alle Sinne beisammen, er war wie Tenna, und außerdem hatte er genau so ein Glück wie sie, denn er hatte einen festen Arbeitsplatz. Natürlich konnten sie ihn da nicht jeden Tag die volle Zeit beschäftigen, aber er hatte den Fuß drin, er lernte etwas Vernünftiges, etwas, was man anwenden und wovon man leben konnte. Später. Im Augenblick wußte er anscheinend mit seinem Leben nichts anzufangen, mußte sich so ein Moped kaufen mit Shopperlenker und Kaninchenfell und

Antenne und Wimpeln und weiß Gott nicht alles, dazu Motorradstiefel mit Pelzbesatz und dann diese ganzen schwachsinnigen Reißverschlüsse die kreuz und die quer, so daß er aussah, als hätten sie ihn in hunderttausend Stücke zerlegt und wieder zusammengesetzt, zusammen*genäht*, was ihm sicherlich eines Tages auch passieren würde, wenn es schiefging und er mit sechzig Sachen an einem Hochspannungsmast landete.

Draußen: die Nebelhörner. Immer noch. Das mußte auch so sein. Das Lokalblatt erschien erst am Nachmittag, aber man war nicht auf dessen Berichte angewiesen, wenn man wissen wollte, wie es draußen stand. Die Straßen schienen sich auszudehnen, wenn der naßkalte Nebel vom Meer heraufzog und um die Lampen der Straßenbeleuchtung flimmerte, die ganze Stadt dehnte sich aus und nahm surrealistische und verschwommene Konturen an, die Schritte wurden gedämpft, und das Lachen, das von der Grillbar kam, wo die Jugendlichen sich am Nachmittag versammelten, hatte einen rauhen, wollenen Klang, der ab und zu von einem hysterischen Heulen aufgebrochen oder – als Hintergrundmusik – von dem Start- und Beschleunigungsgebrüll einer schweren Maschine unterstützt wurde. Da hatte man's gut, da hatte man's gut, man mußte jedenfalls hoffen, daß sie es da genausogut hatten wie er bei Jørgensen, wo es zwar keinen doppelten Burger mit Ketchup und gerösteten Zwiebeln und Remouladensoße gab, dafür aber Ruhe und Frieden, ein gedämpftes Gespräch, ein Zigarillo, ein Bier, ein wenig Freundlichkeit, kein Geschrei, dazu die sanft leuchtenden, diskreten, wohlkomponierten Genrebilder an den Wänden, die – wenn man nicht allzu genau hinsah – eine Wirklichkeit beschwören konnten, in der es auszuhalten war.

Die Tür schlug zu, Hans war gegangen, Johannes war allein. Vor einhundert oder zweihundert Jahren hatte er eine Aufführung von „Jeppe vom Berge" im Kino gesehen, wo das Schülertheater gastierte, wenn es auf seiner Tournee die Stadt besuchte. Er erinnerte sich an die lange Rede von Jeppe, nachdem der im Bett des Barons erwacht war: „Träume ich oder bin ich wach?“ Die Situation war bekannt. Er ging nicht soweit, sich selbst in den Arm zu kneifen, er redete auch nicht laut, schnüffelte nur wie ein Kaninchen, das sich nicht entscheiden kann, ob es nun die Mohrrübe anknabbern soll oder nicht, ob es Angst hat oder sich freut oder ob ihm alles egal ist, hungrig, durstig oder tot. Er fand, es war schwierig zu entscheiden, was er war wenngleich er sehr gut wußte, wo er war. Rings um ihn die Wohnung, ihre Wohnung, ihr Heim. Er kannte jeden Winkel, denn sie hatten sie gleich nach Ernas Geburt bekommen, in den Sechzigern, als jedermann wußte, wo er war und warum er da war. Im Fernsehen hatte er gehört, daß die großen Tage in den Sechzigern vielleicht doch nicht ganz so groß gewesen sein sollen, doch ihn betraf das nicht, ihn nicht und Tenna auch nicht. Niemand von ihnen hatte sich vorstellen können – natürlich nicht –, daß es einmal anders kommen würde. Das war, bevor Tenna angefangen hatte zu arbeiten. Warum hätte sie auch arbeiten sollen, sie hatte viel zu tun. Und nach einer Saison mit so großen Fängen, daß der Schiffer einen neuen Stahlkutter auf Kiel legen ließ und das Wort „Expansion“ auch in Johannes‘ Wortschatz einging, waren er und Tenna aus der Wohnung in dem Kleinbauernhaus, wo sie ihre Ehe gestartet hatten und wo Hans geboren wurde, ausgezogen. Sie hatten ihrem Küchengarten und der billigen Feuerung und dem Sitzen im Freien – den Sommer über – adieu gesagt, denn was wog das gegen die Tatsache, daß sie es jetzt nur zehn Minuten bis zum Meer hatten und Zentralheizung, Müllschlucker und Sitzbadewanne obendrein bekamen? Viereinhalb Zimmer in einem Neubauviertel, wo es Gemüseladen, Zeitungshändler und Bäcker gab, ein Ort, der nach frischem Kalk roch und wo nach einer gewissen Zeit die Fliesen die Tendenz hatten, an der Wand herabzurutschen. Aber wenn auch die Fürze des Nachbarn und dessen Fernseher zu hören waren, so wohnten sie doch modern und mit allem Komfort, mit Hausmeister, Keller und Boden, mit Trockenplatz und mit einem Buddelkasten für die Kinder. Man konnte nach Hause kommen und sich einigermaßen darauf verlassen, daß alles funktionierte, von dem Gas in der Küche bis zum Licht im Treppenhaus. Johannes mußte nicht als erstes hinaus und sägen und herumfuhrwerken oder Wasser holen oder die Undichtheiten am Dach beseitigen. Er konnte hineingehen und sich hinsetzen, falls ihm der Sinn danach stand, und solange nur Hans Platz beanspruchte und Erna noch ein kleines Kümmerchen war, das mehrere Jahre bei ihnen im Schlafzimmer schlief, fiel ihnen nicht auf, wie unterdimensioniert alles war und wie schäbig die Qualität, wie profitabel und menschenverachtend die Errichtung eines solchen Spekulationsbaus eigentlich war. Damals hatte man an so etwas nicht gedacht, und Johannes hegte auch keinerlei Bedenken, als er den Mietvertrag mit der Klausel über die dem Mieter obliegende Instandhaltungsplicht der Wohnung unterschrieb, von der beschränkten Haftung des Eigentümers war da ferner noch die Rede, von diesem und jenem. Überhaupt war das eine Zeit, wo eine Menge Papier unterzeichnet wurde. Er und Tenna hatten Teppiche und Couchgarnitur und Lampen und Bilder auf Abzahlung gekauft, und immer, wenn da jemand mit einem Sonderangebot aufgetaucht war, hatten sie zugegriffen und unterschrieben und unterschrieben. Das Geld floß ja herein, und wem machte das schon was aus, wenn ein Hunderter hierhin ging und ein Fünfhunderter dorthin? Das meiste war ja dann auch abgezahlt, aber später, in den siebziger Jahren, als die Lebenshaltungskosten stiegen, fiel es schwerer, das Portemonnaie in der gewohnten leichthändigen Weise zu öffnen, und Tenna fing an zu arbeiten.

Er hatte sich an die Leine begeben. Das war etwas sehr Merkwürdiges, daß sie nun auch da unten im Hafen herumwirtschaftete. Eigentlich war das doch seine Domäne. Dorthin ging er, und von dorther kam er, und dann erwartete er, daß sie ihn erwartete. Es war auch für die Kinder eine Umstellung, daß sie plötzlich selbständig aufstehen und für ihr Frühstück sorgen mußten und dafür, daß sie rechtzeitig aus dem Haus kamen. Das schuf eine Unsicherheit, die sie allesamt spürten, auch wenn Johannes nichts dagegen hatte, mit Hand anzulegen und sowohl aufzuräumen als auch etwas auf den Tisch zu stellen, wenn es nötig war. Tenna alles allein machen zu lassen, hielt er für unzumutbar. Sie hatte genug um die Ohren, und einer der Gründe für ihren Umzug in die Stadt war ja gewesen, daß sie sich entfalten sollte, daß sie sich Freundinnen einladen konnte – nun war sie befreundet mit der Frau des Lehrers und mit Majbritt, die selbständig war und unten im Haus eine Webstube betrieb. Fisch sortierte keine von denen, sie spielten Federball in der Halle, und Tenna war dabei.

Schließlich schickte er sich drein. Es galt auf die klaren, nackten Tatsachen Rücksicht zu nehmen. Wenn Tenna nicht arbeiten ging, konnten sie weder die Rechnungen noch die Miete bezahlen. In der Wohnung war bereits nach fünf Jahren eine kleinere Generalinstandsetzung fällig. Die Fliesen begnügten sich nun nicht mehr damit, an der Wand herabzurutschen (oder sich zu lösen), sie fielen mit gewaltigem Krach, und als die Dielenbretter anfingen, sich in der feuchten Luft zu verwerfen, begriffen sie beide, daß sie nicht gerade in Luxus investiert hatten. Die Rechnungen strömten nun intensiver, und sie waren auch dicht an einer Pfändung gewesen, nachdem Johannes in einem leichtsinnigen Augenblick (und nach einem guten Fang, das muß man zugeben) einen Bang & Olufsen-Farbfernseher gekauft und den Ratenvertrag dafür unterschrieben hatte. Das Gerät stand immer noch da, sie hatten die

Klippe umschifft, der graue 66-Zentimeter-Schirm, der in die Wohnstube starrte, war der Beweis dafür, aber sie hatten auf Pumptour gehen müssen, sowohl bei Anders und Anna als auch bei seinen Eltern, bevor die Sache wieder eingerenkt war.

Nun lagen die Dinge so, wie sie lagen, und bildeten den normalen Alltag, als hätte es nie etwas anderes gegeben. Er stützte den Kopf in die Hand: Das war das Merkwürdige daran – und dieses Gefühl der Resignation überkam Johannes immer häufiger –, daß Dinge, die einmal gut gewesen waren, ihr Gewicht verlieren und sich verändern konnten, schlechter wurden oder ganz einfach verschwanden, so, als hätte es sie nie gegeben. Er war erstaunt darüber, wie das so vor sich ging. Er war der Meinung, er habe ein gutes Gedächtnis – auch für Gutes, vielleicht besonders dafür. Aber er war völlig irritiert, wenn er über Tenna nachdachte und darüber, was mit ihrem Verhältnis zueinander geschehen war. Sie hatte sich nicht verändert, er konnte beim besten Willen nicht erkennen, daß sie anders geworden war. Selbstverständlich war sie nicht mehr zwanzig. Aber im Gegensatz zu anderen Frauen, die er kannte und deren Entwicklung er verfolgen konnte, hatte sie nicht verloren, nichts von ihrer Frische eingebüßt. Es schien so, als komme sie besser mit sich klar, nachdem sie im Hafen angefangen hatte. Ihre Farbe war kräftiger, sie trug den Kopf höher. In Wirklichkeit mußte er sich also nicht an irgend etwas erinnern oder es sich ins Gedächtnis zurückrufen, er hatte es direkt vor der Nase, und trotzdem kam sie ihm manchmal fern und unwirklich vor. War das die gleiche Tenna? Und wenn es so war, weshalb empfand er dann nicht das gleiche für sie wie vor fünf Jahren, vor zehn Jahren, vor zwanzig Jahren?

Er erhob sich von der Bettkante und stand ein Weilchen still in dem kühlen Zimmer. Die Trockenheit des Codeins saß ihm wie Kalkstaub unter der Zunge, und der Halbrausch von den Schlaftabletten brachte seinen Hinterkopf zum Summen. Er fuchtelte mit den Armen wie Jeppe. War er nicht ein lustiger Mann? Lachten sie nicht oft laut über ihn, wenn er einen Witz vom Stapel ließ? Brachen Tenna und die Kinder manchmal nicht beinahe zusammen vor Lachen, wenn er seine Show abzog, hörte er nicht so gut wie täglich Jørgensens Zigarilloräuspern, wenn er diese oder jene dumme Tiefsinnigkeit über die ausgestellten Bilder abfeuerte, und hatte er in der Nacht nicht vor dem Spiegel mit seinem Spiegelbild getanzt und mit dem Bild all derer, die in der gleichen Situation waren wie er und denen nichts Besseres einfiel, als sich wie Verrückte zu benehmen und den Kopf mit Mitteln zu füllen, die rezeptpflichtig waren? Er hatte nicht die geringste Lust, auf weinerlich zu machen, er war von Natur aus keine Memme – dann hielt man als Fischer nicht lange durch –, trotzdem war nicht zu verleugnen, daß ihn die letzte Zeit auf den Hund gebracht hatte und daß absolut zu wenig Luft im Schlauch war.

Die Aussicht beim Blick aus dem Fenster konnte Johannes, als er die Gardine anhob, nicht überraschen. Da war die Straße, gegenüber der andere Block. Das Licht war kräftiger, dennoch konnte man die Sonne nur als metallisches Schimmern hinter Schichten von Feuchtigkeit wahrnehmen. Die Leute waren mit den gleichen Sachen beschäftigt wie immer. Der Zeitungsmann hatte die Wimpel herausgehängt, also mußten die Zeitungen aus dem Süden und vielleicht sogar aus Kopenhagen eingetroffen sein. Die Morgenzeitungen. Die Mittagsblätter kamen erst später, das wußte er, denn die Reklameanschläge dieser Zeitungen waren in der Regel draußen, wenn er die Hauptstraße hinunter in Richtung Jørgensen ging. Er versuchte daran vorbeizukommen, ohne sie zu kaufen, sowohl um zu sparen, als auch um nicht dieses Gelähmtsein fühlen zu müssen, das sich einstellte, wenn er sich da hindurchgefressen hatte.

Er wußte nicht, was daran ein Erlebnis sein sollte, doch offenbar vergaß man das von Mal zu Mal. Man sah die Anschläge, spürte eine Art perversen Appetit, eine Neugier, die ihn – wie er sich erinnerte – auch überfallen hatte, als er zum erstenmal ein Pornoheft in der Hand hielt, und dann ließ man das Geld springen, und die Spannung hielt auch eine Weile, während man sich durch die Schreckensnachrichten, die Morde, die Perversionen, die Unterhaltung, den Sport hindurchblätterte, um schließlich auf der letzten Seite anzulangen und mit diesem Gefühl hilfloser Scham dazustehen, das er auch empfunden hatte, als er das Bild von Tenna heraufbeschwor und dabei seinen Samen unter dem rostigen Spülkasten abschoß.

Auf kalten Zehen schlich er in die Küche und setzte Wasser auf. Die Frühstücksreste der anderen standen noch auf dem Tisch, obwohl Tenna natürlich ihre Kaffeetasse ausgespült und dann neben das Abwaschbecken gestellt hatte. Aber Ernas Joghurtpackung lag umgestürzt neben dem Teller, der Löffel ragte heraus, und auf dem Teller von Hans schwammen immer noch Haferflocken in einem halben Liter Milch. Auch das gehörte zu den Entdeckungen, die Johannes machen mußte, seitdem er zu Hause war: Wieviel auf einem Frühstückstisch stehen konnte, wieviel man brauchte, um ihn herzurichten, und wieviel da trotz allem noch fehlte, wenn man sich erst hingesetzt hatte. Jedenfalls war das so, wenn *er* den Tisch deckte, aber bei diesen ungleichen Aufstehzeiten geschah das nicht allzu oft. Dachte er jedoch an die Sonntage oder an damals, als Tenna noch jeden Morgen den Tisch gedeckt hatte, dann mußte er eingestehen: Da fehlte nichts. Hier fehlte weder was, noch war was da, das hier war nur eine einzige Unordnung, und er hatte das Gefühl, die ganze Wohnung fließe nach allen Seiten hin über, aufgestauter Wust hinter zufälligen Wänden, die undurchdringlichen Misthaufen von Erna und Hans – Johannes wagte es nicht, die Türen zu ihren Zimmern zu öffnen, aus Furcht davor, von Unrat überrollt zu werden –, und dann ihr eigenes Schlafzimmer und die Stube mit den Kaffeetassen vom Abend zuvor und den vollen Aschenbechern – falls Tenna sie nicht hinausgebracht hatte, nachdem er schon ins Bett gegangen war. Johannes sah sich in der Küche um, ja, da standen sie ja, und er stieß einen kleinen Seufzer aus, denn er hatte sich geschworen, nicht mies oder boshaft zu werden. „Ich will nicht vor die Hunde gehen", hatte er vor sich hin geflüstert, und hätte sie nicht die Tassen rausgetragen, dann hätte er es eben tun müssen, es fiel ihm nur immer schwerer, sich daran zu erinnern, was am Abend zuvor passiert war, er konnte absolut nicht darauf kommen, was sie im Fernsehen gebracht hatten, die Schlafmittel hingen wie ein Asbestvorhang irgendwo zwischen den beiden Hirnhälften. Doch dann zwang er sich zur Konzentration und erinnerte sich dunkel an eine Sendung mit einem bebrillten Herrn, sicherlich einem Professor, der gemeinsam mit einem zweiten Schwätzer versucht hatte, ihnen zu erklären, wie die Welt eingerichtet war und was die Menschen tun mußten, um sich selbst und die Krise zu überwinden. Das war wie eine Beleidigung, einerseits verdammt banaler Unsinn, andererseits schwer zu verstehen. Glaubte der Mann eigentlich, was er sagte, oder war er nur ein gewöhnlicher Scharlatan? Jedenfalls sah er so aus. Sie hatten auf Schweden umgeschaltet, aber da redete auch nur einer und zeigte Tabellen, bis dann eine Sendung mit Harmonikamusik und Tanz kam, was jedoch Tenna nicht gefiel. Sie schalteten schließlich ab.

Das Wasser kochte, er goß sich eine Tasse Nes-Kaffee auf. Die Luft draußen war ein wenig leichter geworden, ein paar Kinder spielten unten im Hof. Er setzte die Tasse an die Lippen und verbrannte sich. Hunger hatte er nicht, trotzdem bestrich er eine Dunkelbrotschnitte und kaute darauf herum, die Kaffeetasse in der Hand. Die leichte

Ondulation im Kopf ließ ihn, wenn er die Augen schloß, ein Weilchen glauben, er wäre wieder auf See. Die Stellung hatten sie sehr häufig in ihrer warmen Kajüte eingenommen, wenn sie rausfuhren; den Hintern gegen eine Koje gedrückt, einen Becher Kaffee in der Hand und einen Keks im Mund. Es ächzte und gierte im Schiffsleib, und manchmal schlug die See so hart gegen die Bordwand, daß es polterte. Das Boot schien, um sie alle durchzubringen, die Gewalten abschütteln zu wollen. Das war ein unbeschreibliches Gefühl, eine merkwürdige Mischung von Sicherheit und Unsicherheit, doch sehr vital, so, als hätte das Schiff eine eigene Existenz und wäre einverstanden damit, daß sie sich behaupteten, eine andere Möglichkeit gab es ja nicht, was auch immer für Wetter war. Johannes erhob sich und ging wieder zum Fenster. Jammern mußte man nicht. Sie lagen nicht im Sterben, sie litten keinen Hunger, sie waren nicht ernsthaft krank. Sie hatten sich immer noch: Tenna, Erna, Hans und er. Das hier war nur ein Übergang, und solange man sie nicht fallenließ und Tenna ihre gute Arbeit hatte, konnte ihnen nichts passieren. Das Land war ja auch ein Schiff. Es konnte durchaus einmal in grobe See geraten, doch wenn man zurückblickte, stellte man fest, daß es sich immer behauptet hatte. Er erinnerte sich an die Besatzungszeit, wenn auch nur schwach. Der Feind hatte im Land gestanden, und man konnte von einer wirklichen Krise sprechen, aber sie war gemeistert worden, wir haben den Weg auf die andere Seite geschafft. Auf einmal erkannte er an sich den Tonfall des Professors wieder oder wessen Stimme das nun war, die vom Moderator – oder die vom Ministerpräsidenten? Was hatte sich da eigentlich in seiner Birne abgespielt, was hatte er gesagt? So was wie: Dänemark – ein Schiff? Grobe See? Sich behaupten? Durchkommen? Was zum Teufel brach er sich da ab? Wo hatte er das her? Diese Sprache? Diese Denkweise? Was wußte er denn von der Besatzungszeit mehr, als daß sein

Vater, Aksel, als Fahrer im Torf war und eine höllische Masse Geld verdient hatte, mehr als auf dem Flugplatz in Ålborg, aber auch wieder nicht so viel wie bei der „Organisation Todt“ ganz oben an der Nordspitze, wo sie die großen Befestigungsanlagen und Beobachtungsposten gebaut hatten. Nun wollen wir doch mal nicht zu sehr übertreiben!

Mit einer gewissen Energie ging er ans Aufräumen, und als er mit der Küche fertig war, nahm er sich das Schlafzimmer vor und glättete die Laken, schüttelte die Deckbetten auf und legte zum Schluß die Paradedecke darüber. Das dauerte seine Zeit, denn klar im Kopf war er noch immer nicht, und wenn er die weiche Euphorie noch ein bißchen hinausziehen wollte, durfte er nicht zu angestrengt vorgehen. Davon würde man nur Kopfschmerzen bekommen, und er wollte nicht noch mehr Codimagnyl-Tabletten schlucken, denn er hatte in der Zeitung gelesen, daß Mißbrauch die Nieren schädige, und in gewisser Weise mußte man die Dinge schon in der Hand behalten. Die Worte kehrten immer wieder zu ihm zurück: Nicht zum Miesling werden, die Dinge in der Hand behalten, sich nicht fallenlassen, am Griff festhalten, Kurs nach vorn. Erst als er sich vollständig angezogen hatte, wurde ihm bewußt, daß er vergessen hatte, sich zu waschen und zu rasieren, aber er vermochte nicht, alles noch einmal von vorn zu beginnen, und er fühlte eine neue Art von Müdigkeit in sich, die ihn wie ein Erdrutsch übermannte: Mit einem Ruck riß der Hang ab, glitt in unnatürlich langsamem Tempo nieder und begrub ihn. Festgehalten von den Massen blieb er in der Wohnungstür stehen und spürte starken Zorn in sich aufkommen. Tennas Bild sprang ihm schlagartig ins Bewußtsein, während sich gleichzeitig die anderen Dinge durch seinen Kopf wälzten, langsam, traumartig. Dieses verdammte Weibsbild! Er sah sie vor sich in ihren Gummistiefeln, der Schürze, den Arbeitshandschuhen, mit hochgebundenem Haar. Er sah die Bewegungen ihrer schlanken

Gestalt, den Rücken, sich niederbeugend, den sich aufrichtenden Körper, die Fische, die ihr aus den Händen flitschten, und um sie herum all die anderen, glotztend, Blicke werfend oder ebenfalls so arbeitend, daß der Schall sich unter dem hohen Dach der Halle staute. Warum, zum Teufel – wenn sie schon so rassig war, daß alle sie bewunderten – konnte sie denn nicht dafür sorgen, daß es ihm besser ging, daß es *ihnen* besser ging. Es konnte doch nicht allein seine Schuld sein, daß die Kinder ausflippten. Und daß Erna nach Hause kam, schwanger war und abtreiben mußte und aussah wie ein kandiertes Mairübchen auf Rollschuhen. Es war auch nicht ausschließlich seine Schuld, daß Hans sich in seine reißverschlußverschampfierte Lederjacke zurückgezogen hatte und ihn scheel anblickte, weil er meinte, sein Vater wäre dumm, oder weil er beleidigt darüber war, daß er nicht das Abitur machen konnte. Tenna mußte auch Anteil daran haben, doch es war, als sei sie der Meinung, wenn sie ihrer Arbeit nachging und all das tat, was sie außerdem zu tun hatte, das sei dann genug. Da war eben nichts mehr übrig für ihn – oder für sie. Quatsch! Das, was sie machte, tat sie ja für sie alle, sie rieb sich ja förmlich auf für ihn, für sie alle. Warum lief das dann so, wie es lief – und wie lief es? Anders als bei den anderen? Nicht viel. Wie er es sich schon zwölfhundertdreimillionenundachtzehnmal gesagt hatte, zum Jammern ist kein Grund, zum Jammern *ist* kein Grund vorhanden.

„Nur, vielleicht", murmelte er, während er die Tür schloß, „daß keine Liebe mehr da ist." Er schwankte leicht hin und her zwischen Wand und Geländer, machte ein paar slapstickartige Tanzschritte. „Keine Liebe, keine Liebe." Darüber hatte er übrigens früher nie nachgedacht. Doch nun spürte er diesen merkwürdigen Abstand, den es vorher nie gegeben hatte. Der eine Teil von ihm begehrte Tenna, doch das kümmerte den anderen Teil einen Dreck. Abstand. Es gab einen Abstand. Er mußte daran denken, daß er früher nie soviel nachgedacht hatte. Eigentlich war das ja wohl etwas Gutes, Leute, die nachdachten, waren etwas Besonderes – ein paar davon kamen sogar ins Fernsehen –, doch Johannes half das wahrscheinlich nichts. Seine Erfahrung besagte: Je mehr er nachdachte, desto schwerer wurde es für ihn, und in der Nacht lag er deswegen wach. Stundenlang.

Er war sich nicht bewußt, jemals zuvor das Wort „Liebe" ausgesprochen zu haben, und plötzlich sagte er hier auf der Treppe das Wort mehrere Male vor sich her, und erst als ihm jemand von unten her entgegenkam, hielt er die Worte zurück, brachte den Mund in Normalstellung und schlug den gewohnten Gang ein. Als er um den Treppenabsatz bog, sah er die Person auf sich zukommen. Es war eine ihm unbekannte Frau, die fremd wirkte in dieser Umgebung. Wenn sie den Fuß auf die nächste Treppenstufe setzte, wurde unter ihrer braunen Lederjacke ein Streifen des mattglänzenden Seidenfutters sichtbar. Ein diskreter, aber nicht unbemerkt bleibender Duft eines Markenparfüms umgab sie. Sie sah ihn an, direkt, ohne wegzublicken, bis sie aneinander vorübergingen.

Dann war er draußen, und die Haustür fiel hinter ihm ins Schloß. Die Sonne demonstrierte Senffarbe hinter den tiefliegenden Bodennebeln, doch die Trägheit des Wetters war so groß, daß nichts Entscheidendes passierte. Der Zeitungsmann, in weißem Kittel, kam aus seinem Laden heraus und befestigte einen Anschlag. Er grüßte kurz und ging schnell wieder hinein, kam jedoch gleich wieder heraus und rief hinter Johannes her. Was wollte er denn? Johannes drehte sich langsam um und ging zurück.

„Ich habe sie hinaufgeschickt", sagte Zeitungs-Ole.

„Was?"

„Ja, Besuch für dich. Hast du sie nicht gesehen?"

„Wen?"

Der Zeitungsmann bewegte den Kopf hin und her.

„Die Dame. Vor fünf Minuten, nein, weniger, war sie hier und hat nach euch gefragt."

„Nach uns?"

„Ja. Sie wollte zu Tenna, Tenna Hansen."

„Ja?"

„Du mußt sie doch gesehen haben. Sie ging in euer Haus, fast genau in dem Moment, als du rauskamst."

„Ach, die ..."

„Du hast sie also gesehen?"

„Da ging eine Dame die Treppe rauf. Aber ich kannte sie nicht."

„Das war sie."

„Wer?"

„Na, sie, die vorher bei mir drin war."

Er zeigte zur anderen Straßenseite hinüber.

„Das ist ihr Auto."

„Das da?"

„Ja."

Der Rover mit dem satten Lack und den vielen blinkenden Teilen stand an der Bordsteinkante. Die Antenne bewegte sich sacht im Wind. Der Zeitungsmann beugte sich vor.

„Kennst du sie?"

„Nein."

„Das ist doch komisch."

Zeitung-Oles Augen schimmerten, er zog die Pulswärmer ein wenig nach unten.

„Der Wagen hat eine englische Nummer."

Johannes drehte den Kopf und besah sich das Nummernschild. Es war kein dänisches.

„Ich weiß nicht, was da los ist."

„Willst du denn nicht raufgehen?"

„Nein."

Der Zeitungshändler rückte dichter an ihn heran.

„Sie ist noch oben. Sie klingelt."

Johannes spürte Zeitung-Oles Atem.

„Was soll ich ihr sagen, wenn sie wieder runterkommt?"

„Nichts."

„Aber ... wenn sie nun fragt?"

„Dann halte deinen Mund."

Die Tür zu dem Haus, in dem Tenna und Johannes wohnten, wurde geöffnet. Die Frau trat heraus. Johannes griff unter Zeitung-Oles Kittelaufschlag und führte sein Gegenüber im Halbkreis, so daß er selbst mit dem Rücken zur eigenen Haustür zu stehen kam. Er blickte dem Zeitungsmann in die Augen und sah, wie diese blinzelnd verfolgten, was da auf dem anderen Bürgersteig vor sich ging. Für einen Moment sah es aus, als wolle Ole nicken und hinüberlächeln, und Johannes rüttelte ihn leicht. Dann klappte die Wagentür zu, und gleich danach startete der Motor. Der Wagen fuhr davon. Johannes löste den Griff.

„Was sollte denn das bedeuten, verdammt nochmal?"

Zeitungs-Ole fauchte ein wenig.

„Was?"

„Diese ganze Komödie?"

„Nichts."

„Wozu denn das alles?"

„Ich muß in die Stadt. Keine Zeit."

Der Zeitungsmann blickte ihn verächtlich an.

„Du wirst auch immer merkwürdiger, Johannes. Du solltest deinen Kopf untersuchen lassen."

Johannes nickte. Da konnte was dran sein. Gerade jetzt rieselte eine Handvoll trockener Fliegen vor seinen Augen herab. In den kleinen Falten im Nacken stand Schweiß. Er spürte einen starken Drang nach Veränderung, und ihm kam in den Sinn, daß vielleicht schon die trockene Zentralheizungsluft bei Jørgensen Veränderung bringen könnte. Jørgensen las auch die Morgenzeitung, aber nur die eine, und die lag immer zusammengefaltet im Hinterzimmer, da er sie mit nach Hause nahm und nicht wollte, daß sie allzu zerblättert wurde, bevor seine Frau sie in die Hände bekam. In Oles Laden gab es nichts anderes als Zeitungen, und es war dort hundekalt, weil er an der Heizung sparte, dafür trug er Stiefel mit Holzsohlen, Pulswärmer und eine Ledermütze von der Art, wie sie Seeleute aufhatten. Das war wahrhaftig ein schöner Hafenmatrose. Im übrigen aber hatte er ihm ja nur einen Dienst erweisen wollen. Und darüber regte sich Johannes besonders auf, denn er kaufte nie etwas bei Zeitungs-Ole. Das war schon eine verquere Art von Reaktion. Eigentlich müßte der Zeitungsmann wütend oder sauer sein, und das war er vielleicht auch. Jedenfalls brachte es nichts ein, sich mitten auf dem Bürgersteig mit ihm zu streiten, das führte zu nichts, das war lächerlich wie so vieles andere; er wußte selbst nicht, warum er der fremden Dame nicht begegnen wollte, und genausowenig war ihm klar, warum sie ihn besuchen wollte – ihn und Tenna.

Irgend etwas Ekelhaftes schien sich an ihm festgekrallt zu haben. Nun konnte er nicht einmal mehr die Treppe hinunter und auf die Straße gehen, ohne daß etwas Idiotisches passierte. Er hätte seine Mütze lüften und „Danke" zu Zeitungs-Ole sagen und zurückgehen können, dann hätte er obendrein herausbekommen, was die Dame wollte, denn natürlich war er neugierig.

Statt dessen steckte er die Hände in die Taschen, drehte sich auf dem Absatz herum und ging die Straße hinunter. Okay, dann war er eben dumm und sollte sich den Kopf untersuchen lassen, aber das mit Zeitungs-Ole zu diskutieren, dazu hatte er keine Lust. Es war durchaus möglich, daß es mit ihm abwärts ging, aber es mußte Grenzen geben, und die – so hatte er beschlossen – wollte er selbst bestimmen. Dieser Zugezogene! Dieser mißglückte Pulswärmermatrose, was zum Teufel gab dem das Recht, seine Nase in anderer Leute Angelegenheiten zu stecken? Johannes Hansen war von hier, hier ausgetragen und hier geboren, getauft und konfirmiert da oben in der Kirche und verheiratet mit Tenna, die Gottverdammich auch von hier stammte, daran gab es keinen Zweifel. Und der da, kam der aus Vraa, dieser Wicht, oder vielleicht von ganz unten aus Aars? Pfui Teufel!

Er stieß die Verwünschungen triumphierend aus und ging leise schnüffelnd mit gesenktem Kopf davon. Dann kam ihm das Parfüm der Fremden im Treppenaufgang in den Sinn, und er hob witternd den Kopf. Die Sonne machte sich im gleichen Augenblick von einer Wolke frei, und als er bei dem roten Plankenzaun um die Ecke bog, wurde er geblendet. „Diese Scheißsonne“, murmelte er und hob schützend den Arm, „diese Scheißsonne.“ Ein Junge, der früh Schulschluß hatte und auf dem Weg nach Hause war, ging in diesem Moment an ihm vorbei, drehte dann den Kopf und blickte ihm nach. Johannes ließ den Arm fallen und senkte die Schultern. Plötzliche Müdigkeit rief ein Gähnen hervor, er stöhnte den Atem aus sich heraus. Einstmals war er auch ein Junge gewesen und hatte merkwürdigen Männern auf der Straße nachgestarrt.

IV

Selbstverständlich wohnte Elisabeth Ward im ersten Hotel der Stadt, und wenn dieses „Selbstverständlich" einmal zutreffend war, dann in diesem Zusammenhang. Sie hatte den größten Teil eines Lebens damit verbracht, Angelegenheiten solcher Art zu einer Selbstverständlichkeit zu machen, ja, sie waren es für sie wohl immer gewesen. Sie konnte sich den Reichsgerichtsanwalt Harald Kanter nicht anderenorts vorstellen als genau dort, wo „man" wohnte. Diese Art von „man" gab es häufig in ihrem Leben und hatte die Tendenz, die erwähnten „Selbstverständlichkeiten" so übereinanderzustapeln, daß sie sich aufhoben und zu einer natürlichen Kategorie wurden, zu einer Art Atmosphäre, ohne die das Atmen und das Überleben unmöglich war.

Darum war es in ihren Augen schon eine Rebellion, als sie nach der im Dunkel verbrachten Zeit ihre Erzeuger beim Wort nahm und einen Beruf wählte, der ihnen Schauer des Entsetzens über den Rücken jagte. Sie wollte Modistin werden. Sie wollte Kleider entwerfen, nähen, verkaufen. Sie wollte Leute anziehen. Das rief zuerst ein anhaltendes, doch diskretes Gelächter hervor, denn mehr als ein Spaß konnte das ja nicht sein. Aber noch einmal schaffte sie es, ihre Eltern so weit zu treiben, daß ihnen das Gesicht wegrutschte, und bald saßen Herr und Frau Kanter wieder mit ratlosen Mienen da: Was hatten sie sich nur für ein Früchtchen zugelegt? Hatte der evangelische Marienbund nichts bewirkt? Waren die Jahre in Aurehøj vergebens gewesen? Sie hatten nie von einer akademischen Laufbahn zu träumen gewagt, vielleicht, aber sich einfach in einer Nähstube niederzulassen, um das Gewerbe von Grund auf zu lernen, das war keinesfalls etwas, zu dem sich ein Mädchen aus der besseren Gesellschaft entschloß. So etwas machte „man" grundsätzlich nicht. Natürlich konnte das Mädchen schneidern und entwerfen lernen, dafür gab es eine Tradition – sogar in adligen Kreisen –, und es könnte ihr in einer Ehe zugute kommen; denn die mußte selbstverständlich am Ende dieser Serie von Verdrießlichkeiten stehen, die nun einen glücklichen Abschluß gefunden hatte. Das wurde nie direkt und mit eben diesen Worten gesagt, doch es lag in der Luft und war die himmlische Leier, um die sich alles drehte: eine passende Ehe für Elisabeth, eine gute Partie, Geborgenheit, Sicherheit, all das, was dazugehörte. Sie müsse doch einsehen – sagte ihr eines Morgens die Mutter unter dem vierundzwanzigarmigen Kronleuchter im Speisezimmer des Valeursvej während eines „vertraulichen" Gesprächs –, keiner hätte all die grauenerregenden Unannehmlichkeiten durchgestanden und ihr gleichzeitig so generös ihren „Fehltritt" vergeben, hätte nicht der Gedanke dahinter gestanden, reinen Tisch zu machen und das Geschehene ungeschehen und die begangenen Sünden zu vergessen. Sie müsse doch selbst zu der Erkenntnis gelangen, daß sie so gut wie neu sei. Die Sache sei von Anfang an mit der allergrößten Diskretion behandelt worden, und sie hätten keine Ausgaben gescheut, um diese chemische Reinigung so gründlich wie möglich ausführen zu lassen. Frau Kanter verwendete diesen Ausdruck nicht, doch Elisabeth hatte oft das Gefühl, als wäre in ihrem Inneren staubgesaugt worden oder als sei sie in eine Schleuder geraten. Das Ziel war – auch das wurde nicht mit diesen Worten gesagt –, sie unter die Haube zu bringen, und zwar gut. Sie dürfe doch nicht vergessen, daß die Verantwortung ihrer Eltern für sie zu einem gewissen Zeitpunkt aufhören würde, doch bis der eintrat, würden sie alles in ihren Kräften stehende tun, um sie vor den schlimmsten Irrtümern zu bewahren und sie gut auf den Weg zu schicken. Das waren nun wiederum ihre Worte, Elisabeth jedoch vergaß nicht das gegebene Versprechen und hielt an ihrem Entschluß fest. Im Vergleich zu den anderen hatte sie eine wirkliche Veränderung durchgemacht – war das tatsächlich so? –, jedenfalls hatte sie sich unumstößlich – als ihren originären Beitrag zu einer Situation, in der sie ansonsten nach allen Regeln der Kunst entmündigt worden war – auf das Bekleidungswesen fixiert.

Weshalb sie Leute in Kleider stecken wollte und was das sein sollte, davon hatte sie vielleicht nur dunkel einen Begriff. Die Eingebung war noch nicht vollständig analysiert, sie war Anfang zwanzig, fühlte jedoch ihr Wollen bis in das Physische hinein. Es saß in den Fingern. Da war dieser Drang, etwas auseinanderzureißen und wieder zusammenzusetzen, einzuwickeln und einzupacken, zu gestalten, zu verwerfen, zusammenzuflicken, herumzuwirtschaften. Sie betrachtete ihre Hände, die ganz leise zitterten, und fühlte eine kaum zu ertragende Leere. So war es auch an dem Tag mit der Mutter gewesen. Elisabeth hatte dagesessen, die Hände im Schoß, den Kopf gesenkt, und auf ihre Hände gestarrt, während die Mutter von einer Seite zur anderen lief, ein Flaggschiff im Manöver. Elisabeth hatte die Hände zusammengepreßt, um sie zur Ruhe zu bringen. Eine Leere war ihr in das Zwerchfell geschossen, wie sie sie aus ihrer Kindheit kannte, als sie sich an dem Küchenmädchen vorbeigeschlichen hatte, nur um dann feststellen zu müssen, daß auch nicht eine einzige Krume mehr in der Keksdose war. Zu dem damaligen Zeitpunkt war es im ganzen gesehen unheimlich leer in ihrer Keksdose gewesen, trotzdem hatte sie ihren Drang nicht unterdrückt, sich mit der plötzlichen Entführung, der ihr Neugeborenes ausgesetzt war, zu drapieren. Da war noch nicht ein Tag nach der Entbindung in der Klinik von Vejle vergangen (die Verschleierung wurde perfekt organisiert, es war nicht angängig, das

Kind auch noch dort, wo sie es ausgetragen und ihren Bauch an das Ohr des Apothekers geschoben hatte, in Randers, zu gebären, und das Kind war weg, „guten Menschen" überantwortet, die von ihren Eltern über andere jütländische Verbindungen aufgestöbert worden waren. Die Milch schoß aus ihr heraus, und in dem Maße, wie sie ihr abgezapft und an andere verteilt wurde, die vielleicht in einer schlechteren Situation als Elisabeth waren, hatte sie das Gefühl, sie würde überall angezapft werden. Der Inhalt strömte aus den Brüsten, aber auch aus den Beinen, den Ohren, dem Mund, dem oberen Teil des Kopfes, und wenn sie sich nicht manchmal an der Bettkante festklammern würde – so fürchtete sie –, würde sie sich vielleicht in die Luft erheben, zu den fliegenbekleckten Glaskuppeln schweben, die der Klinik Licht spendeten, oder zum Fenster hinaus verschwinden, zum Himmel hinauf, fort über die Landschaft wie ein welkes Blatt.

Was auch immer unternommen wurde, sie blieb fest, und zum Schluß mußten die Eltern seufzend klein beigeben. Sie kam in eine Nähstube und lernte das Gewerbe von Grund auf. Auf diese Weise blieb ihr nichts erspart, und sie kam mit Schichten in Verbindung, wo braune Arme und eine sonnengebräunte Visage im Sommer die Regel waren, ansonsten aber weiß vom Scheitel bis zur Sohle, wie sich herausstellte, wenn das Zeug fiel. Ein Richard Wing war freilich nicht dabei, aber das Kapitel mit ihm hatte sie endgültig zugeklappt, das mußte alles runter und weg, daran hatte sie keinen Bedarf, sie kam aber dafür in Kontakt mit Mädchen, die nicht Elisabeths Erfahrungen und Hintergrund besaßen, wohl aber etwas, von dem sie schon geglaubt hatte, es sei ihr verlorengegangen: Überlebensfähigkeit. Sie kam in der Hauptsache mit Frauen in Kontakt, und seit der Zeit faßte sie *wirkliches* Vertrauen nur noch zu Angehörigen des weiblichen Geschlechts. Das geschah nicht bewußt – Männer gab es in ihrem Leben auch so noch genug –, das ergab sich vielmehr aus einer labilen Solidaritätssituation, in der sie bestimmte Forderungen erfüllt bekam, die sie zum Überleben brauchte. Und das alles ohne sentimentales Mitleid und ohne Ansehen der Person – das muß hervorgehoben werden –, von Privilegien konnte keine Rede sein, im Gegenteil, sie wurde auf eine Probe nach der anderen gestellt und – wie es sich für eine Werkstatt gehört – sowohl gehänselt als auch verhöhnt und lächerlich gemacht. Obendrein lernte sie dabei noch etwas vom Fach, und aus den unbestimmten Vorstellungen kristallisierte sich mit der Zeit Können, Gewandheit, Professionalismus heraus. Daß sich das, was sie sich vorgenommen hatte, später in hohem Grad als etwas herausstellte, was „man" machte, konnte sie nicht wissen, und daran dachte sie zu diesem Zeitpunkt auch noch gar nicht. Ganz im Gegenteil erlebte sie ihre Exzentrizität als eine wirkliche Stärke, in die diese sich tatsächlich auch verwandelte, nachdem der Alltag sie ergriffen und sie sich an die Umgebung gewöhnt hatte, denn sie nahm an sich selbst wahr, daß dieses Schweben, vor dem sie nach der Entbindung Angst gehabt hatte, in ein Schweben verwandelt werden konnte, das sie über das Ordinäre heraushob. War sie anfangs auch noch ungeschickt und ob der Fertigkeiten der anderen völlig verzweifelt, so erarbeitete sie sich doch bald eigene und hob sich positiv von ihnen ab. Elisabeth hatte ganz einfach Talent.

Und nun saß sie hier in dem Hotel, wo „man" wohnte. Es war eine lange Tour gewesen, der Kreis hatte sich noch nicht geschlossen, und vielleicht schloß er sich nie. Sie rührte in ihrem Tee, der nach Beutel schmeckte und in diesem massigen Porzellan mit der Muschelbemalung serviert wurde, für das man schon die Hände einer Näherin brauchte, um es an den Mund zu führen, ohne sich dabei den Zeigefinger abzureißen.

Sie blickte durch die Stores des Speisesaals und sah

einen Schwarm Spatzen, der sich am Rande einer Pfütze auf dem Asphalt niederließ. Sie waren grau, unansehnlich und lebhaft, dafür natürlich diejenigen, die am häufigsten vertreten waren auf dem Erdball. Elisabeth erinnerte sich an keinen Ort, wo sie nicht Spatzen gesehen hätte – Ceylon, Japan, USA, Sowjetunion –, auch überall in England waren sie zu Hause, und sie paßten dort so gut ins Bild wie hier. Wie kam das? Hatte das etwas mit dem Klima zu tun, mit der Landschaft, oder waren sie vielleicht Personifikationen einer Mentalität, die auch mit dem Wetter und dem Licht und der Feuchtigkeit zusammenhing, einer Meeresfeuchtigkeit, die an allen Ecken und Enden hereinströmte?

Von der Philosophie her war ihr bekannt, daß die Wirklichkeit als Projektion aufgefaßt werden kann. Die Natur gibt es danach nicht außerhalb des Bewußtseins. Man erschafft das, was man sieht. Sie schnippte die Asche von der Zigarette und dachte an die Tausende von Spatzen, die sie im Laufe der Zeit angezogen hatte. „Der reiche Vogel naht mit Sausen, naht mit Brausen" hieß es dann, obwohl aus dem Schnabel nicht viel mehr herauskam als ein gewöhnliches Spatzengepiepse. Das lag ganz auf einer Linie mit Humes Gedankenwelt, wenngleich es streng genommen keine logische Verbindung gab. Eher konnte man passenderweise von einer Illusionsnummer reden, und doch war es eine Kunst, die imstande war, Projektionen hervorzurufen. Man sah sich nicht so, wie man war, sondern so, wie man hoffte zu sein oder wie man sein wollte. Wenn sie sich sagte, daß diese Spatzen hier an der Pfütze dänische Spatzen sind, dann waren es dänische, konnten nicht besser ins Bild passen als hier, waren so, wie sie sie haben wollte.

Hier berührte sie im Kernpunkt etwas, was ihr in ihrem eigenen Leben widerfahren war. Sie hatte gelernt, ihre Hände und ihren Kopf in einer schöpferischen Kombination zu gebrauchen und außerdem: zu herrschen. Vielleicht war das die einzige Überlebensmöglichkeit für autoritär erzogene Kinder, entweder führten sie die „Erziehung" mit fester Hand weiter oder sie gingen zugrunde. Verbarg sich hinter der Art, wie sie ihre Angestellten kommandierte, und hinter der Tatsache, daß sie absolute Ergebenheit erwartete und verlangte, ein Rachemotiv? Sie wußte es nicht. Das Zutrauen, das sie einstmals einem Fremden entgegengebracht hatte und das auf unterschiedliche Art belohnt worden war – wovon das meiste sich im Rückblick als unglücklich erwies –, war nicht ohne Erwartung einer Wunscherfüllung oder Gegenleistung gegeben worden. Elisabeth hatte im Jahre 1945 gespürt, daß sie vor irgend etwas Außergewöhnlichem stand, vor einer Sache, die in der Zeit lag, aber auch in ihr selbst wuchs, etwas, was fünf lange Jahre und eine ganze Pubertät brauchte, um aufgebaut zu werden. Das war kein „deal", kein Handel, sie war nicht zynisch, doch dachte sie auch mit Nüchternheit an die damalige Verzückung: Sie hatte sich angeboten und dafür bekommen, worum sie gebeten hatte. Das klang angemessen, die Frage war nur, ob in dieser Art Verhältnis „Angemessenheit" am Platz war, und ob das, was sie jetzt vorhatte, angemessen genannt werden konnte.

Der Ober war eingetreten und hatte an der Tür, die zur Empfangshalle des Hotels führte, Aufstellung genommen. Er trug Uniform, ein Zwischending aus Frack und Smoking, ganz in der Stillosigkeit, die alles in diesem Etablissement prägte, wo alte Großbürgerlichkeit einen vergeblichen Kampf mit der Vinylfilzbespannung führte, die sich von Wand zu Wand zog, und mit plumpen Restaurantmöbeln, entsprungen im Gehirn irgendeines Hausierers, der sich nun Tischlermeister oder vielleicht sogar Direktor nannte. Es war armfein, und der Tee schmeckte – wie gesagt – nach gekochtem Papier. Der Ober wedelte leicht mit der Serviette, die er hinter dem Rücken hielt. Es gab eine gewisse Konstanz im Leben, Elisabeth nickte ihm freundlich zu, so hatten die Ober gestanden, seit es sie gab. Er kam näher.

„Wünschen die Dame noch etwas Tee?"

Nein, die Dame wünschte keinen Tee.

„Vielleicht noch ein kleines Stück Kuchen?"

Nein, die Dame wünschte auch kein weiteres Stück Kuchen.

Auf diese Weise kaltgestellt, mußte der Ober sich eine neue Beschäftigung einfallen lassen, und das geschah mit Hilfe eines Kristallaschenbechers vom Nebentisch, der jetzt auf den Aschenbecher von Elisabeths Tisch gesetzt wurde, so daß sie die Asche in den Herbeigebrachten fallen lassen mußte, der daraufhin gewendet und anschließend neben ihren Platz gestellt wurde, leer.

Sie lächelte abermals, auch er lächelte, dann ging er mit schnellen Schritten nach draußen, so, als hätte er wirklich etwas zu tun. Der Aschenbecher mußte ja geleert werden.

Elisabeth blickte zum Fenster hinaus, die Vögel waren weg. Ein bißchen fühlte sie sich wie ausgebrannt. Unterwegs hatte sie sich an ein paar Dingen hochgerankt, dann war sie wieder zusammengebrochen, und die Enttäuschung des Vormittags hatte sie zu erneutem Nachdenken veranlaßt. Ganz war sie sich nicht darüber im klaren, was sie eigentlich wollte und warum. Sie hatte nach einer Eingebung gehandelt – die sie allerdings schon eine Reihe von Jahren bewegt haben mußte. Sentimentalität spielte bei dieser Unternehmung durchaus eine Rolle, auch wenn sie sich das nicht gern eingestand, und darüber hinaus noch eine ganze Menge Dinge, die ebenfalls dagegen sprachen und mit denen sie zu kämpfen hatte. Sie hatte nicht unbedingt das Bedürfnis, in anderer Menschen Leben einzubrechen und darin mitzumischen. Sie wußte, daß sie nicht einfach nach 36, 37 Jahren ihrer Rover-Feuerkutsche entsteigen und ihre Nachkommenschaft entführen konnte – von der sie nie auch nur ein Fünkchen zu Gesicht bekommen hatte – und dann vielleicht noch glauben konnte, alle Himmel würden sich öffnen und Engelchöre ein „Halleluja“ in den höchsten Tönen anstimmen. Wenn sie sich trotzdem diesen Luxus gestattete oder die selbstgestellte Herausforderung annahm, dann, weil sie sich nicht mit dem abfinden konnte, was sie manchmal eine „historische Unbilligkeit“ nannte. Die Bestimmung des Menschen oder sein Lebensverlauf konnte Situationen heraufbeschwören, die mit der Zeit Eingeschlossensein, Erstarrung, Unbill mit sich brachten. Sie hatte bestätigt gefunden, daß im Leben der Grundsatz „Der Teufel läßt nicht mit sich spaßen“ herrscht, wenn man sich erst einmal von bestimmten Bewegungen und Leitbildern hatte einfangen lassen, die man als „natürlich“ oder „richtig“ für sich akzeptiert hatte. Man trug Vernunft zur Schau oder ließ andere bestimmen oder manövrierte sich zu der Einsicht durch, daß das, was ist, das sei, was man selbst wolle, oder wenigstens das, was zu wollen man glaubt – und so kommt es eben zu dieser Situation, unabhängig davon, ob man das will oder nicht. In dem Schockzustand damals, und es war wirklich ein tiefer Schock, hatte sie alles, was das Kind und dessen Ursprung betraf, mit etwas Ekelhaftem verbunden, und wenn sie etwas von sich stieß, geschah das mit einer physischen Gewalt, die an ein Erdbeben erinnerte. Sie mußte das alles loswerden, heraushaben, abstoßen, umwandeln, zerstören, auf den dafür vorgesehenen Platz verweisen. Wieviel sie aber auch schabten und gruben in den mißgestimmten und einsehbaren Ecken ihres Körpers und ihres Bewußtseins, offenbar blieb doch irgend etwas zurück, was sie nicht loswerden konnte, auch nicht nach dieser unendlichen Reihe von Jahren, in denen nicht nur sie, sondern auch die Welt sich verändert hatte, in denen das, was damals üblich war, antiquierten, barbarischen, alttestamentarischen, verlogenen Charakter angenommen zu haben schien, und doch lag auch hierin ein Ansporn, denn das, was damals absolut unmöglich war, könnte sich vielleicht heute ausführen lassen – mit ein wenig Takt, ein wenig Feingefühl und somit auch vorurteilsfrei, es ließen sich nun Dinge mit einer Direktheit bewältigen, die vor vierzig Jahren noch undenkbar gewesen wäre, es war schließlich ihr Kind.

Es war schließlich ihr Kind. Sie ließ diesen Satz in ihrem Bewußtsein hin- und herwandern, wie sie es schon tausendmal getan hatte, seit Arthur Ward, Dr. med. und Dr. phil., Mitglied des Unterhauses, für ewig und immer von ihr gegangen und auf dem kleinen Friedhof in The Cotswolds seinem Wunsch gemäß zur Ruhe gebettet worden war. Ordnung in den Dingen auch dort, drei Schaufeln Erde, kein Papier ohne die korrekten Unterschriften, das rechte Geld in die rechten Hände und ein Trauergefolge, das mehr adlige Häupter, berühmte Schauspieler und Schauspielerinnen, Bankiers und Industriemagnaten zählte, als das bescheidene, doch sehr idyllisch gelegene Dorf jemals gesehen hatte. Sie kamen Arthurs wegen – schließlich war er ja gestorben –, doch wenn man sich die Frauen im Gefolge ansah, wurde einem der Anteil Elisabeths klar und welche Bedeutung „Der reiche Vogel naht mit Sausen, naht mit Brausen" auch dem Vollkommenen im Erscheinungsbild beimaß, dem Geschmack, den man nicht unbedingt selbst haben muß, aber den man sich jederzeit kaufen kann, dem Gekonnten, Professionellen, das so viel künstlerischen Flair haben mußte, daß das, was normalerweise nur nach Geld aussehen würde, sich in ein Abenteuer verwandelte, zu einer Aura von Geschlechtsspezifik, übergeordneter Intelligenz und einem vollendeten Timbre in der Balance zwischen sadistischen und sado-masochistischen Signalen. Das war Elisabeths Werk, und sie hatte die Erfahrung unter Berücksichtigung eines alten Bonmots gemacht, nach dem der Weg zum Herzen des Mannes nicht ausschließlich durch den Magen führt, sondern auch sechsspurig durch den Kleiderschrank.

Elisabeth hatte nur unklare Vorstellungen über ihre Zukunft. Mit Arthurs Geld und ihrem eigenen dazu, dem Geschäft – das überall dort, wo es sich lohnte, von Nizza bis Santa Barbara, von Zürich bis Kuweit, nun mit Filialen in Form smarter *Boutiques* vertreten war –, konnte sie alles nur Denkbare unternehmen. Es gab viel zu tun, doch jedesmal, wenn ihr dieser banale Slogan durch den Gehirnkasten rasselte, mußte sie an Dorothy denken und an die fünfzig anderen Dorothys, die alles perfekt im Griff hatten, ganz abgesehen von den Dutzenden Anwälten und Revisoren und den – erwähnten – Bankiers, die für das Wohl und Wehe ihrer Angelegenheiten sorgten, so daß sie eigentlich in der Lage wäre, zehn Leben oder fünfzehn oder fünfundvierzig zu leben, falls ihr der Sinn danach stand – und sie lange genug lebte.

Ihr Einsatz und das, was sie erreicht hatte, war nicht zu übersehen. Manchmal aber war ihr dieser lange Pfauenschwanz auch beschwerlich. Nicht nur, daß es schwierig war, ihn überallhin mitzunehmen, er schleifte nach, wurde in Türen eingeklemmt, es passierte auch, daß Leute drauftraten und ihr häßliche Dinge nachriefen, am meisten aber wurde Elisabeth durch dessen trockenes Prasseln beunruhigt. Es kam ihr vor, als stehe die Pracht nicht zu jeder Zeit in organischer Verbindung mit ihrer Person. Er war da, dieser Schwanz, schön und betörend, glitzernd und imponierend, doch ab und zu schien er nach Brand zu riechen, und kleine Rußflocken schienen aufzufliegen, wenn sie sich bewegte. Sie war auch erschrocken über das, was sie zustande gebracht hatte, und da sie aus einer guten Familie kam, war es nicht so, daß ihr der geschäftliche Erfolg zu Kopf gestiegen war, sie konnte sich im Gegenteil manchmal unangenehm berührt, ja, abgestoßen fühlen von der ausufernden Vulgarität der Branche und der Kunden und dem ganzen Geldfetischismus. Der Reichsgerichtsanwalt war nicht reich gewesen, gutsituiert schon, aber nicht reich.

Er machte sich nichts aus Reichtum – verachtete ihn beinahe, wenn er keine höheren Qualitäten in sich barg –, und spielte gern und laut aufschreiend vor Begeisterung Sechsundsechzig mit dem Revisor, wenn der Einsatz zehn Øre betrug und der Rest *good, clean fun* war.

So war es auch mit Arthur gewesen, dessen Praxis in der Harley Street sich als nahezu ideal für den Absatz von Ideen eines liberalen Mitglieds des Unterhauses herausstellte. Die Leute kamen, um behandelt zu werden – er war Dermatologe, und so zählten die unmittelbar Moribunden nicht zu seinen Patienten –, und während Ausschlag, Gewächse, Flecken, Pusteln und Sächelchen bepinselt, bestrahlt und behandelt wurden, glitt das Gespräch oft auf das politische Gebiet über (man war gezwungen, sich über etwas anderes zu unterhalten, wenn die Situation ästhetisch untragbar wurde und man keinesfalls Angst haben mußte, im selbigen Augenblick zu sterben), und da Arthurs *doctor philosophiae* eigentlich auf dem Hintergrund eines starken persönlichen Interesses für – wie man es nennen könnte – die Geschichte der politischen Philosophie beruhte, war Arthur Ward bald *hooked.* Er hatte wohl nicht davon geträumt, sein Interesse in ein politisches Engagement zu verwandeln, und als ein leidenschaftlicher Verfechter liberalen Gedankenguts (darin sah er noch die deutlichsten Ansätze humanistischer Philosophie) konnte er auch nicht bezeichnet werden. Für ihn war dieses nun ein *good, clean fun*, zierlich überbaut mit freisinnigem Liberalismus, dessen Kern so vage war, daß die ihn umkreisenden Gedankenelektronen sich sozusagen in Fußbodenhöhe aufhielten und demzufolge nur von einem äußerst flachen Profil die Rede sein konnte.

Aber es war von lauterem Charakter, und solange es lebendig war (und er am Leben), war es manchem anderen vorzuziehen. Nur daß Elisabeth – vielleicht mehr als andere – eine starke Reduktion empfand, einen merkwürdigen Abbau, eine Art Schwund, was mit der Auffassung vom Wirklichkeitscharakter der Dinge zu tun hatte und sie manchmal in einen Zustand von Schwindel versetzte. Es rief ein Geräusch in ihrem Bewußtsein hervor, wie wenn Wasser aus einem altmodischen Waschbecken mit falschberechnetem Abfluß abgurgelt. Ein Vergleich mit Richard Dickie Wings Hammerpenis bot sich an: zuerst sehr gegenwärtig, ganz selbstverständlich, bestimmend und demütig zugleich, und dann – weg. Aber das war der springende Punkt, das sah Elisabeth ein: Es war einem unmöglich, sich Lebhaftigkeit ins Gedächtnis zu rufen, wenn sie vorher nicht dagewesen war, sie *mußte* dagewesen sein, genauso wirklich, wie sie sich an sie erinnerte. Und der Gegensatz wurde deutlich, wenn sie daran dachte, welche unmenschlichen Anstrengungen es sie gekostet hatte, zu verdrängen, darüber hinwegzukommen, ja, zu verurteilen.

In dem Hotel, wo „man" abstieg und also auch sie, war das Personal sehr behilflich gewesen. Es war nicht schwer, die Spur aufzunehmen, und natürlich hatte sie vorab Auskünfte eingeholt. Nicht durch Befragen der Mutter – ihr Vater war in der Mitte der sechziger Jahre verstorben –, das wäre zu belastend gewesen, sie hatte Betty angerufen, die nun eine verdienstvolle Anwältin und Spezialistin für Vergewaltigungsdelikte war, voll engagiert für das Opfer, feministisch eingestellt, unangreifbar, ethisch verankert. Bettys Nüchternheit war wohltuend, wenn sich auch Elisabeth ein wenig darüber gewundert hatte, daß sie ihren Anruf mit der größten Selbstverständlichkeit aufnahm. Es hörte sich fast so an, als hätte sie dreißig-vierzig Jahre lang auf dieser Seite der Nordsee gesessen und auf nichts anderes gewartet, als auf eben diesen Anruf. „Ja", sagte sie, „das verhält sich so und so, und das Mädchen – Tenna - wohnt da und da, jedenfalls in der Stadt, und dort könntest du hinfahren." Die Vorstellungen, die sie sich gemacht hatte, sensationelle Erwartungen, fielen lautlos in sich zusammen, noch nicht einmal die Warnungen, die sie sich während des letzten halben Jahres immer wieder selbst ausgesprochen hatte, waren länger ernst zu nehmen; wenn sie „ihre Tochter wiederhaben“ wollte, war das anscheinend die einfachste Sache der Welt, und das, obwohl das Mädchen unter sechzehn Tonnen Gestein begraben und ein halbes Menschenalter oder mehr tabu gewesen war.

Trotzdem fühlte Elisabeth sich ein wenig wie ausgebrannt, gerade jetzt und gerade hier. Es hatte sie so viele Anläufe und so viele Überlegungen gekostet, bis sie an den Punkt gelangte, wo sie sich tatsächlich in Bewegung setzte, und da stand sie dann auf diesem Treppenabsatz vor der Tür mit dem nichtssagenden Namen „Hansen“, und als da obendrein noch nicht einmal jemand zu Hause war, ging ihr die Luft aus. Alle die Vorbehalte, die sie gehabt und die aus dem Weg zu räumen sie Monate gebraucht hatte, stürzten nun wie eine alte Hausmauer bei Sanierungsarbeiten auf sie herab. In diesem Moment konnte sie nicht den geringsten Grund dafür erkennen, warum sie mit einem Zwangsmanöver in ein Leben eingreifen sollte, das bis dahin nach sehr nüchternen und unsentimentalen Regeln verlaufen war. Nicht, daß Gefühle dabei keine Rolle gespielt hätten, das war beileibe nicht so, zwar hatte sie nicht nach rechts und nicht nach links geschaut, aber die Energie, die sie in ihre Arbeit investiert hatte, war durchaus leidenschaftlich zu nennen, ebenso war die Trauer über den Verlust von Arthur tief und brach immer wieder in ihr auf, sobald sie an ihn dachte. Aber sie weinte nie einem alten Verlust nach, eine mißliche Rechnung oder eine fehlgeschlagene Kalkulation brachte sie nie um den Schlaf. Und die Wunden, die sie seinerzeit empfangen hatte, waren für sie geheilt, ja, sie hatte es mit sich ausgemacht, daß das, was wie ein Schlußkapitel ausgesehen hatte, zum Beginn ihres eigentlichen Lebens wurde. Erst nach dem „Fehltritt“ (ein Ausdruck Henriette Kanters) fand sie die richtige Elisabeth – und die Frage war nun, ob das immer noch diese richtige Frau war, die sich auf eine *sentimental journey* durch alte Landschaften gemacht hatte, um dann auf dem Abtreter einer fremden Familie in einem Aufgang zu stehen, der nach altem Bratfett und Fahrradöl roch, und vergebens zu klingeln.

Der Gedanke, der scheel blickende Herr, dem sie auf dem Weg nach oben begegnet war, könne möglicherweise ihr Schwiegersohn sein – er glich einem Bären, der zu zeitig aus dem Winterschlaf erwacht war und sein schlaffes Fleisch wie einen überdimensionierten und unbequemen Sack mit sich herumtrug –, erhöhte zusätzlich das flaue Gefühl im Magen, rief aber auch die Frage hervor, was sie denn eigentlich erwartet habe. Sie hatte sich Vorstellungen gemacht, aber was hatte sie erwartet, und was durfte sie eigentlich erwarten? Die mentalen gymnastischen Übungen hatte sie alle durch. Eine Begegnung mit ihrem Nachkommen konnte nicht von einer sozialen Rangliste abhängig gemacht werden. Elisabeth war sich bewußt: wollte sie haben, mußte sie nehmen, was da kam. In der Theorie war das einfach. Die Matte, auf der sie gestanden hatte, war konkret, der Geruch im Treppenhaus nicht beiseite zu schieben, der Mann auf der Treppe nur mit Mühe und Not, auch wenn sie nicht wußte, wer er war und ob sie überhaupt mit ihm etwas zu tun haben würde. Aber von dieser Art war ihr Schwiegersohn gewiß, zwar mußte er nicht unbedingt wie ein abgemagerter Bär aussehen, sicherlich aber war er auf die gleiche Art gekleidet, roch genauso, schielte auf die gleiche Weise. Schielte sie an.

Je mehr sie darüber nachdachte, desto schlechter fühlte sie sich. Aber da war noch etwas hinzugekommen, als sie die Treppe hinuntergegangen und wieder auf die Straße getreten war. Das Gefühl ließ sich nicht genau bestimmen, war dumpf, eine Art Zorn, ein Trotz, den sie gut kannte und der auftrat, wenn sie am wenigsten darauf vorbereitet war, oft in den frühen Morgenstunden, wo merkwürdige Schatten wie von einer schwerlastigen, atomgetriebenen Rakete weit, weit draußen in der Dunkelheit über sie herfielen und über ihr Gesicht glitten. Dann galt es, auf der Hut zu sein, das Signal rief zum Widerstand. Der Kampf mußte aufgenommen werden, denn sie durfte sich nicht aufgeben und ganz in den Schatten hineingleiten, der über sie hinwegstrich, es war notwendig zu handeln, und die Handlung konnte auch in Aktivität nach außen hin umgewandelt werden, ja, das war eine der Triebkräfte, die hinter allem stand, was sie sich vorgenommen hatte. Sie ließ sich folglich mobilisieren, und als sie zwei Mann auf der anderen Straßenseite offensichtlich in eine Schlägerei verwikkelt sah, war sie nahe daran zu lachen, denn es war doch völlig gleichgültig, ob diejenige, die sie suchte, in einem Trauergefolge für Arthur mit all dem *pomp and circumstance*, mit Straußenfeder am Hut und Püschel im Bauchnabel mitgehen konnte oder nicht. Das konnte doch nicht das Wichtigste sein, Herrgott nochmal, es war Fleisch von ihrem Fleisch, und wenn es darum ging, das mit ein paar Fetzen zu bedecken, gut, sie war imstande zu liefern. Das Bürgersteigballett der beiden Männer in der Februarsonne verstärkte ihre Bärenassoziationen, und sie erinnerte sich an den melancholischen Morgengruß des Esels an Pu, den Bären: „Guten Morgen. Wenn es ein guter Morgen ist, was ich bezweifle." Erst im Rückspiegel hatte sie bemerkt, daß einer der Männer derjenige war, den sie auf der Treppe getroffen hatte.

Energisch drückte sie die Zigarette im Kristallascher aus und griff nach ihrer über der Stuhllehne hängenden Twinsetjacke. Sofort tauchte der Ober auf, als hätte er hinter der Portiere auf der Lauer gestanden, was sicherlich auch der Fall war. Sie bat ihn, den Tee auf die Zimmerrechnung zu setzen und gab ihm zehn Kronen Trinkgeld, eine Münze – deswegen vielleicht –, die sie am Tag zuvor zum erstenmal gesehen hatte. Der junge Mann wurde rot im Gesicht und hätte beinahe wegen des tiefen Dieners, den er vor ihr machte, ihre Schulter gerammt, als sie an ihm vorbeischritt. War das zuviel, hatte sie sich falsch verhalten? Das mochte sein, sie dachte jedoch nicht daran, ihre Gewohnheiten an diesem Punkt abzulegen. Gute Trinkgelder sind eine einfache Methode, sich das Leben zu erleichtern.

Es freute sie, daß sie in dem leichten Ledermantel, auch wenn sie das Auto stehenließ und lief, nicht fror. Die Luft war nicht mehr so rauh, die Sonne schien schon eine gewisse Macht zu besitzen, selbst wenn Wolken sie bedeckten. Sie wandte sich ein wenig nach rechts und betrachtete interessiert die gelbgestrichenen Häuser und da und dort die Handwerkerpaläste, romantische, aber schlichte Bauten hinter niedrigen roten Gitterzäunen, Büsche und Blumen im Winterschlaf, jedoch schon mit Knospen besetzt. Im Schutz einer Südmauer war der Winterling aufgesprungen, das war zu zeitig und konnte bös enden, London war da günstiger dran, im frühen März drängten sich im St. James Park und im Hydepark bereits die Krokusse und die Osterglocken. Das Land hier steckte die Nase weit in die Nordsee und in die Straßen hinein, auf denen die Polarwinde heranfuhren, in diesem Jahr aber offensichtlich, ohne Schaden zu nehmen, ein trügerischer Frühling auf der ganzen Linie. Sie hatte ihr Vaterland, wo der Winter sich bis weit in den April / Mai hinein erstreckte und die Depression normalerweise die Leute in Tote oder Sterbende verwandelte, die man zu früh vom Respirator abgekoppelt hatte, anders in Erinnerung. Natürlich hatte sie auch warme Kleidung im Wagen, Geschäftsreisen und Besuche bei der Familie hatten Elisabeth Ward gelehrt, daß Dänemark in den ersten drei Monaten des Jahres nicht mit sich spaßen ließ, für einen Geschäftsmann aber eine günstige Gelegenheit zum Zuschlagen bot, weil die Verteidigung schwach oder völlig gebrochen war, alle brauchten etwas, mußten etwas kaufen, wollten – beim Gedanken daran, daß es vielleicht Sommer werden, daß die Verbannung eines schönen Tages aufgehoben werden könnte – etwas haben.

Hier war sie nur im Sommer gewesen, damals, als eine Reise zur äußersten Spitze noch ein Abenteuer war und das Badehotel – man stellte verwundert fest, daß es noch immer stand – einer Abteilung der Walhall glich, die sich aus der hellblauen Dämmerung losgerissen hatte und an einem fremden Ort gestrandet war. Hier war es auch gewesen, 1945, wo der Leutnant und der Sergeant und die beiden Mädchen sich im Jeep auf Entdeckungstour zu den deutschen Befestigungsanlagen begeben hatten und auf eine Kiste ungeöffneter Flaschen „Sekt“ gestoßen waren – keins der beiden Fräulein Kanter hatte eine Ahnung, was sich dahinter verbarg. Ihre Ahnungslosigkeit schützte sie allerdings nicht vor einem gewaltigen Rausch, und die Rückfahrt hatte dann mehr einem Hasardspiel geglichen, weil Elisabeth darauf bestand zu chauffieren. Sie landeten halbwegs im Graben und halbwegs auf der Seite, und nur, weil die Mädchen schoben (wenn sie sich nicht vor Lachen im Gras wälzten) und weil das Fahrzeug einen Allradantrieb hatte, gelang es ihnen, freizukommen und ihren Ausgangspunkt zu erreichen, wo sie mit einem Bad die schlimmsten Spuren ihres monumentalen Affen beseitigen und das Abendbrot hinter sich bringen konnten, ohne daß es zu peinlichen Zwischenfällen wegen der Extraportion Fleischklößchen in der Suppe für den Reichsgerichtsanwalt kam, die ihm nach Rang und Stand gebührte.

Elisabeth steckte die Hände in die Tasche und schritt schneller aus. Nicht verwunderlich, daß man von einem ertragreichen Sommer sprach. Wie hätte es auch anders sein können? Die Leute waren ja während der Besatzungszeit fruchtbar gewesen wie die Ratten. Und als die Befreiung endlich stattfand, war das – im Sinne des Wortes – wie eine Öffnung. So ähnlich mußte das jedes Jahr in diesem Land sein. Dunkelheit, Eingesperrtsein, Kälte. Was fingen die Leute im Winter in ihren Häusern an, und wie expansiv mußten sie gestimmt sein, wenn es endlich heller wurde und die Niedergeschlagenheit sich Grad um Grad hob. In unseren Tagen half ihnen die Chemie. Das Morgengebet der Jungen-Parallelklasse von Aurehøj: „Heilige Mutter Gottes, du, die du geboren hast, ohne zu sündigen, lehre uns sündigen, ohne zu gebären!" war sozusagen überholt. Diese Sachen ordneten jetzt Krise und Pille, aber damals ... Entweder wußte man über Verhütungsmittel nicht Bescheid (wie sie selbst), oder die Dinger gingen kaputt. Soviel hatte sie später begriffen: Die Unsicherheit, die sie, indem sie ihr nicht die geringste Beachtung schenkte, für sich gar nicht in Betracht gezogen hatte, war die Grundbedingung, unter der alle anderen leben mußten.

Auf diese Weise hatte sie also dazu beigetragen, diese zahlenstarke Generation, zu der sicherlich viele in diesen Häusern hier gehörten, zu vergrößern. Jetzt wollte sie ein Auge auf sie werfen – zumindest auf eines ihrer Mitglieder. Falls sie bis zu diesem vordrang und falls man gewillt war, mit ihr zu reden. Daran glaubte sie schon, doch worüber würde man reden, das war hier die Frage. Die Phantasie Elisabeths erschöpfte sich in diesem Punkt. Zwar hatte sie bereits massenhaft mit Vertretern der „starken Generation" zu tun gehabt, aber nur berufsmäßig. Sie und Dorothy waren gleichaltrig, da gab es keine Probleme, Arthur war fast zwanzig Jahre älter gewesen, also beinahe ein zweiter Vater, und die jüngeren Liebhaber, die sie gehabt hatte, waren von ihr nicht nach ihrem Konversationstalent ausgesucht worden, obwohl der Redefluß der meisten eher einem Wasserfall glich, den sie allerdings wie eine Art Hintergrundmusik hinnahm oder als Geräusch, das sich mit wenigen, kurzen Pausen als Signal von einem anderen Menschen über sie verströmte. Bei den Engländern zählte das Reden ohnehin zu den Lieblingsbeschäftigungen, in der Nähstube hatte man manchmal den Eindruck, zwölf Vogelbauer seien übereinandergetürmt worden, doch galt generell, daß überall und immer munter drauflosparliert wurde: in den Bussen, im Pub und in den Geschäften, die Mühle lief, und zu verachten war das nicht, es war – wenn man Lebhaftigkeit mochte, aber sich auch gern die Leute vom Leibe hielt und es vorzog, selbst zu bestimmen, wann geredet werden sollte, oder zumindest, wann man den Mund zu halten hatte – eine gute Methode, sich zu verstecken. Sie hatte einmal einen Babylutscher gekauft und diesen Gerard in den Mund gesteckt – eine Langzeitbekanntschaft von französisch-schottischer Abstammung – und ihn damit mitten in einem Satz unterbrochen, der so lang war, daß man – ohne Aufsehen zu erregen, zu allerletzt bei Gerard – sich selbst und auch noch die Wäsche daran hätte aufhängen können. Sie hatte auf dem Bett gelegen und gewartet und seinen erstaunten Ausdruck genossen, dann mit dem Zeigefinger gewinkt, aber bevor er ganz bei ihr war, hatte er den Sauger schon wieder aus dem Mund genommen, beiseite gelegt und weitergequasselt, als sei nichts geschehen. Schließlich mußte sie es ihm ins Gesicht sagen: „Liebster Geliebter, wenn ich auch nur die geringste Chance haben soll, meinen Orgasmus zu erlangen, dann mußt du die Klappe halten." Das half, aber nur für einen Augenblick.

Hier würde es auf keinen Fall so kommen. Sie sah eine Frau in schwarzem Wintermantel aus einer Pforte herausstapfen, sich umdrehen, die Pforte sorgfältig schließen und die Straße hinuntergehen, gebeugt, tastend, still. So hatten dänische Frauen aus irgendeinem Grund immer ausgesehen, Elisabeth erinnerte sich aus ihrer Kindheit deutlich daran. Die Uniform mußte zu irgendeinem historischen Zeitpunkt entworfen worden sein, und seither lag sie fest: schwarzer Mantel, schwarzer Filzhut (im Sommer Stroh), glänzende Baumwollstrümpfe, schwarze Riemenschuhe (im Winter Stiefel), schwarze Tasche mit langen Henkeln. Überall waren sie zu sehen, sie traten aus allen Pforten, und würden sie nebeneinander Aufstellung nehmen, müßte man von einer Armee reden. Es gab keinen Zweifel, sprechen konnten sie (in Elisabeths Kindheit tranken sie Kaffee aus Untertassen und redeten ab und zu), aber auf Straßen und Gassen waren sie schweigsam, zitterten von dannen zu irgendeinem Treffpunkt, wo es warm war (im Sommer Schatten) und wo man etwas kaufen, vielleicht auch andere Menschen sehen konnte, ehe man starb.

Während Elisabeth Ward schräg den Damm überquerte und sich links hielt, bevor sie auf die größere, am Hafen entlangführende Straße stieß, mußte sie plötzlich daran denken, daß sie unter anderen Umständen wohl die gleiche Uniform tragen würde. Das wäre eben einfach so gewesen, und vielleicht lag hierin die sichere Chance, in der Anonymität zu verschwinden, sich hinter dem Schild zu verbergen, in Deckung zu gehen. Aber das war es nicht, was sie wollte, auch wenn die Venen an ihren Beinen und die braunen Flecke auf dem Handrücken deutlicher hervorgetreten waren. Noch wollte sie das nicht, es gab erst noch etwas zu ordnen, eine Forderung war einzulösen. Wie ein Goldsucher hatte sie viele Jahre hindurch ihr Geheimnis gehegt, es hinausgeschoben, verdrängt, tief vergraben wie einen Schatz im Garten, es zwischen nichtssagende Papiere gesteckt wie ein Lotterielos, von dem man weiß, daß es den Haupttreffer macht, und das kein anderer finden soll. Sie war nicht bereit, sich zurückzuziehen, und jetzt, in diesem Augenblick, während ein Sonnenstreif die Wellasbestdächer grau aufleuchten ließ, wurde ihr aus ihren Rückerinnerungen heraus bewußt, daß dies der Moment war, auf den sie gewartet hatte. Natürlich gab es keine Garantie für den Hauptgewinn, im Gegenteil, aber vielleicht eine Verlängerung, eine kleine Frist, um etwas anderes zu absorbieren, ein wenig wirkliche Unterhaltung. Sie legte einen Schritt zu, überquerte den Platz, auf dem große Lastzüge und Container aufgereiht standen, und näherte sich der Auktionshalle. In dem steifen Wind trippelten die Möwen seitwärts, verloren den Halt, schwangen sich weich und in kleinen Bögen in die Luft, um sich wieder und wieder mit blasierter Miene niederzulassen, so, als mache der kräftige Widerstand ihnen überhaupt nichts aus.

Gerda hatte als erste Elisabeth Ward erblickt, als diese in die Halle trat. »So eine Schachtel", dachte sie. Und im nächsten Augenblick: „Die holt sich noch nasse Füße, wenn sie hier weiter in ihren Ballschuhen rumhüpft." Und dann: „Mann, diese Absätze, einfach toll." Aber was wollte diese Schnepfe hier im Februar? Doch wohl kaum eine Kiste Heringe kaufen. Gerda strich sich das Haar aus der Stirn. Das schärfste aber war der Mantel, dem war anzusehen, was er gekostet hatte. Wenn man eine Vorstellung davon hatte. Es war schon in den Nachmittagsstunden, mehrere Boote waren eingelaufen, und Prytz hatte sich ihrer angenommen, so daß auch nach zwei noch auf vollen Touren gearbeitet wurde. Na ja, da tauchte eine Menge seltsamer Gestalten auf, auch zu dieser Jahreszeit, und das konnte ja Spaß machen, beim Sortieren zuzugucken, wenn man ansonsten der Meinung war, so was wäre interessant. Die Dame blickte forschend über das Areal, und als ein Gabelstapler mit vollem Tempo an ihr vorüberpreschte, trat sie einen Schritt zurück, um sich nicht die Strümpfe bespritzen zu lassen. Von ihr ging etwas Frisches aus, auch wenn sie nicht mehr im Frühling stand, und dabei hatte sie im Gesicht nicht stärker aufgetragen, als man es sich in ihrem Alter erlauben durfte. Sie sah gut aus, ganz abgesehen von der teuren Hülle, rank und schlank. Nach einem Weilchen ging sie auf Hanki zu und redete mit ihm. Vielleicht wollte sie doch eine Kiste Heringe oder Schellfisch. Manchmal kamen ja Sommergäste in die Auktionshalle, um kistenweise Fisch zu kaufen, wenn sie ein Essen gaben und viele Gäste hatten. Gerda arbeitete weiter, dann aber sah sie Hanki in die Halle zeigen, und gleich darauf ging die Dame nickend und gleichsam zielstrebig auf die Sektion zu, in der Tenna arbeitete, und verschwand hinter einem Stapel Heringskisten.

Tenna sah auf. In jeder Hand hielt sie einen Seehasen, die Finger unter dessen Kiemen vergraben. Normalerweise sortierten sie diesen Fisch mit einem Metallhaken, aus irgendeinem Grunde aber war der nicht zur Hand, so daß sie eine andere Methode anwenden mußte. Die Frau, die ihr genau gegenüberstand, lächelte. Tenna lächelte mechanisch zurück, ließ die beiden Fische in die jeweilige Kiste fallen, beugte sich vor und griff sich ein neues Paar.

„Tenna Hansen?"

Die Frau hatte eine dunkle Stimme, was – zu ihrem aschblonden Haar ins Verhältnis gesetzt – ein wenig überraschte.

Tenna nahm wegen der blendenden Sonne die Hand über die Augen.

„Jaaa?"

Sie sah die Fremde an, ohne mehr zu registrieren als Fremdheit und einen Hauch von Eleganz, der in dieser Umgebung etwas Ungewöhnliches war.

„Hät. . . ten Sie einen Augenblick Zeit?"

Tenna ließ den einen Fisch, den sie noch in der Hand hielt, in die Kiste fallen, in der die anderen schon exhibitionstisch ausgebreitet lagen mit ihren gelben Haftscheiben und mit diesen roten Brunstkämmen der männlichen Tiere, drohend schön wie ein Gewitter. Sie wußte nicht, was sie antworten sollte. Natürlich war sie neugierig, und wenn sie sich in jeder Situation Zeit für eine Zigarette nahm, warum sollte sie das nicht auch jetzt tun.

„Wollen Sie etwas von mir?"

Die Dame berührte kurz die Oberlippe mit einem Finger.

„Das ist ein wenig schwierig."

Sie sah sich um.

„Ich kann natürlich Ihren Ausfall erstatten."

Sie griff nach ihrer braunen Wildledertasche.

„Ich meine, Sie müssen nicht denken ..."

Die Dame hob ein wenig hilflos die Hände. Dann zeigte sie ein offenes Lächeln.

„Wenn Sie nur fünf Minuten für mich hätten ... irgendwo anders ... ich wäre Ihnen sehr dankbar."

Tenna merkte, daß die Dame einen leichten Akzent sprach, doch der ließ sich nicht bestimmen, er klang nur fremdartig, war wie eine Melodie, die man wiedererkennt, jedoch nicht einordnen und auf keinen Fall nachsingen kann. Sie steckte die Hand in die Tasche und suchte ihre „Cecil", bis ihr einfiel, daß die in der Tasche im Schrank lagen. Dann machte sie eine Kopfbewegung, ging, und die Dame folgte ihr. Tenna spürte, daß Gerda ihr nachsah, bis sie um die Ecke bogen, tat aber, als bemerke sie nichts. Sie war es gewohnt, angestarrt zu werden.

Gott sei dank war niemand in dem Umkleide- und Aufenthaltsraum, sie wollte kein Publikum, was auch immer bei dieser Sache herauskommen mochte. Sie schloß den Schrank auf, holte die Tasche mit den Zigaretten heraus und wollte sich gerade eine anzünden, als ihr einfiel, daß sie wohl auch der Dame eine Zigarette anbieten müsse. Sie hielt ihr die Packung hin und stellte fest, daß die Frau sie offensichtlich intensiv betrachtete – als sei irgend etwas nicht in Ordnung. Das war unheimlich.

„Nein, danke."

„Sie rauchen nicht?"

„Doch, schon, aber ich habe meine eigenen."

Sie kramte mit ihren rotlackierten Nägeln in der schikken Tasche, und zwar so emsig, daß ihre Hände an zwei

Vögel erinnerten, die beide zugleich in denselben Kasten schlüpfen wollen. Tenna setzte sich auf die Bank.

Plötzlich steckte Laurits seinen Kopf herein und sah sich, als suche er etwas, nach allen Seiten um. Dann grinste er und war wieder draußen. Das Schließgeräusch der Tür blieb eine kleine Weile im Raum hängen.

Tenna beugte sich mit dem Feuerzeug vor, um die Zigarette der Fremden zu entzünden. Es war merkwürdig, jemanden mit „Sie" anzureden. Das hatte sie lange Zeit nicht getan, doch wenn eine andere Person „Sie" zu ihr sagte und so aussah wie diese hier, dann mußte das wohl so sein. Sie nahm einen tiefen Zug und stellte fest, daß ihr Gegenüber ebenfalls tief inhalierte.

„Sie wundern sich bestimmt . . .", begann die Frau.

Dann hielt sie inne, strich sich über die Stirn und sah an Tenna vorbei.

„Ich weiß nicht so recht, wie ich anfangen soll."

Elisabeth wandte ihr jetzt den Blick wieder zu. Sie lächelte.

„Vielleich ist es einfacher, wenn ich ‚du' sage?"

Tenna zuckte mit den Schultern. Es entstand eine Pause. Dann sagte die Frau: „Ich freue mich, daß du so schön bist."

Die Angelegenheit nahm mehr und mehr mystische Züge an, eines aber war sicher, Tenna hatte weder Zeit noch Lust, ihr Aussehen mit einer wildfremden Person zu diskutieren. Erst einmal schnippte sie ihre Asche auf den Terazzofußboden und drehte dann ihre Stiefelspitze darauf herum. Die Frau auf der anderen Bank wirkte unsicher.

„Sie . . . du bist . . . Tenna Hansen, nicht wahr?"

Das ging Tenna nun doch zu weit. Welches Recht hatte diese Frau überhaupt, sie auszufragen, noch dazu nach ihrem Namen! Dann erinnerte sie sich, daß sie bereits zugegeben hatte, wer sie war. Sie sah irritiert auf. Gab es nicht schon genug Scherereien mit allen möglichen Behörden und dem Papierkram, als daß sie Lust hatte, Blindekuh mit einem Menschen zu spielen, den sie nicht kannte und dessen Anliegen sie nicht verstand? Und soweit sie wußte, hatte sie nichts Unrechtes getan und schuldete niemandem etwas – abgesehen vielleicht vom Fleischer und von noch ein paar Läden. Die Frau sah allerdings auch nicht im geringsten nach Gerichtsvollzieher aus. Plötzlich lehnte die Dame sich vor und legte ihre eine Hand auf die von Tenna.

„Ich weiß nicht, wie ich das sagen soll, aber ich glaube, ich bin deine Mutter."

Obwohl Tenna keinerlei Regung erkennen ließ, drückte ihr die Frau die Hand zusammen und stieß hervor: „Nein, nein, nein, erschrick bitte nicht. Ich möchte nicht, daß du jetzt gehst, und vielleicht hätte ich das auf eine andere Weise machen sollen, ich habe es auch versucht, aber dann ..."

Sie schüttelte den Kopf. Tenna zog ihre Hand zurück. Natürlich konnte man pikfein angezogen sein und gleichzeitig verrückt. Für das Verhalten der Menschen gab es absolut keine Regeln, und wenn sie daran dachte, daß Johannes manchmal etwas anstellte, was sie ihm nie zugetraut hätte, dann mußte sie sich bestätigen, daß es Grenzen in dieser Hinsicht nicht gab. Von den Kindern erst gar nicht zu reden! Herrgott, daß diese beiden Rotznasen ... Nein, daran mochte sie gar nicht denken und schon gar nicht jetzt, wo sie während der Arbeitszeit eine Zigarette mit einer wildfremden Dame rauchte, die für sie ein Buch mit sieben Siegeln war. Im selben Moment kam Gerda mit voller Fahrt herein und dampfte quer durch den Raum und hin zur Toilette, wo sie die Tür zuschmiß und die Brille niederknallen ließ, daß der Schall zwischen den gefliesten Wänden mehrmals hin- und hersprang. Um nicht auch noch ihren Strahl hören zu müssen, räusperte sich Tenna und sah die Fremde an.

„Ich weiß nicht so recht, wovon Sie reden", sagte sie. „Aber seltsam klingt das schon, das muß ich zugeben."

Elisabeth sah sich hilflos um, die aufgerauchte Zigarette zwischen zwei Fingern.

„Einfach auf den Fußboden werfen", sagte Tenna, „das machen wir alle so. Und wenn draußen gespült wird, dann halten sie auch mal den Schlauch hier rein. Da ist nichts weiter dabei."

Hinter der geschlossenen Toilettentür setzte Gerda den Papierhalter heftig in Bewegung, und gleich danach raschelte und spülte es, und die Tür flog auf und sie dampfte im gleichem Tempo wie zuvor hinaus, ohne nach rechts oder links zu blicken.

Als die Tür ins Schloß gefallen war, erhob sich Elisabeth und trat an das Fenster. Draußen lag der Hafen, zwei Kutter liefen aus und umrundeten das Hafenbecken, um hinter den Molen zur Ausfahrt zu gelangen. Der Rhythmus der Motoren schlug an die Wände, wurde leiser, je weiter die Boote sich entfernten.

„Ich habe immer verhindern wollen, daß das zu ..." – Elisabeth suchte nach dem Wort – „... emotional wird. Also will ich es lieber direkt sagen: Ich *glaube*, ich bin deine Mutter – das ist nicht richtig, ich weiß, daß ich es bin."

Sie drehte sich um und sah Tenna direkt an.

„Du mußt doch wissen, daß du ein Adoptivkind bist?"

Tenna saß reglos da. Elisabeth hob beide Hände.

„Daran ist doch nichts Schlimmes, oder? Ich gehe davon aus, daß dir deine Pflegeeltern zu irgendeinem Zeitpunkt gesagt haben, daß du nicht ihr ... Dazu sind sie verpflichtet ..."

Sie beschrieb mit der einen Hand einen Kreis in der Luft.

„Das steht im Gesetz. Und ich bin nicht gekommen, um irgendwo einzudringen. Ich wollte mich nur melden. Plötzlich schien es mir wichtig, von mir hören zu lassen."

Tenna reagierte noch immer nicht. Die Dinge waren in ihrem Kopf sozusagen aufeinandergeknallt, und sie war sich nicht ganz sicher, ob sie zuhörte oder nicht. Anders und Anna waren ihr Vater und ihre Mutter – auch wenn ihr bekannt war, daß es nicht ihre „richtigen" Eltern waren, aber daran hatte sie nie einen Gedanken verschwendet. Ihre Eltern – das waren Anna und Anders.

Die fremde Frau stand nun ganz nah bei ihr, und der Duft ihres Parfüms und das weiche Aroma des Leders umhüllten Tennas Kopf. Eine ungewöhnliche Feinheit umgab diese Intimität, und sie wurde schwindlig davon, schläfrig und wachsam zugleich. Es hatte Augenblicke gegeben, das mußte sie zugestehen, in denen sich ein Traum – wie ein Fünkchen – in ihrem Bewußtsein gemeldet hatte, der von einer „anderen" Mutter handelte, so selten allerdings, daß sie Anna und Anders immer als ihren eigentlichen Ursprung betrachtet hatte. Einen anderen durfte es nicht geben. Die Wellenbewegungen, die in Gang gesetzt wurden beim Gedanken an eine neue Möglichkeit, waren zu gewaltsam und zu beunruhigend, als daß Tenna mit ihnen hätte fertigwerden können – vielleicht entstand der Traum von einer anderen Mutter immer, wenn man in Bedrängnis war, wenn man sich unter Druck gesetzt oder ungerecht behandelt fühlte, und immer war der Traum so wirklich wie der vom Prinzen, der auf seinem weißen Pferd herangeritten kam, oder wie der von einem unbekannten Bruder oder von einer unbekannten Schwester, die zu Hilfe eilten.

„Ich habe alles geprüft, es gibt keinen Zweifel."

Die von oben kommende Stimme klang weich und drohend zugleich. Tenna hob den Blick.

„Ich weiß überhaupt nicht, wovon Sie reden."

Sie benutzte bewußt die Sie-Form, sie wollte beiseiteschieben, den Vorhang fallenlassen, sich verteidigen. Um sie herum gab es bereits zu viele Unbekannte, zu viel Unruhe, als daß da noch Platz für weitere Unannehmlichkeiten gewesen wäre. Sie brauchte den Alltag, den ganz gewöhnlichen Alltag, und keine radikalen Veränderungen.

„Wollen Sie nicht wieder dahin gehen, wo Sie hergekommen sind?"

Nochmals wurde die Tür aufgestoßen, diesmal war es Gabelstapler-Laurits, der angeblich etwas zu erledigen hatte. Er betrat den Raum, blieb stehen und schnupperte, die Tür fiel hinter ihm zu.

„Hast du die Kreide gesehen?" fragte er dann.

Die Kreide? Tenna schüttelte den Kopf, sie hatte keine Kreide. Die Fremde war einen Schritt von ihr weggetreten und hatte sich abgewandt. Was, zum Teufel, hatte er sich da einfallen lassen?

„Die Kreide?"

„Für die Notierungen. Die von der Tafel."

„Warum sollte die auf einmal hier sein?"

„Vielleicht, daß du sie ausgeborgt hast."

Laurits guckte blöde vor sich hin. Ausgedacht hatte er sich das alles.

„Du bist bescheuert. Ich habe doch keine Kreide. Wozu brauche ich denn jetzt Kreide?

„Ich frage doch nur."

Tenna wandte sich von ihm ab.

„Such draußen an der Tafel, oder kauf ein neues Stück. Ich habe deine Kreide nicht."

Das sagte sie mit verbissenem Mund, beinahe wütend.

„Na ja", gab er zur Antwort und ging, „entschuldige man."

Tenna hörte ihn hinter der Tür kichern, und das Unbehagen, das sie die ganze Zeit über gespürt hatte, wandelte sich nun in Zorn. Sie kam auf die Beine.

„Ich habe nichts mit Ihnen zu besprechen", sagte sie zu dem fremden Rücken. Der Pelzbesatz auf dem Kragen des braunen Ledermantels fing das Licht von draußen ein, die äußersten Haarspitzen schimmerten im Gegenlicht.

„Sie haben kein Recht, hierher zu kommen ... und mir Scherereien zu machen. Ich kenne Sie nicht, und selbst wenn das richtig ist, was Sie sagen – mir sagt das nichts. Mir ist das egal. Ich kenne Sie nicht."

Elisabeth wandte sich zu ihr um.

„Du hast vorher ‚du' zu mir gesagt."

„Habe ich das?"

„Ich glaube ..."

„Na und?"

Sie schleuderte die Worte heraus.

„Hier sagen wir alle ‚du' zueinander – mit ein paar Ausnahmen, und das wird schon hundert Jahre so gemacht."

„Und jetzt bin ich die Ausnahme?"

„Ja."

Elisabeth hatte ihre Tasche geöffnet und schob langsam ihre Hand hinein.

„Ich verstehe das gut", sagte sie leise, „ich habe einen Fehler gemacht. Mich überkam ein seltsames Bedürfnis. Ich vermißte etwas, und ich wollte es wieder heimholen. Das war gedankenlos von mir. Ich hätte es besser bedenken sollen."

Sie fischte eine kleine Schachtel aus der Tasche.

„So ist das wohl, wenn man alt wird. Man wird ein wenig wunderlich."

Elisabeth lächelte. In Tennas Augen sah sie nicht alt aus. Sie war nicht jung, aber alt ...? Wenn sie selbst so aussehen würde, wenn sie ... was? Ja, wenn sie genauso alt wäre wie diese Frau da, das wäre nicht schlimm, das wäre tatsächlich gar nicht schlecht. Die Gedanken aus der Kindheit legten sich wie ein leichtes Gewebe über sie, und für einen Augenblick spürte sie den Zorn verdampfen. Aber dann kam die Irritation in voller Stärke zurück.

„Ich habe Sie die ganze Zeit für verrückt gehalten, also macht das nichts."

Elisabeth senkte die Hand. Tenna konnte ihren Blick

nicht von der kleinen Schachtel zwischen den manikürten Fingern lösen. Sie schnaubte kurz. Das Bild von einem Kindesverführer machte sich deutlich in ihrem Kopf breit. Gingen die nicht nach dieser Methode vor? Ein paar Lockmittel und dann in einen Eingang. Genau das hatte ihnen Anna erzählt, als sie klein waren. So machten böse Männer das. Aber die Frau ihr gegenüber sah nicht wie ein Buhmann aus, und sie selbst war schließlich siebenunddreißig, da konnte doch wohl – verdammt nochmal – nichts passieren.

„Ich hätte gern mit dir geredet, aber ich muß wohl einsehen, die Zeit ... ist vorbei. Wenn du das vielleicht annehmen möchtest?"

Tenna schüttelte den Kopf.

Mit zwei Fingern schob die Frau die Schachtel auf.

„Ich habe mich darauf eingestellt, unverrichteterdinge wieder heimzufahren. Während der ganzen Reise wurde ich das Gefühl nicht los, auf dem verkehrten Weg zu sein. Manchmal tut man merkwürdige Dinge ... das wirst du von dir selbst kennen. Ich hatte natürlich genügend Zeit zum Nachdenken, allzuviel Zeit. Vielleicht lag es daran. Der Traum wurde dadurch nur eindringlicher. Und wenn ich mir auch selbst auf die Finger schlug, ich konnte ihn nicht zurückhalten. Ich steigerte mich in meine Phantasie hinein ..."

Sie brach plötzlich ab. Schüttelte ein wenig den Kopf.

„Da siehst du's. Ich rede Unsinn. Aber ich bin so praktisch veranlagt, daß ich es verabscheue, Retourgut mit nach Hause zu nehmen. Lieber stoße ich es ab, ohne etwas daran zu verdienen, statt es wieder mit nach Hause zu schleppen."

Ihre Augen funkelten, sie tat einen Schritt nach vorn.

„Ich bin in ... in *business*. Das heißt, ich handele, kaufe und verkaufe, stelle Dinge her."

Sie streckte einen Arm von sich, als wolle sie etwas demonstrieren.

„Kleidung", sagte sie, „ja, du denkst, ich spinne, aber ich habe das hier selbst hergestellt ... meine Leute haben es hergestellt."

Ihre eifrigen Bewegungen ließen die Lichtsignale an den Rändern ihres Mantelkragens hierhin und dorthin springen.

„Und jetzt habe ich das hier mitgebracht."

Sie hielt die Schachtel Tenna hin.

„Es ist ein Ring. Ich habe ihn von meiner Schwiegermutter. Sie ist in Indien aufgewachsen. Du siehst, es ist ein Elefant. Er ist aus Silber. Und die Steine, die rund um die Sänfte sitzen – sind echt."

Elisabeth merkte selbst, wie sie in ihre alte Rolle hineinwuchs: Sie wollte etwas absetzen.

„Es sind Diamanten. Und das Silber ... ist sehr alt."

Tenna legte ihren Händen Zwang an. Etwas Schöneres als diesen Ring hatte sie noch nie gesehen. Die Beine des Elefanten wuchsen aus dem Kranz des Ringes hervor, und die Sänfte auf dem Rücken des Elefanten war ringsum dicht mit glitzernden Steinen besetzt. Mit dem Rüssel hielt er eine grüne Kugel, einen Edelstein – größer als alle anderen –, vielleicht einen Smaragd, was wußte sie.

„Ich will nichts haben."

„Nein, nein, du mußt auch nicht. Ich kann dich doch zu nichts zwingen. Und das war ja auch nur ... so ein Einfall."

Elisabeth hielt den Ring gegen das Licht.

„Aber du mußt zugeben, schön ist er. Meine Schwiegermutter, die alte Mrs. Ward, war stolz darauf, bei Königen und Maharadschas zu Gast gewesen zu sein. Das war in Indien, und ich weiß nicht, wie viele Könige sie da hatten. Aber das mit den Maharadschas, das stimmt auf jeden Fall, die waren so echt wie dieser Ring hier."

Wieder dieser *sales-talk* ...

„Ich weiß nicht, was ich mir versprochen hatte ... Doch,

das weiß ich natürlich, aber ich hoffe, du glaubst mir, wenn ich sage: Ich freue mich sehr darüber, daß du überhaupt mit mir redest. Ich hatte selbstverständlich nicht erwartet, du würdest mir um den Hals fallen."

„Was wollen Sie eigentlich?"

Beide gleich groß, sahen sie sich nun direkt in die Augen.

„Kontakt. Kontakt vielleicht." Elisabeth blickte ein wenig zur Seite. „Vielleicht mit dir. Vielleicht mit etwas anderem, was weiß ich. Oder mit mir selbst. Das ist noch am wahrscheinlichsten. Man wird . . . marode, so sagt ihr doch hier, wenn man an einen gewissen Punkt gelangt ist. Weich in den Knien, aufgedunsen im Herzen. Und ich schäme mich."

„Darf ich den Ring sehen?"

Tenna streckte den Arm vor.

Der plötzliche Sinneswandel der jüngeren Frau schlug Elisabeth für einen Augenblick die Beine weg, doch auch hier kam ihr der Professionalismus zu Hilfe. Man verkehrt nicht lange mit Dieben und Teppichhändlern, wenn man nicht lernt, die Maske zu wahren. Sie reichte Tenna den Ring.

„Er ist schön, nicht wahr?"

Tenna nickte. Dann gab sie ihn schnell zurück.

„Aber nicht schön genug?"

„Wieso?"

„Um ihn zu behalten?"

„Ich will nichts haben."

„Sauer?"

„Was?"

„Bist du sauer?"

„Warum sollte ich sauer sein?"

„Weil ich gekommen bin. Weil ich mich aufgedrängt habe. Eine Wildfremde. Eine Frau, die hereingestürmt kommt und behauptet, sie sei deine Mutter."

„Ich will möglichst meine Ruhe haben."

„Das verstehe ich, und die will ich dir auch nicht nehmen. Wie gesagt, bin ich froh darüber, daß du überhaupt mit mir geredet hast. Übrigens habe ich wohl vergessen, mich mit Namen vorzustellen.

Sie sah Tenna fragend an, die aber reagierte nicht.

„Elisabeth Ward. Ich bin eine geborene Kanter. Gleich nach dem Krieg wohnten wir in dem Dorf südlich von hier, da bist du auch zur Welt gekommen. Wie du weißt, bist du sechsundvierzig geboren. Du wurdest gleich adoptiert. Ich ging nach England."

Eine Pause entstand. Es hatte den Anschein, als schmolle Tenna. Traurige Gedanken klatschten in ihrem Kopf wie nasse Pappe aufeinander, dunkle Ahnungen über ihre Herkunft kamen in ihr auf. Es war ein merkwürdiges Gefühl, dieser Frau gegenüberzustehen, sozusagen nackt, als hätte jemand den Riß in dem Panzer ausgekundschaftet, den sie übergestreift hatte – allerdings unbewußt –, und als würden nun die grauen Konturen von irgend etwas Unfaßlichem sichtbar, das anscheinend ziemlich mißglückt war. Sie war doch Tenna, das außergewöhnliche Mädchen, die Tenna von Anders und Anna, der alle nachliefen und die die Aufmerksamkeit auf sich zog, wo sie hinkam, seit damals, als ihr die Brüste wuchsen und man ihr auf dem Schulhof „Titten-Tenna" nachrief, bis sie dann mit Johannes Hansen abzog, dem hübschesten unter den jungen Fischern, der am besten tanzen konnte und sie weder zu fest noch zu locker hielt, sondern genau so, daß sie sich zurücklehnen und sich führen lassen konnte, und sie schwebte und schwebte, und er, er hob sie empor.

„Elisabeth Ward?"

Sie sprach den Nachnamen unsicher aus. Beinahe wie „Word".

Elisabeth nickte.

„Den habe ich schon gesehen", sagte Tenna. „Steht das

nicht überall in den Geschäften ... beim Drogisten? Schminke und so was?"
„Ja."
„Herr im Himmel."
Sie winkte mit der Hand ab, als sei das unglaubwürdig, konnte aber ein Kichern nicht unterdrücken.
„Du machst das?"
„Nicht persönlich."
„Aber von dir kommt das also?"
„Das kann man schon sagen."
Tenna starrte aus dem Fenster, nun wieder wie schmollend.
„Wie willst du beweisen, daß du meine Mutter bist?"
„Das ist nicht schwer."
Wieder zog das Gewicht Tennas Schultern nach unten. Was sollte sie anfangen mit der Fremden, die gut roch und deren Präparate man in den Geschäften kaufen konnte? Sie zu sich nach Hause einladen? Nach Hause zu Johannes? Zu Hans und Erna? Und was sollte sie dann sagen? „Das ist eure Oma, Kinder, die extra aus England gekommen ist, um uns zu erzählen, daß sie an allem schuld ist, an dir und mir und ihm und ihr?" Sollte sie das sagen in Anwesenheit einer Wildfremden, die es plötzlich für schicklich angesehen hatte, eine Vergangenheit auszugraben, die nun gar keine Vergangenheit mehr war, sondern eine höchst gegenwärtige Gegenwart inmitten unbezahlter Rechnungen, Fischquoten und Küchengeruch im Treppenhaus? Das war nicht auszuhalten. Doch gleichzeitig schaukelte sich noch ein anderes Empfinden in ihr Bewußtsein hinein, eine Lust, sich zu ergeben, den Haltegriff loszulassen, wie sie es früher schon erlebt hatte, wenn man ihr kurz vor der Entbindung die Narkosemaske anbot. Sie wollte dabeisein, gleichzeitig aber auch weg. Es tat teuflisch weh, doch sie wollte alles mitbekommen – und trotzdem: welches Gefühl, wenn sie die ersten Züge nahm und der Kopf

sich ausdehnte und das Gehirn dem Schädel entschwebte wie ein bunter Ballon, frei, ungebunden, befreit. Vielleicht war es der Duft, der diese Frau umgab, oder das Gefühl von Anschmiegsamem, das von ihrer Kleidung ausging, oder das Erlebnis ihrer Autorität und des Schmerzes, der irgendwo lauerte und Ausdruck fand an einer Stelle nahe der Oberlippe, ein Zucken, ein unsicheres Lächeln, was diese starke Anziehung ausübte und Tennas Zornes- und Diskriminierungsempfinden umwandelte. Es war etwas Verführerisches, genau das, etwas Verführerisches.

Prytz steckte den Kopf herein.

„Was verdammt nochmal ist eigentlich los?"

Tenna drehte sich schnell um.

„Weißt du, halt dich mal da raus. Nur einen Augenblick!"

Er guckte so verdattert drein, daß es schon komisch wirkte. Alle waren sie schnippische Antworten von Tenna gewohnt, doch hier trat eine Schärfe zutage, die ihn hurtig den Rückzug antreten ließ.

„Ja, ja", maulte er breitgezogen und mit dem Versuch einer Drohung. „Ja, ja."

Der Kopf verschwand wieder. Elisabeth Ward zog den schmalen Gürtel des Mantels vorn zusammen.

„Ich gehe jetzt", sagte sie, „ich habe dich lange genug gestört. Und ich kann nur wiederholen, was ich vorhin schon gesagt habe: Ich bin dir dankbar für die Zeit, die du mir geopfert hast. Und wenn ich noch etwas Persönliches hinzufügen darf – und das ist wohl auch eine Wiederholung –, ich bin gerührt ... weil du so schön bist."

Diese Worte hingen zwischen den Kachelwänden. Das war gewiß noch niemals zuvor an dieser Stelle gesagt worden. Tenna spürte, daß sie errötete. Im selben Moment beugte Elisabeth sich vor und stellte das Schächtelchen auf die Bank vor den Schränken.

„Ich lasse das hier stehen, wie gesagt, halte ich nicht viel von Retourgut. Ich reise erleichtert."

Sie lächelte Tenna an.

„Ich wohne im Hotel."

Das klang autoritär, entschieden, aber irgendwo konnte man einen Sprung wahrnehmen – wie bei gerissenem Porzellan, das zu hart aufgesetzt wird. Dann war sie verschwunden, und die Tür zur Halle fiel ins Schloß. Der Duft des fremden Parfüms hing noch im Raum, und es schien, als hätte der seidengefütterte Ledermantel eine Kontur hinterlassen, eine ätherische Form, die den Ausgang noch nicht gefunden hatte. Tenna setzte sich auf die Bank. In der Packung waren noch Zigaretten, und sie klopfte eine heraus. Dann schlug sie mit dem Fingernagel gegen einen ihrer Vorderzähne. Trotzdem war das sehr ulkig. Es mußte nicht immer alles so bleiben, wie es immer gewesen war. Sie zündete die Zigarette an und inhalierte. Sie konnte ja auch das Ganze umdrehen und es einfach für das nehmen, was es war. Was war es denn? Nichts. Wenn sie nach Hause kam, zeigte sie nur den Finger mit dem Ring vor (hatte sie ihn bereits aufgesteckt?) und sagte: „Seht, was ich bekommen habe! Meine Mutter ist eine reiche Dame. Sie ist gerade aus England gekommen, um uns zu besuchen, und den hier hat sie mir gegeben. Ist sie nicht nett?"

Warum es nicht so sein konnte, das verstand sie schon – aber andererseits verstand sie es auch nicht, so wie Tenna nicht begreifen konnte, was mit ihrem Leben passiert war, von ihrem Land und von der Welt ganz zu schweigen. Warum liefen die Dinge so schief? Es gab dreißigtausend Erklärungen, aber schließlich war es auch eine Tatsache, daß es ihnen irgendwann auch schon mal gut gegangen war. *Warum konnte das denn nun nicht immer so sein?* Und warum konnte man, wenn etwas Unerwartetes eintrat – und vielleicht sogar etwas unerwartet Gutes –, es nicht einfach hinnehmen und sagen: „Gut, angenommen und akzeptiert"? Ihre Schuld war es nicht, daß Johannes seine Arbeit verloren hatte, trotzdem war nicht zu verstehen, daß nicht genug Arbeit da war, es *mußte* genug Arbeit geben, die Hälfte der Erdbevölkerung hungerte und litt Not an allen Ecken und Enden. Könnte man denn nicht für die arbeiten, mußten die Häuser nicht instandgesetzt werden, gab es nicht Fisch, der sortiert werden wollte? Sie erinnerte sich an seinen Wutausbruch, als sie mit einer Arbeitsstelle in der Tasche nach Hause kam. Doch das war notwendig. Aber es sollte auch Platz für ihn dasein, für einen großen, starken, freundlichen Mann. Vielleicht war er jetzt nicht mehr so freundlich wie früher, doch dann war er auch wieder mal freundlich und lustig. Es gab nicht viele Männer von dieser Art. So waren die Kinder auch gewesen, und sie mußte sich nochmals fragen, warum es nicht so bleiben konnte und was die Dinge immer veränderte und beinahe immer zum Schlechten hin. Sie waren reizend gewesen, alle beide, und eines Tages, bong, hing Erna, die Haare karottenfarben, in der Küche und sagte, sie erwarte ein Kind, und Hans wurde immer merkwürdiger in seinem Lederzeug, und keiner konnte sagen, ob aus ihm ein Professor werden würde oder ein Outsider.

Tenna nahm mit einer raschen Bewegung das Schächtelchen von der Bank und öffnete es. Da war der Ring: schwer, glitzernd, fremdartig. Die Zigarette im Mund und Rauch in den Augen holte sie ihn heraus und schob ihn sich auf den Finger. Der Rüssel des Elefanten zeigte empor, und der sich darauf wiegende Smaragd reichte beinahe bis zum Knöchel des Ringfingers. Tenna spürte die sonderbare Schwere des Metalls und griff den Ring mit zwei Fingern der anderen Hand, drehte die Sänfte hin und her, drückte das Edelmetall gegen ihre Wange gleich über der Oberlippe und ließ es dort ruhen. Sie schaffte es gerade noch, die Hand hinter dem Rücken zu verbergen, als Gerda hereingeprescht kam und direkt auf Tenna zusteuerte.

„Na, hör mal, du altes Miststück, denkst du vielleicht, du kannst alles für dich behalten? Los, raus mit der Sprache."

„Raus mit was?"

„Nun hör aber auf. Glaubst du, ich habe nicht alles gesehen?"

„Was?"

„Na, daß die da gekommen ist und daß ihr hier reingegangen seid, und dann habe ich euch ja hier sitzen sehen, als ich hier drin war."

„Das war zu merken."

„Darf ich das etwa nicht?"

„Hab ich das etwa gesagt?"

„Warum bist du denn so aggressiv?"

Gerda steckte sich eine Zigarette in den Mund.

„Die da draußen sind vielleicht sauer auf dich", sagte sie und paffte los.

„Wer?"

„Prytz und die."

„Die können mich mal."

„Und ich?"

„Was ich?"

„Kann ich dir auch mal?"

„Ach, hör doch auf, Gerda."

Tenna schmiß ihre Kippe auf den Fußboden, beugte sich dann vor und trat sie mit dem Stiefel aus.

„Warum sitzt du so merkwürdig da?"

„Was meinst du damit?"

„Du siehst so geschafft aus."

Gerda griff sich das Schmuckschächtelchen.

„Was ist denn das?"

„Was geht dich das an?"

„Nichts. Gar nichts geht mich das an. Was wollte sie?"

„Mir das hier geben", schrie Tenna und hielt den Finger mit dem Ring unter Gerdas Nase. „Das war's, was sie wollte!" Sie sprang auf, drehte sich auf dem Absatz um und marschierte in die Halle. Nur einen Augenblick blieb Gerda noch glotzend stehen, dann sauste sie hinter Tenna drein, laut rufend, über den wasserblanken Fußboden hinweg und zwischen Fischkisten hindurch: „Zeig ihn mir doch, Tenna, zeig ihn mir doch!"

Prytz und Laurits und Hanki sahen die Mädchen dann mitten in der Halle stehen, Gerda fuchtelte mit den Armen, und der Mund ging auf und zu, schließlich gingen die beiden weiter, dicht nebeneinander, und Tenna hob die Hand, und sie sahen sich irgend etwas an – was, war vom Standpunkt der Männer aus nicht zu erkennen –, und selbst als sie bei ihren Arbeitsplätzen angelangt waren, blieben sie beieinander stehen und palaverten, und Gerda hörte nicht auf, mit den Armen zu fuchteln und warf, während Tenna etwas erklärte, den Kopf zurück, und man sollte meinen, sie kämen nie mehr irgendwie weiter.

V

Jørgensen hatte eine angenehme Art, den Kopf schräg zu halten und einen Schritt zurückzutreten. Und dann seine Stimme, beinahe *braun* war sie von all den Zigarillos. Er konnte sich richtiggehend ereifern, und dann wandte er, wenn er erklärte, einem oft den Rücken zu, denn er mußte natürlich das Bild vor sich haben, und so konnte man sich auch besser vorstellen, wie der Maler dagestanden hatte und worüber sie damals in ihrem Kreis gesprochen hatten. Jørgensen verwandelte sich sozusagen in den Maler, trat vor, trat zurück, setzte hier einen Klecks, hellte da etwas auf. Er schien – so empfand es Johannes –, alle diese Menschen persönlich gekannt zu haben, schon zu einer Zeit in der Stadt gewesen zu sein, als die Leute von vorgestern noch auf Erden wandelten und es hier noch ganz anders aussah, aber doch schon ein bißchen so wie heute. So jedenfalls drückte Jørgensen das aus. Viele Veränderungen waren vor sich gegangen, nichts jedoch hatte das Licht verändern können, das war immer noch das gleiche, und wegen dieses Lichts waren die Maler ja gekommen.

Daran mußte Johannes denken, als er heimwärts schlich. Aber dafür, daß sie gekommen waren, gab es noch einen Grund. Aus dem, was Jørgensen gesagt hatte, ging auch hervor, daß sie nicht nur wegen des Lichts gekommen waren, sondern weil ihnen an der Gesellschaft lag. „Sie genossen ihre Gemeinschaft“, hatte Jørgensen formuliert. Sie hatten etwas Gemeinsames, einen gemeinsamen Arbeitsgegenstand, und sie hatten auch „gemeinsame Freuden“. Das verstand Johannes sehr gut, gemeinsame Freuden zu haben war schön. Weniger Freude machte, wenn man das Gegenteil davon gemeinsam zu tragen hatte, auch wenn das – wie jetzt – nicht gerade ein ungewöhnliches Schicksal war. Die Frage, wie es damals möglich sein konnte, Arbeit und Freuden gemeinsam zu erleben, war nicht so leicht zu beantworten, selbst wenn viele Bilder davon Zeugnis ablegten. Johannes kam der Gedanke, daß das viele Feiern vielleicht etwas mit dem, was sie machten, zu tun haben könnte, mit ihrer speziellen Arbeit. Sie waren keine Fahrrad- oder Galanteriewarenhändler, ihre Arbeit hatte etwas Besonderes: Sie waren Künstler, nicht irgendwo angestellt, sie hatten sich frei für ihren Beruf entschieden, konnten kommen und gehen, wie sie wollten, das konnte ein Fahrrad- oder Galanteriewarenhändler nicht so ohne weiteres, ja selbst ein Fischer konnte das nicht, obwohl der den freiesten aller Berufe hatte. Aber ein Arbeitsloser! Der konnte jederzeit kommen und gehen, wie er wollte. An nichts war er gebunden! Johannes gab dafür ein ausgezeichnetes Beispiel ab, nicht einmal nachts verlangte man etwas von ihm. Er konnte tun und lassen, was er wollte, tagtäglich konnte er Jørgensen und seine Künstler besuchen, ein beispielloses Leben. Nicht einmal verhungern mußte er, dafür sorgten mitleidige und superschlaue Mächte, und seine Frau stand jeden Morgen vor fünf auf und sorgte dafür, daß er nicht von den Hunden angepinkelt wurde.

Wenn er wollte, könnte er durchaus Festlichkeiten dieser Art arrangieren, Tenna war schön genug, und wenn sie auch keine Sektgläser besaßen, so hatten sie doch Tisch und Stühle, und nach ein paar Kurzen und ein paar Bierchen – und vielleicht luden sie Hanki und Randi ein und dazu den Schiffer und den dicken Rudolf – würde er bestimmt als erster aufspringen und Hip-Hip-Hurra brüllen. Früher hatten sie so etwas gemacht, das waren schöne Feten gewesen. Erst im letzten Jahr war Johannes aufgefallen, was für große Unterschiede es doch zwischen den

Menschen gab. Als er noch regelmäßig hinausfuhr, erlebte er sich selbst als ein Ganzes, die Arbeit als Natur, das harte Tagwerk als eine Auszeichnung. Etwas, was ihn in die Sonderklasse erhob; ihn nicht über andere Menschen stellte und dennoch Privilegien für ihn bereithielt. Langweilig konnte es nie werden, und dank seiner guten Laune sah er seine Umgebung in rosarotem Licht. Was gemacht werden sollte und konnte, taten sie, einige beherrschten das vielleicht ein bißchen besser als andere, aber wo lag denn da der Unterschied? Mehr als drei Steaks am Tage konnte wohl keiner verdrücken, und der Rest war nicht der Rede wert. Und die Votzen, die sie haben konnten, nein, daran wollte er gar nicht erst denken. Er zuckte innerlich zusammen bei dem Gedanken an Tenna und an das Gesäusel von denen, bis er schließlich die Augen wieder öffnete und die lange Hauptstraße hinabsah, wo die Leute sich von Geschäft zu Geschäft schoben und durch das getönte Schaufensterglas starrten, als wäre es so gut wie unmöglich, Energie zur Wahl der Dinge aufzubringen, für die sie ihr Geld ausgeben wollten – falls sie Geld hatten.

„Sie waren arm, darfst du nicht vergessen“, hatte Jørgensen gesagt. „Die meisten besaßen nichts anderes als ihre Pinsel und die Farben. Und dann den Willen, eine ganz bestimmte Sache zu bewerkstelligen, nämlich das, was sie im Kopf hatten, auf die Leinwand zu bringen.“ Ganz auf dem Zahnfleisch konnten sie nicht gekrochen sein, davon zeugten die vielen vornehmen Häuser, die sie überall in der Stadt besaßen. Aber der Gedanke leuchtete ein, und die Farben sprachen davon, daß Jørgensen durchaus Recht hatte. Mit Hilfe der Farben, das fühlte Johannes, drückten sie etwas über sich selbst aus, was auch von anderen verstanden werden konnte. Wenn man Augen im Kopf hatte und die Fähigkeit zuzuhören. Oder zuzusehen. Aus diesem Grunde konnten sie offenbar auch „Hurra“ schreien, selbst mit löchrigen Hosen, und aus diesem Grunde war da wohl immer noch etwas von ihrer Heiterkeit übriggeblieben, die man bei Jørgensen abholen und zwischen Räuspern und Zigarillos und ein paar Bieren genießen konnte. Bei aller Bescheidenheit konnte man sich das noch leisten. Ein paar dieser zerlumpten Maler waren reich geworden, aber das war nicht das Wichtigste, nicht das Wesentlichste. Das war vielmehr – glaubte Johannes verstanden zu haben – die trotz allem materiellen Mangel nicht zu vertreibende Vorstellung von etwas Außergewöhnlichem in ihnen, von einem besonderen Talent, etwas ausdrücken zu können – und sich ausdrücken zu können –, eine Fähigkeit, die nur sie besaßen, keinesfalls jedoch Johannes Hansen in dem mildesten aller Winter.

Das Wort hatte ihm schon einmal im Kopf gesessen und tauchte nun wieder auf: erbärmlich. Ihm war erbärmlich zumute, und als er den klapprigen Kadaver des Idioten vor dem Fernsehgeschäft zu Gesicht bekam, überfiel ihn der Gedanke, er könnte das vielleicht selbst sein, der da stand, ebensogut könnte jetzt ein anderer kommen und das Stadtoriginal erblicken und für sich konstatieren: „Na, da haben wir ja Johannes Hansen!"

Der Idiot war ein fröhlicher Schwachkopf, der ab und zu laut wurde, woran sich jedoch keiner stieß. Trotzdem sank Johannes das Herz im Leibe, als er die gebückte, rudernde Gestalt auf sich zukommen sah. Man benötigte Kraft, um die Begegnung mit dem Narren zu überstehen, und die hatte er nicht.

„Ho, ho", trompetete der Idiot schon auf dem Wege zu ihm. In jeder Hand hielt er eine Schallplatte, die er dem Ausstellungskasten unter der Markise vor dem Rundfunk- und Fernsehgeschäft entnommen hatte. „Ho, ho!" Direkt vor Johannes blieb er stehen und blinkerte entzückt.

„Schalmbladde", sagte er.

Johannes sah auf die Plattentasche. Es handelte sich um klassische Musik in einer Bearbeitung für Elektro-Orgel und um eine farblose dänische Gruppe, von der er jahrelang nichts gehört hatte.

„Na, hast du dir eine Platte besorgt?" fragte er und versuchte zu lächeln.

„Gude Schalbladden", sagte der Idiot, „ich kauwe jie!"

„Willst du nicht lieber reingehen und sie bezahlen?"

Die große Gestalt ruderte noch näher an ihn heran, die Hände mit den Platten bewegten sich wie die Flossen eines Seelöwen.

„Brauchich nich, ho, ho, Olsen hat viele Schalmbladden. Willstu eine?"

Der Idiot grinste, Schaum stand ihm in den Mundwinkeln.

„Willstu eine Schälmbladde, Johannes?"

„Nein, danke."

„Warum willstu keine Schalmbladde, Johannes? Schenkich dir, sind gude. Ho, ho."

Die Haare standen ihm wie ein Kamm, die Freundlichkeit glich einem Unwetter. Der Idiot versuchte, ihm die Platte aufzudrängen.

„Ich will keine Platte, die gehören Olsen. Ich hab gar keinen Plattenspieler."

Im gleichen Augenblick wurde Johannes bewußt, daß es unsinnig war zu lügen. Der Idiot war auf seine Weise nicht blöd, ganz im Gegenteil schien er mehr zu wissen, als ihm guttat. Er sah so viel mit den großen, herausquellenden Augen, und wenn er seine Ohren in Bewegung setzen würde, könnte er sicherlich auch fliegen.

„Bladdenspieler! Du hast kein Bladdenspieler, du lügst, Johannes!"

Er tanzte vor und zurück.

„Du kriegst von mir, machich, großen Bladdenspieler, großen, großen Radiobladdenspieler."

Das Entzücken über alle seine Vorhaben versetzte den Körper des riesigen, nicht voll entwickelten und trotzdem überdimensionierten jungen Mannes in schlenkernde Bewegungen.

„Ho, ho, Bladdenspieler“, schrie er, „ho, ho, Radiobladdenspieler!“

Johannes versuchte, an ihm vorbeizukommen, dieser Narr aber versperrte ihm – mit den Platten wedelnd und Trompetengeräusche ausstoßend – weiterhin den Weg. Eine schwammige Dunkelheit ergoß sich über Johannes' Bewußtsein, und er fühlte, daß der Druck auf die Sicherungen zu groß wurde. Er kam um ihn nicht herum. Aber er wollte an ihm vorbeikommen. Da waren diese Schallplatten, doch er wollte keine Schallplatten haben. Da war dieser Idiot, ein netter Bursche, der keiner Fliege etwas zuleide tat, doch da war auch dieses große, blubbernde Ungetüm, das den ganzen Bürgersteig einnahm, eine riesige dumme Masse, die zu nichts Vernünftigem fähig war, ein polternder Verrückter, der kein Tagwerk hatte, sondern nur auf der Hauptstraße herumhing und sein „Ho, ho“ ausstieß und sich Auslagen schnappte, ohne zu bezahlen, und wer bezahlte eigentlich für ihn, wer bezahlte für den Idioten, wer gab ihm Essen, wer stellte ihn hier auf, wer war das, an dem man nicht vorbeikam, wer war das, um den man nicht drumrumkam, wer, zum Teufel, war das eigentlich?

Daß er auf den Ärmsten eingeschlagen hatte, wurde ihm erst bewußt, als er das große umgestürzte Zelt sah, mit Armen und Gestänge nach allen Seiten fuchtelnd, das Hin und Her unter dem großen Wintermantel, den Schal, auf den es trat, ein sabberndes, groteskes Wesen, das versuchte, die beiden Schallplatten, die ihm im Fallen entglitten und nach beiden Seiten davongeflogen waren, wieder zu fassen. Radio-Olsen kam aus seinem Laden gerannt, und Johannes hatte das Gefühl, daß selbst die Leute auf der anderen Straßenseite stehenblieben und herüberstarrten.

„Beruhigt euch doch, beruhigt euch doch“, flüsterte eindringlich der Radiohändler und trat von einem Fuß auf den anderen. „Was ist denn in euch gefahren?“

Er bückte sich und hob die eine Schallplatte auf, dabei zu Johannes hinüberschielend.

„Jørgen wird doch nie ausfällig, oder?“

Der unsichere Blick traf ihn wieder.

„Unruhe will doch wohl keiner, oder?“

Er tastete zur anderen Seite hinüber und bekam die zweite Platte zu fassen. Der Idiot hatte sich aufgesetzt und strich sich nun mit den Fingern der linken Hand durch das Haar.

„Bladdenspieler“, sagte er. „Großer Bladdenspieler.“

Er sah zu Johannes empor und schüttelte den Kopf.

„Ho.“

Der Ausdruck war herzzerreißend, nicht ohne Vergebung, aber mit einer leeren Tiefe wie die eines Brunnens, von dem man nicht weiß, wo er endet.

Johannes wurde fast schwarz vor Augen, und um das Schwindelgefühl zurückzudrängen, lief er davon. Er nahm selten die Hauptstraße, abgesehen von dem letzten Ende unten bei Jørgensen, doch jetzt rannte er die Straße entlang, die Hände vor den Ohren, die Mütze festhaltend und die Ohren abschottend, damit kein Laut eindringen konnte und gleichzeitig auch nichts heraus von dem, was geschehen war, so daß er schließlich das Gefühl hatte, sein Kopf würde gleich zerplatzen; durch den rasenden Puls schwollen ihm die Adern am Hals, sein Körpersystem hörte sich an wie eine Maschine, die kurz davor ist, in die Luft zu fliegen. Das Bild von dem auf seinem Steiß sitzenden Idioten, von diesem verwachsenen Jungen, der wie eine wildgewordene Schildkröte zwischen seinen beiden „Schalmbladden“ herumruderte, wollte ihn nicht verlassen, und er versuchte zu ergründen, was er denn eigentlich getan hatte. Hatte er, Johannes, die Katastrophe verursacht? Daran bestand kein

Zweifel. Was aber war der Grund? Er schlug doch sonst nie auf jemanden ein, ja, vielleicht mal eine hinter die Ohren oder ein Klaps, aber *schlagen*, so zuschlagen, daß die Leute umfielen? Das nie. Bis heute, heute hatte sich etwas geändert.

Er hörte auf zu rennen und bog um eine Ecke, steckte die Hände in die Taschen, murmelte vor sich hin. Sie hatten mal einen Ausflug gemacht, raus nach Sømærket, und dort einen Ringkampf veranstaltet – wer wessen Schulter zuerst auf den Boden drückte –, und er hatte einen nach dem anderen geschafft, bis auf Rudolf, den dicken, der hatte sich mit all seinem Gewicht auf ihn gesetzt, und sie hatten gelacht, denn es war unmöglich, in dem Sand ordentlich Stand zu finden, außerdem hatten sie zum Frühstück Schnaps getrunken, aber das war keine Schlägerei gewesen, das war ein Spiel, absolut nicht mit dem zu vergleichen, was gerade passiert war, wo der Idiot, dieses Kleinkind, plötzlich auf dem Rücken gelegen und um sich gestrampelt hatte. Dieser Vorgang war so sehr außerhalb jeglicher Kontrolle und so unfaßbar, daß das festkonturierte Bild, das sich in irgendeiner entfernten Ecke seines Bewußtseins verbarg, keine Chance hatte, ins Zentrum vorzudringen. Das Bild handelte auch von Kapriolen, aber es waren andere, koordinierte, aus Freude geboren und aus einem merkwürdigen, unbändigen gemeinsamen Willen heraus. Der Idiot auf dem Bürgersteig war Chaos, hunderte Male war Johannes an ihm vorbeigegangen, und es hatte sich in seiner Herzgegend ein Gefühl unausgesprochener Solidarität – wie eine Art Sicherheitsgarantie – breitgemacht. Jørgen Idiot war ja einer von ihnen! Keine Zierde für die Stadt, aber doch ein Gemeingut, eines, das man nicht nur mit durchschleppte, sondern grüßte und dem man die Sympathie zuteil werden ließ, die das Fundament ihres Zusammenlebens bildete, die Triebkraft ihres Zusammenhalts, ihre Eigenart.

Mit hochgezogenen Schultern ging Johannes an Zeitungs-Ole vorbei, überquerte die Straße und betrat den Hauseingang. Die Wand war mit Kreide beschmiert und mit einem blauen Stift, dessen Spuren sich nur durch eine vollständige Renovierung wieder beseitigen ließen. „Alle Macht den Hausbesetzern", stand da. Er hatte diese Aussage unzählige Male gesehen, nun aber grinste sie ihm entgegen wie eine besonders unverschämte Herausforderung. Macht? Hausbesetzer? Wo? Bei wem? Warum? Für Hausbesetzer war in diesem Aufgang kein Platz. Da war auch kein Platz für eigenartige Losungen. Höchstens: „Laßt uns in Frieden!" oder „Alles soll werden, wie es einmal war!" – „Hört auf, die Wände zu beschmieren!" Ihm wurde schwindelig bei dem Gedanken, aber vielleicht hatte Hans das da mit dem Tintenstift geschrieben, sein merkwürdiger professoraler Outsider von Sohn, mit dem Kontakt nicht möglich war, aus dem nichts anderes herauszubringen war als ein „Hn". Was wollte er eigentlich besetzen, und warum schrieb er nicht „Alle Macht den Lotterieeinnehmerinnen!" oder „Ober, da ist ein Haar in der Suppe!"? Er stolperte die Treppe empor und fragte sich, ob es nicht an der Zeit sei, schon am Nachmittag mit Rohypnol zu beginnen, er hatte gehört, daß – wenn man sie in Starkbier auflöste – man einen besonderen Effekt erreichen könnte, so etwas wie die Mitte zwischen Schweben und Schlafen, zwischen Totsein und Radfahren, vielleicht könnte er sich obendrein in eine Stimmung versetzen, die das Bild von Tenna in eine Wirklichkeit zurückverwandelte, nach der er sich die ganze Zeit sehnte, anstatt nur eine Chimäre zu sein oder ein erotisches Blendwerk, das ihn mit seinem Halbsteifen in der Hand auf das Klo trieb. „Freudvolles Zusammenwirken", die Empfindung hackte sich endlich ihren Weg ins Zentrum, und während er mitansehen mußte, wie sehr seine Hand zitterte, als er den Schlüssel ins Schloß steckte, dachte er daran, daß es verdammt lange her war, sehr lange her, daß das zutraf, und gleichzeitig hatte er das Gefühl, daß nicht abzusehen war, wann und wie es wieder so werden könnte.

Das von Ernas Plattenspieler ausgehende Gedröhn versetzte den Boden unter seinen Füßen in Schwingungen – der Krach drang bis auf den Treppenabsatz hinaus –, und als er im Korridor stand, war ihm, als befinde er sich in einem Windkanal zur Erprobung schwerer Düsentriebwerke. Er wußte nicht, wie die Musik hieß oder wer da spielte – Namen und Rhythmen hatten ihn längst überholt –, doch meistens rief er durch den Lärm, Erna solle sich die Kopfhörer aufsetzen oder leiser stellen, und in der Regel machte sie das auch. Jetzt aber stand er unschlüssig da. Es war schwer, mit diesem Gefühl von Ablehnung fertigzuwerden, das von ihr ausging und so kompakt war, daß Johannes manchmal das Gefühl hatte, an allem – auch an ihrer Schwängerung – sei im wahrsten Sinne des Wortes er selbst schuld. Als hätte er sie gefickt und als versuche er, nun vor seiner Verantwortung davonzulaufen, indem er für eine Abtreibung sorgte. Im selben Moment wurde die Tür geöffnet, und Erna kam heraus. Sie starrte ihn an, als sei er betrunken oder verrückt oder beides zugleich, der Lärm aus ihrem Zimmer baute sich wie eine Mauer aus Alphastrahlen vor ihm auf, ihm war, als würden ihm ganze Greifer voll akustischem Müll an den Kopf geschleudert. Ohne einen Ton zu sagen (den sowieso niemand gehört hätte), drehte Erna sich auf dem Absatz um und stellte die Stereoanlage ab. Sie wollte an ihm vorbei, doch er legte ihr die Hand auf die vogeldünnen Schultern und hielt sie zurück.

„Erna?"

Sie drehte den Kopf. Die Haut weiß wie Mehl, die Augen von Kohle umrahmt.

„Wo ist Mutti?"

„Zimmer."

„Habt ihr . . . Kaffee getrunken?"

Er wußte wirklich nicht, was er sagen sollte.

„Nee.“

Die dem Lärm folgende Stille hatte etwas Terroristisches an sich, als wären sie plötzlich nackt, als lägen sie in einer Schneewehe und schrien um Hilfe, ohne daß sie selbst, geschweige denn andere, das hören würden.

Johannes ließ die Hand sinken. Erna hatte sich nicht von der Stelle bewegt, aber das Unbehagen, daß sie unter seiner Berührung gespürt hatte, setzte sich, von seiner Handfläche ausgehend, wie Vibrationen fort. Er hatte sie auf den Armen getragen, er hatte gut für sie gesorgt, glaubte er, fast hätte sie, als sie noch ganz klein war, in seinen Händen Platz gehabt. Groß war sie nicht geworden, doch der Gedanke an eine Umarmung war seiner Vorstellung so weit fern wie der Krankenhauseimer, in dem man die Ausschabungsreste weggetragen hatte. Sie verschwand in Richtung Küche.

Mit langsamen Bewegungen hängte er Joppe und Mütze an den Haken, dann drehte er sich in die entgegengesetzte Richtung und öffnete die Tür zum Zimmer. Vielleicht erwachte sie von dem Geräusch, jedenfalls öffnete Tenna – sie lag auf dem Sofa und hatte eine Decke über sich gezogen – im gleichen Augenblick die Augen und sah ihn an.

„Tag“, sagte sie.

Das Haar hatte sich unter der Wange vorgeschoben und war an den Spitzen, dort wo ihr Atem hintraf, feucht. Ihr Gesicht war vom Schlaf gerötet, die Augen blank. Er glaubte, einen besonderen Glanz zu bemerken und folgte ihrem Blick, der auf die vor ihrem Kopf gefalteten Hände gerichtet war.

„Tag.“

Er blieb mitten im Zimmer stehen.

„Wo warst du?“

„Nirgendwo.“

„Bei Jørgensen?“

„Ja.“

„Hast du eingekauft?"

Er gähnte und nahm die Hände hoch, als wolle er sich ergeben. Der Blick war immer noch gespannt.

„Nee."

Tenna drückte den Nacken auf das Kissen.

„Nicht so schlimm. Das meiste haben wir."

„Was ist?" fragte er.

„Ist?"

„Was machst du?"

„Ich habe mich kurz ausgeruht."

„Und jetzt?"

Er ging einen Schritt näher auf sie zu.

„Was starrst du denn so her?"

„Starrst her?"

„Ja, was starrst du denn so an?"

Tenna zog mit einer hastigen Bewegung die Hände unter die Decke.

„Nichts."

„Was ist denn?"

„Willst du's wissen?"

Sie blickte ihn an.

„Ja."

„Ich habe etwas bekommen."

„Bekommen?"

„Ja, bekommen."

Sie machte ein wenig Platz auf dem Sofa.

„Komm. Komm und setz dich, ich zeige es dir."

In der einfachen Aufforderung war eine Einladung enthalten, ein spezieller Ton, den er beinahe vergessen hatte oder für den er vielleicht seit längerem taub war. Er war nicht in der Lage, seine Beine in Bewegung zu setzen.

„Komm nur. Du wirst nie erraten, was es ist."

Er stand noch immer. Sie betrachtete ihn mit großen Augen.

„Interessiert's dich gar nicht?"

Keine Bewegung.

„Johannes! Du hast doch selbst gefragt. Was soll das denn nun? Wo ich dir doch was zeigen will. Komm jetzt und setz dich, zum Teufel."

Er erkannte diesen launigen Ton. Der war nicht mißzudeuten. Und ihr Bein bewegte sich unter der Decke, die Augen traten ein klein wenig hervor und leuchteten, als wäre da ein glasklarer Druck im Inneren um eine Idee angestiegen. Mit einem unsicheren Gefühl in den Kniekehlen setzte er sich neben sie. Wärme trat unter der Decke hervor und legte sich als ein Streifen über seine Hüfte und den Schenkel. Sie zog die rechte Hand hervor und hielt sie ihm unter die Nase.

„Was sagst du jetzt?"

Er sagte nichts. Er blickte auf einen ihm unbekannten Schmuck, der einen Elefanten darstellte und ein Ring war, ein Ring mit ein paar Steinen. Dieser Ring sah fremdartig aus und wirkte auf ihrer Hand, die er so gut kannte, deplaciert. Aber ungewöhnlich war er, sehr groß und schwer, und das Tier trug mit dem Rüssel einen grünen Stein.

„Johannes."

Sie schubste ihn mit dem Ellenbogen.

„Findest du ihn denn gar nicht schön?"

Er nickte. Vielleicht lag der Idiot immer noch rudernd auf dem Bürgersteig und schrie: „Bladdenspieler, Bladdenspieler!" Es war schon etwas ungewöhnlich, daß der Ring gar keine Fragen in ihm hervorrief, aber das lag vielleicht daran, daß sie ihn puffte, ihn zu etwas bringen wollte, die Signale waren nicht klar, doch diesen Ring hatte er noch nie zuvor gesehen. Wer, zum Teufel, gab Tenna einen solchen Ring? Da hatte er also doch eine Frage, und er lehnte sich ein wenig vor.

„Wo hast du den her?"

Tenna blinzelte mit den Augen.

„Komm näher zu mir, dann werde ich es dir auch erzählen."

Johannes saß noch einen Augenblick steif da, dann beugte er sich ein wenig zu ihr hinunter.

„Nein, tiefer. Ganz dicht ran."

Er versteifte sich.

„Ich höre auch so, was du sagst."

Sie schloß die Augen.

„Ich habe ihn von meiner Mutter bekommen", sagte sie.

Johannes richtete sich auf. Er war müde. Er würde jetzt gern seine Tasse Kaffee trinken. Er würde gern ins Bett gehen. Es gab da im Museum ein Bild mit einer Abendstimmung, auf dem Fischer in der Dämmerung am Strand dargestellt waren. Sie hatten es sich gemütlich gemacht. Einer blickte den Betrachter an. Er lag auf dem Bauch und hielt den Kopf in den Händen. Er schien sich wohl zu fühlen.

„Hör auf", sagte er leise.

Tenna legte ihre Hand auf die seine.

„Johannes", sagte sie, „hör zu, es stimmt, was ich sage."

Er sah Tennas Anna vor sich. Die hatte keine Ringe zu verteilen, sie hatte nie einen besessen. Dann mußte sie den da an einer Losbude gewonnen haben.

„Johannes!"

Tenna streckte einen Arm nach ihm aus.

„Komm zu mir, dann werde ich dir etwas erzählen. Ich werde dir eine Geschichte erzählen."

Sie richtete den Oberkörper auf, die Decke glitt herab, und ihre Brüste wurden hervorgepreßt, die Sehnen im Hals spannten sich, und die Augen traten noch ein wenig mehr heraus. Johannes atmete tief und hastig, als hätte er etwas sehr Heißes oder sehr Kaltes berührt, und beugte sich zu ihr hinunter. Während dieser Bewegung passierte ein Bildwechsel, Tenna verschwand, Tennas Bild jedoch entwikkelte sich vibrierend und wogend hinter seinen geschlossenen Augen, ihr Geruch – Wolle, Salz, Kardamom – traf seine Nasenlöcher, das Zarte ihrer Wangen wurde durch seine halblangen Bartstoppeln noch unterstrichen, ihr Atemzug klang in dem geöffneten Mund wie ein stehengebliebenes Lachen oder wie ein Seufzer, der verschluckt worden war, ihre geheimsten Gründe – die natürlich seine geheimsten Gründe waren – schienen sich wieder mit Leben zu füllen, und seine Lust entfaltete sich wie ein Reptil, das spürt, wie die Wolke sich verzieht und wie eine heiße Sonne sich auf seinem Rücken ausbreitet.

„Tenna!"

Auch seine Zunge schoß wie die eines Reptils heraus und berührte kurz ihr Ohrläppchen, das weich an seinem Mundwinkel lag. Sie umarmte ihn und drückte ihn an sich, sie drehte sich unter ihm und ließ ihn ihre Brüste spüren, mit der einen Hand strich sie ihm über den Hinterkopf, sanft und fest, die andere ließ sie auf seinem Nacken ruhen, ein kleines kühles Zeichen dort hinterlassend, wo der Ring saß. Sie vollständig bedeckend, die Augen immer noch geschlossenen, begann er, ihren Gürtel zu öffnen, an seinem eigenen herumzunesteln, zu drücken und zu schieben, stärker und immer stärker, so, als wolle er sie beide befreien, nicht nur vom Zeug, sondern von einem Eingesperrtsein, das zu lange angedauert hatte, befreien von Bändern und Stricken, Haken und Ösen, Gummis und Schnüren, die sie beide zusammenpreßten, aber auch jeden so banden, daß sie sich selbst überlassen waren auf je einer Seite eines unüberwindbaren Abgrunds.

Beide hörten sie nicht, daß die Zimmertür geöffnet wurde, erst als Erna das Tablett mit Tassen und Zucker und Sahne und Thermoskanne auf den Tisch stellte, wurden sie sich bewußt, daß da etwas vor sich ging. Das Klappern des Porzellans brach wie ein Schauer über sie herein, sie hatten das Gefühl, sie lägen unbekleidet da und Scherben ergössen sich über ihre nackten Körper. Johannes schielte zur Seite und sah Erna dort stehen. Sie verharrte in abwartender Haltung, den Kopf im Nacken, die Lippen vorgeschoben. Schließlich öffnete sie den Mund.

„Seid Ihr beim Bumsen?“ sagte sie.

Johannes spürte, wie der Körper sich anspannte. Dann sank er langsam zusammen, wurde schwerer und schwerer, begrub Tenna unter sich, fühlte, wie sie im Sofa versank, das unter ihnen schwankte, nachgab. Erna setzte das eine Bein vor und wieder zurück. Ihr zu Borsten hochgekämmtes Haar segelte wie ein Meeresungeheuer im Raum.

„Ich dachte, ihr wolltet Kaffee.“ Sie knabberte am Nagel des Zeigefingers und betrachtete ihn. „Aber das müßt ihr natürlich selbst entscheiden!“

Sie blieb noch einen Augenblick mitten im Zimmer stehen, dann schob sie an der einen Seite die Hüfte heraus, drehte sich um und verschwand im Korridor. Johannes merkte, daß Tenna sich unter ihm bewegte. Ihre Hände drückten sich in seine Seiten und schoben ihn nach oben, so daß sie ein Bein auf den Fußboden setzen konnte.

„Wir können hier nicht liegen bleiben“, murmelte sie.

Er war immer noch so schwer, daß er nicht in der Lage war, sich zu rühren, doch er spürte, daß sie sich – wie ein Maulwurf unter einer umgestürzten Tür – herauswühlte.

„Johannes, wir können hier nicht so liegen, hörst du. Sie hat Kaffee gekocht.“

Sein Hemd war nach oben gerutscht. Ihm wurde kühl auf dem bloßen Hinterteil. Die Gürtelschnalle grub sich neben dem Nabel ein. Dann gellte es vom Korridor: „Ich hätte nicht gedacht, daß meine Alten noch bumsen!“

Die Stimme war jung, zu hoch, durchdringend, überdreht, mit der Stereoanlage auf einer Frequenz. Aber sie stand allein im Raum, ein Stein brutal über Glas gezogen. Der Schmerz setzte sich nachtdumpf in seinem rechten Auge fest, und bevor Tenna ihn halten konnte, war Johannes aufgesprungen und stürzte – die rechte Hand vor dem Gesicht – wie ein Besessener in den Korridor. Sie kam ebenfalls auf die Beine und verfolgte ihn mit lautem Geschrei, aber erreichte den Korridor erst, als die Wohnungstür zugeschlagen wurde, und sah ihn dann die Klinke herunterreißen, hinterherjagen, das Hemd über den Hosen, Tür zu. Die schnellen Tritte im Treppenhaus verloren sich, nur ein unverständliches Jammern oder ein langer Schrei schienen noch in der Luft zu hängen. Sie wankte in das Zimmer zurück, versuchte, den Gürtel ihrer Jeans aufzuheben, stieß dabei an den Tisch, so daß die Tassen wieder leicht klapperten, dann das Fenster und starrte auf die Straße.

Niemand war zu sehen, die Straße leer. Dann bog Johannes um die Ecke. Sein Gang war müde, er ließ die Arme hängen wie ein alter Mann. Zeitungs-Ole stand in der Tür und betrachtete ihn. Tenna hatte Ole vorher dort nicht stehen sehen, aber vielleicht war er schon die ganze Zeit vor seinem Laden gewesen. Schließlich überquerte Johannes die Straße und verschwand im Eingang. Sie verließ das Fenster, um ihm zu öffnen.

„Was war?"

Er schüttelte den Kopf. Sie schloß die Tür, folgte ihm ins Zimmer. Sie wollte auf ihn zugehen, blieb dann aber stehen. Die Schultern hatte er bis zu den Ohren gezogen.

„Das bringt ja nichts ein", sagte sie.

„Was?"

„Daß du dich so aufregst. Das bringt nichts."

Er zuckte mit der rechten Schulter.

„Was hast du gemacht?"

„Nichts."

„Überhaupt nichts?"

„Sie ist mir entwischt."

„Gut so."

Tenna ging einen Schritt auf ihn zu.

„Sie meinte es ja nicht böse."

„Hast du denn nicht gehört, was sie gesagt hat?"

Er atmete hastig, die Schultern gingen auf und nieder. Dann drehte er sich um.

„Eines Tages schlage ich sie tot."

„Sie hat es nicht einfach."

Seine Gesichtsfarbe veränderte sich, wurde tiefer.

„Was, zum Teufel, soll denn das nun wieder heißen?" fragte er laut.

Er schrie.

„Hast du dir mal angeguckt, wie sie aussieht? Hörst du nicht, was sie von sich gibt? Ein Kind hat sie gekriegt, als sie zwölf war!"

„Dreizehn. Und außerdem hat sie kein Kind gekriegt."

„Gekriegt oder nicht gekriegt ist egal, verdammt nochmal, rumgevögelt hat sie jedenfalls."

Die Worte klangen wie vorhin, arm und nichtssagend. Tenna ging zum Tisch und nahm einen Löffel in die Hand. Damit schlug sie auf ihre Handfläche, während sie sprach.

„Willst du gar nicht ... mit mir reden ... über das andere da?"

„Über was?"

„Wovon ... ich ... dir erzählt habe."

„Ach, halt die Klappe."

„Blödmann."

Ihre Stimme war scharf. Er sah sie an.

„Halt die Klappe, sage ich."

„Warum soll ich die Klappe halten? Du blubberst doch immerzu los."

„Nicht ein Wort hab ich gesagt."

Sie drehte ihm den Rücken zu. Der Löffel fiel gleichmäßig wie die Schläge eines Metronoms.

„Du hast mir den Mund verboten."

Tenna spürte, daß er hinter ihrem Rücken wie ein großes Tier hin- und herschaukelte.

„Ich lasse mir von dir nicht den Mund verbieten."

Wenn er sie jetzt anrührte, würde sie gehen. Plötzlich streckte sie ihren rechten Arm in die Luft, so hoch sie nur konnte. Das war das Achtungssignal des Verkehrspolizisten, aber auch das eines Kindes, das in der Klasse zu Wort kommen möchte. Sie hörte ihn rumoren und hin- und hergehen.

„Manchmal habe ich Lust, dich auch zu erschlagen, hast du gehört?"

Seine Stimme war nicht laut, jedoch zischend wie Reisig, das Feuer fängt.

„Ich weiß schon, warum alles den Bach runtergeht, ich weiß schon."

Er schleppte die Füße nach wie ein Nilpferd in hohem Gras.

„Ich weiß schon, warum alles schiefgeht. Ich weiß. Ich weiß das."

Die Worte bildeten eine Schleife. Sie kamen wieder und wieder.

„Ich weiß schon. Weiß, was da schiefgeht. Das weiß ich schon. Ich weiß das."

Er nickte und stelzte und bemerkte nicht, daß sie sich umgedreht hatte und ihn nun betrachtete.

„Weiß schon, weiß schon, weiß schon . . ."

Mit voller Wucht schmiß sie den Löffel auf den Tisch, der scheppernd zwischen den Tassen landete und dann zwischen die Glieder des Heizkörpers flog.

„Sieh dir das an!" schrie sie. „Sieh dir das an!"

Er hob den Kopf, hörte aber nicht auf, hin- und herzulaufen. Sie zeigte mit der linken Hand auf die rechte.

„Sieh dir das an!"

„Was ist denn?"

„Das hier, das hier will ich dir zeigen. Den Ring!"

Johannes atmete tief ein, das gab ein Geräusch wie ein leises Schnarchen.

„Ich weiß nicht, was du meinst."

Tenna zeigte immer noch in Richtung Sterne.

„Weil du ein Idiot bist."

Sie ließ den Arm fallen. Dann ging sie zum Sofa und setzte sich. Er starrte dieser Freiheitsgöttin nach, es passierte zu viel auf einmal. Tenna fingerte sich eine Zigarette aus der Packung, zündete sie mit dem Wegwerffeuerzeug an.

„Wenn du dich mal setzen und zuhören wolltest, dann hätte ich eine Geschichte für dich."

Sie lächelte ein wenig und strich sich mit der Hand durch das Haar. Der Zigarettenrauch wirbelte unruhig empor, der Glanz des Ringes wurde mit dem abnehmenden Licht, das eine gelb-rötliche Nachmittagstönung annahm, schwächer.

„Ich glaube, wir haben einen Treffer gemacht."

Sie kicherte und beugte sich vor. Er hatte die Gedanken immer noch anderswo – vielleicht bei dem, was sich abgespielt hatte und wo nichts draus geworden war, wie ja aus allem nichts wurde. Tenna wirkte wie fremd, er war es nicht gewöhnt, sie so zu sehen, und auch ihr Tonfall hatte etwas an sich, was ihm unbekannt war.

„Wovon redest du eigentlich?"

„Komm nur, komm und setz dich, ich erzähle es dir."

Eine Einladung, wie er sie vorher erlebt hatte, war das nicht. Sie war unruhig, strich sich immer wieder durch das Haar, drehte den Kopf, klopfte auf den Sitz neben sich, entfernte ein Krümelchen Tabak von der Unterlippe. Sie nervöst, dachte Johannes.

„Was soll das denn alles?"

„Was?"

„Na, dieser ganze Aufstand, ich verstehe überhaupt nichts."

„Weil du dumm bist, Johannes Hansen."

„So, so."

„Dafür habe ich dich immer schon gehalten."

Tenna blinkerte mit den Augen.

„Eigentlich weiß ich gar nicht, warum ich dich genommen habe. Sicherlich, weil es keinen anderen gab – zu dem Zeitpunkt."

Wie konnte sie so etwas sagen, wo er doch genau wußte, daß sie aufeinander zugestürzt waren, andere hatte es für sie beide nicht gegeben, auf der ganze Welt nicht. Es gab nur Tenna und Johannes, Johannes und Tenna. Dafür müßte sie einen draufhaben. Aber sie saß, und er konnte ihr keinen hintendrauf geben. Er schlug nicht.

„Soll ich's dir nun erzählen?"

Der Mund war zum Flunsch verzogen, und einen Moment lang glich sie Erna so sehr, daß er glauben mußte, die Tochter wäre hereingekommen, ohne daß er es bemerkt hatte. Er nickte.

„Also heute, nicht, unten am Hafen, da tauchte plötzlich eine . . . Dame auf, die mich sprechen wollte."

„Hn."

„Hör auf mit deinem ‚hn', als ob ich dir Unsinn erzähle. Man könnte glauben, man hätte den Idioten vor sich und nicht den eigenen Mann.

„Was soll ich sagen?"

„Nichts. Also, sie sah recht gut aus, nicht, aber ich kannte sie nicht, worüber sollte ich denn mit ihr reden? Das war mitten in der Arbeitszeit, wir hatten noch 'ne Ladung extra, du weißt, und für so eine Wachtel, die einfach kommt und sich da hinstellt, hatte ich weiß Gott keine Zeit. Ich habe ihr gesagt, sie soll sich davonmachen."

Johannes nickte nur. Er hatte die Hände vor dem Bauch gefaltet, stand da wie ein Küster.

„Aber sie wollte nicht gehen, und dann habe ich gedacht, na, in Herrgotts Namen, wenn ihr so viel daran liegt, dann will ich ihr mal fünf Minuten geben. Ich wußte ja nicht, worum es sich handelt, da konnte ja sonstwas sein – und dann war es meine Mutter."

Tenna machte eine große Geste mit dem Arm, hob den

einen Fuß, lehnte sich zurück und sandte ein Lachen hinauf zur Decke.

„Anna?"

Sie wurde wieder ernst, setzte sich gerade. Dann drückte sie ihre Zigarette aus.

„Mensch, Johannes." Sie strich sich mit dem Handrücken über den Mund. „Ich weiß, ich erkläre das schlecht. Es ist aber auch schwer. Abgesehen davon, daß sie das beweisen konnte."

„Was?"

„Daß sie meine Mutter ist, zum Teufel."

Der Zorn, der die ganze Zeit im Verborgenen gelauert und Tennas Handlungsweise unberechenbar gemacht hatte, brach nun hervor.

„Sie hat gesagt, sie heißt Elisabeth ... Vorte oder Vard oder Ward oder so ähnlich, und dann fiel mir ein, daß da beim Drogisten eine ganze Menge Dosen und Näpfe stehen, wo das draufsteht. Ward oder so was, Elisabeth Ward. Und das ist sie tatsächlich, sie stellt das her ... ihre Fabrik!"

„Möchtest du Kaffee?"

Wie ein vollendeter Oberkellner machte Johannes eine Armbewegung in Richtung Tablett mit den Tassen und der Thermoskanne, dem Zucker und der Kaffeesahne.

„Ich kriege noch 'nen Klaps", schrie sie. „Da erzähle ich dir, daß ich ... daß ich eine neue Mutter habe ... daß meine richtige Mutter gekommen ist, um ... um mich zu besuchen und daß sie mir den Ring geschenkt hat, diesen hier, und daß sie das ist, die die ganzen Parfüms und Nachtcremes aus der Drogerie herstellt und daß sie aussieht wie eine Schauspielerin, und da fragst du, ob ich Kaffee möchte!"

Er stellte die Thermoskanne wieder auf das Tablett. Tenna erhob sich und ging auf ihn zu.

„Johannes."

Sie griff in seine Jacke und schüttelte ihn leicht.

„Du sagst niemandem etwas davon, ja?"

Er ließ die Arme hängen.

„Ich glaube tatsächlich, jetzt drehen wir beide durch."

Sie sah zu ihm auf.

„Willst du mir helfen? Ich allein komme damit nicht klar."

Die Leute ringsum waren inzwischen von der Arbeit nach Hause gekommen, Geräusche drangen aus den anderen Wohnungen: Husten, das Lachen eines Kindes, Schritte, Wasser aus einem Spülkasten, die Nachmittagssendung des Fernsehens.

Tenna wandte sich wieder von ihm ab und nahm sich eine neue Zigarette. Sie setzte das Feuerzeug in Gang, das begann jetzt zu fauchen und brannte mit langer, ungleichmäßiger Flamme. Mit Hilfe des Metallrädchens regelte sie die Flamme, die brannte nun wieder normal. Ihre Stimme war leise.

„Ich weiß nicht, worum es geht, Johannes, aber wenn das wirklich stimmt, daß diese Dame, die gegen Mittag zu mir kam und gesagt hat, sie sei meine Mutter, wenn das stimmt, dann kann durchaus etwas eintreten ... für uns alle."

Sie sah ihn mit großen Augen an.

„Was soll denn eintreten?"

Johannes dachte an ihre Brüste, die er so gut kannte und die er so sehr mochte. Er dachte auch an Erna und Hans und ein wenig an Jørgensen, der nun nach Hause gegangen war und in seiner Stube saß, umgeben von allen den Bildern, die er bestimmt nicht verkaufen wollte und trotzdem manchmal, „wenn er dazu genötigt wurde", verkaufte. Er spürte an sich selbst, aufgrund der entstandenen Situation, daß er zu irgendeiner Sache „genötigt" wurde, zu einer Sache, die beunruhigend wirkte, gleichzeitig aber stand er auch wie ein Sportangler an einer ruhigen Stelle des

Stroms und angelte still vor sich hin nach einem Traum, in dem Jørgensen vorkam samt seinen Zigarillos und seinen Bildern und seiner Stube, wo man zu nichts gezwungen, zu rein gar nichts verpflichtet war, denn die Arbeit, die hatte man getan, und nun konnte man die Füße auf den Hocker legen und mit gutem Gewissen alle Fünfe gerade sein lassen. Ein solches Gefühl – dachte Johannes – mußten die Maler haben, wenn sie den letzten Strich des Tages gesetzt hatten und das Licht schwand und man nicht länger malen konnte. Aus weiter Ferne hörte er die Stimme seiner Frau.

„Sie ist reich, sicherlich ist sie reich!"

„Was geht uns das an?"

Er öffnete langsam die Augen. Sie ergriff seine Hand.

„Mensch, Johannes, wenn das nun stimmt, daß sie ... daß sie meine *richtige* Mutter ist ... und so viel Geld hat, dann muß sie uns doch helfen können. Weswegen sollte sie denn sonst gekommen sein, doch wohl nicht nur, um mich zu sehen, mich anzusehen, da muß es doch einen Grund geben, sie muß doch irgendwas wollen!"

„Ich brauche keine Hilfe", sagte er hart und entzog sich ihren Händen.

„Nein, nein, nein, so war das ja nicht gemeint. Aber siehst du denn nicht ein ...?"

„Mir fehlt nichts."

Johannes biß sich auf die Unterlippe.

„Unser System ist völlig in Ordnung. Uns geht's gut. Oder etwa nicht? Wir verhungern nicht. Dafür ist gesorgt. Und das ist eben das Gute daran. Und du hast doch Arbeit, nicht wahr? Was brauchen wir da Hilfe, verdammt nochmal Uns geht's doch ausgezeichnet!"

Er lief nun wieder hin und her, ein Nashorn im Unterholz.

„Es geht uns hervorragend. Keiner in diesem Land hat einen Grund, zu klagen. Vielleicht ein paar, viele jedenfalls nicht. Und wir auf keinen Fall, das steht fest. So daß ich gar nicht weiß, warum uns geholfen werden soll, noch dazu von irgendeiner wildfremden Frau, die behauptet, sie sei deine Mutter."

„Ach, das hast du also begriffen?"

„Was? Ach, ich weiß nicht, wovon du überhaupt sprichst."

„Und was ist mit dem hier?" Sie hielt ihm abermals den Elefantenring unter die Nase. „Was ist mit dem hier? Meinst du vielleicht, der ist nicht echt?"

„Kann schon sein."

„Selbstverständlich ist der echt, das erkennt doch jedes Kind. Meinst du nicht, wenn ich den Erna zeigen würde, die würde nicht sofort sehen, daß er echt ist?"

„Ach, dahinter steckt doch sicherlich nur irgend solche Lesbe, die dir an die Hosen will."

„Was?!"

„Ich habe gesagt, die Alte ist wohl nur irgend so ein Schwulinchen, das hinter dir her ist."

Tenna stand einen Augenblick wie angenagelt, dann fuhr sie auf ihn los mit Klauen und Zähnen.

„Du dummes Schwein ... nur weil ... nur weil ... du nicht ... nur weil du nicht kannst ..."

Er hatte ihre Handgelenke ergriffen und preßte ihr die Hände gegen die Brust. Tenna warf sich zurück und schoß im selben Moment mit dem Kopf nach vorn, den Mund offen, und hieb ihm die Zähne in den Handrücken. Der Schmerz war so stark, daß Johannes sie von sich schleuderte, woraufhin sie rückwärts gegen den Tisch mit dem Kaffeetablett fiel. Die Thermokanne, das Porzellan, die Milch und der Zucker flogen in alle vier Himmelsrichtungen. Der Biß bildete auf der Haut einen roten Kranz, und Blut sickerte hervor. Erstaunt betrachtete er die Wunde. Dann hob er die Hand und leckte daran.

„Was, zum Teufel, soll denn das?" murmelte er verwundert wie ein Schuljunge, dem überraschend eine Ungerechtigkeit widerfährt. Tenna lag zusammengekrümmt auf dem Fußboden und starrte zu ihm empor. Das Gepolter und Geschrape im Haus war plötzlich hörbar. Eine Winterfliege machte in einer Fensterecke über dem Heizkörper auf sich aufmerksam. Johannes war so mit seinem Handrücken beschäftigt, daß er nicht bemerkte, wie Tenna mit einer kurzen Bewegung die Thermoskanne an sich raffte, doch sah er sie sich hintenüberbeugen und schaffte es, den Kopf zur Seite zu reißen, bevor das Geschoß auf die Bahn kam und dann an der Wand hinter ihm zerschellte. Dem unverwechselbaren Geräusch, wenn dünnes, ein Vakuum umschließendes Glas explodiert, folgte ein dröhnendes Klappern, als die Aluminiumhülle auf den Fußboden traf. Der Kaffeefleck auf der Tapete wuchs und glich bald einem sumpfartigen, überdimensionalen Rohrschach-Test.

In diesem Moment klingelte das Telefon. Keiner reagierte. Johannes betrachtete noch immer voller Verwunderung seine Wunde, Tenna betrachtete träumerisch das neue Dekor an der Wand. Das Klingelzeichen ertönte in regelmäßigen Abständen. Dann wurde die Tür geöffnet und eine ganz in Leder gekleidete Gestalt in Stiefeln, einen Hitler-Dolch in der Seitentasche, betrat in gebeugter Haltung das Lokal, schritt über Tenna hinweg und auf das auf dem Couchtisch stehende Telefon zu. Sie verfolgten ihn beide mit ihren Blicken, er aber schien sich völlig auf sein Vorhaben zu konzentrieren. Der Blick war auf die Dämmerung da draußen gerichtet, die eine Hand sank automatisch auf den Hörer, hob ihn auf, führte ihn ans Ohr, während die andere eine Ecke des Zierdeckchens ergriff und diese zwischen Daumen und Finger hin und her rollte.

„Hallo."

Einen Augenblick lang stand er wie erstarrt da. Dann holte er Luft.

„Hallo."

Eine leichte Kopfbewegung.

„Ja."

Ein wenig später:

„Nein."

Dann streckte er den Hörer mit seinem gibbonartigen Arm von sich und drehte sich langsam um. Ohne Johannes oder Tenna anzusehen, sagte er: „Das ist für euch."

Gleichzeitig ließ er den Hörer fallen, der auf dem Sofa neben Tenna landete. Danach ging er – nochmals über die liegende Frau schreitend – aus dem Zimmer und schloß die Tür hinter sich.

Es dauerte einen Moment, bis sie reagierte, dann aber tastete sie sich mit einer Hand nach oben und bekam den Hörer zu fassen. Sie schien immer noch stark von der Herausforderung an der Wand eingenommen zu sein, kam aber offenbar zu keinem Ergebnis.

„Hier ist Tenna", sagte sie mit kleiner Stimme.

Sie verschob den Blick und betrachtete Johannes. Die Stimme des Anrufers war schwer zu verstehen, und es gab keine Anzeichen, die erkennen ließen, wer es sein könnte. Hans – er war es natürlich, der das Telefon abgenommen hatte – ging nicht verschwenderisch mit Informationen um. War der Anruf nicht für ihn, dann kümmerte er sich nicht weiter darum.

Johannes ließ sich auf die Knie fallen und fing an, die Scherben aufzusammeln. Er hörte sich Tennas Jas und Neins an und war in Gedanken schon bei Besen, Scheuertuch, Eimer und Kehrblech, gleich mußte er hinausgehen, um das alles zu holen. Wo es stand, das wußte er. Seine Arbeit mit dem zerbrochenen Porzellan führte ihn in die unmittelbare Nähe Tennas, die noch immer dort lag, wo sie hingefallen war. Reste der Zuckerdose schmiegten sich an einen ihrer Schenkel. Der Kaffee aus der Thermoskanne floß unter das Sofa, aber das war am anderen Ende, Tenna wurde nicht naß. Offensichtlich war das Gespräch beendet, denn sie erhob sich auf die Knie und legte den Hörer auf. Er betrachtete ihren Rücken, ein durchaus kräftiger Rücken, doch jetzt wirkte er müde und verletzlich. Er hätte sie gern berührt, ihr vielleicht ein wenig den Nacken massiert, das mochte sie ja so gern.

„Das war sie“, sagte Tenna.

Johannes wollte nicht dumm fragen, also sagte er nichts.

„Sie.“

Er atmete tief.

„Was wollte sie?“

Ohne daß ein Fremder zu ihnen eingedrungen war – jedenfalls nicht physisch –, hatten sie das Gefühl, belagert zu werden.

„Mich sehen.“

Eine solche Verwüstung war für sie etwas Ungewöhnliches. Unordentlich konnte es schon einmal sein, weil er zumeist für das Saubermachen verantwortlich war. Chaos, Schlägerei gab es nie. Jetzt aber gab es das also. Hatte er nicht bereits zwei Menschen an einem Nachmittag niedergeschlagen? Vielleicht sollte er lieber aufgeben.

„Was noch?“

„Ich weiß es nicht.“

Tenna sah auf den Ring, sicherlich aber ohne ihn wirklich zu sehen.

„Wenn sie nun ...?“

Sie kam mühsam auf die Beine und setzte sich auf das Sofa, den Kopf in die Hände gestützt.

„Wenn sie nun ... hierherkommen würde?“

„Sie kommt selbstverständlich nicht hierher.“

„Woher weißt du das?“

„Sie hat gesagt ... sie will nicht stören. Sich nicht einmischen.“

„Warum ruft sie dann an?“

„Weil ... sie mit mir sprechen wollte.“

In der zunehmenden Dunkelheit hatte die Fliege sich in den Messingmörser verirrt und brachte ein eigenartiges Geräusch hervor. Johannes legte ein Teil der Scherben auf dem Tablett ab und erhob sich ebenfalls. Bald mußten sie Licht anmachen. Der Fleck an der Wand wurde eins mit den Schatten.

„Tenna."

„Ja."

„Was glaubst du, wie kommt sowas hier?"

„Ich weiß es nicht."

Er stellte sich neben sie.

„Wir ... zanken uns doch sonst nicht."

„Nein."

Wieder holte er tief Luft, hielt sie ein Weilchen an. Dann sagte er: „Wenn du sie jetzt anrufst und ihr sagst, daß du sie nicht sehen willst ... daß es sich nicht einrichten läßt?"

Sie schüttelte den Kopf.

„Warum nicht?"

„Ich habe gesagt ... daß ich komme."

Seine Stimme war beinahe flehend.

„Aber warum?"

Sie hob den Kopf, ließ sich mit der Antwort ein wenig Zeit.

„Ich finde es interessant."

Aus seiner Sicht war Tenna nur ein Schatten, etwas Kompaktes im Dunklen neben seinen Knien.

„Es tut mir leid, daß ich dich gestoßen habe", murmelte er. Aber entweder hörte sie nicht zu oder sie wollte ihm nicht vergeben, denn sie fuhr einfach fort: „Es passiert ja sonst nichts. Es ist immer das Gleiche. Meistens. Ich stehe auf, ich komme nach Hause ... und du bist da. Aber passieren tut nichts."

Die Worte fielen aus ihr heraus und breiteten sich über ihm aus wie ein großer Fleck, auch wenn sie weder besonders laut waren noch besonders merkwürdig oder explosiv. Tenna drehte das Gesicht zu ihm empor und sah ihn an. Ein weißer Fleck inmitten all des Schwarzen.

„Ich hatte sie gebeten zu gehen, Johannes, aber wußte nur zu gut, daß sie wiederkommen würde."

Er dachte an die Kinder, wußte nicht, wie er sie in den Zusammenhang einordnen sollte. Sie waren sehr fern, lebten wie in einer anderen Welt.

„Was ist mit Anna?"

„Das fragst du die ganze Zeit."

Tenna erhob sich, mit einem Ruck.

„Ich weiß gar nicht, wovor wir eigentlich Angst haben sollten. Warum sollen wir nicht mal ein bißchen Spaß in unser Leben bringen? Andere Menschen haben ihren Spaß, bloß wir kapseln uns immer nur ein."

Sie betätigte den Lichtschalter an der Tür, das Schlachtfeld starrte ihnen entgegen.

„Wir zanken uns oder schlagen uns oder sind sauer. Die Kinder fühlen sich hier nicht mehr wohl, sind kaum noch da. Warum können wir nicht ein bißchen lockerer leben, Johannes, warum haben wir solche Angst?

Sie bewegte lebhaft die Arme.

Er sah sich die Bißstelle an, gerade so, als blicke er auf die Armbanduhr. Das Wort „Angst" machte ihm – Angst. Sie kam näher.

„Ich finde ja auch, daß es eine verrückte Geschichte ist, Johannes, aber was kann denn schon passieren?"

Sie schmiegte sich an ihn, umarmte ihn.

„Tut es sehr weh?"

Er wiegte den Körper leicht hin und her, was so etwas wie ein „Nein" bedeuten sollte.

„Das wollte ich nicht. Aber ich war außer mir. Ich bin so was von dir nicht gewöhnt."

Sie schüttelte ihn, aber so schwer, wie er war, konnte daraus nichts Richtiges werden. Er kam sich vor wie ein Taucher in voller Montur.

„Ist sie . . . reich?" murmelte er.

„Was?"

„Woher willst du wissen, daß sie reich ist?"

„Das sieht man doch. Schon von weitem. Sie stinkt nach Geld."

„Und was heißt das?"

„Hast nicht *du* danach gefragt? Mir ist das schnurzpiepe. Aber denk doch mal nach, wenn du das nun wärst, und da würde eine Frau kommen und dir sagen, sie wäre deine richtige Mutter, würdest du dich nicht dafür interessieren, auch wenn dich das vielleicht verwirren oder verrückt machen würde oder so was?"

„Vielleicht."

Er zeigte auf die Kaffeekanne.

„Der Inhalt ist verschwunden."

„Tatsächlich?"

Sie beugte sich nieder.

„Ja, verdammt."

Sie lächelte ihn an.

„Weißt du was, Johannes, dann kaufen wir eben eine neue!"

Tenna nahm die rasselnde Kanne, öffnete die Tür zum Korridor und ging hinaus. Wie gut er das an ihr kannte, dieses frische Wesen, das war es, worauf alle ansprangen. In diesem Punkt konnte niemand Tenna das Wasser reichen. Da war sie nicht totzukriegen. Daß er einmal in den Besitz dieses Juwels gelangen sollte, hatte er sich in seinen kühnsten Träumen nicht vorstellen können. Jetzt schien ihm ihre Munterkeit manchmal allerdings aufgesetzt zu sein, da war zwar noch ihre Schlagfertigkeit, aber er hatte den Eindruck, eine andere Person spiele diese Rolle und nicht seine Tenna. Oder vielleicht war das immer so mit den Frauen. Bis zu einem gewissen Punkt lernte man sie kennen, und dann war Schluß.

Wie üblich, nahm auch diesmal Johannes die Schuld schließlich auf sich. Er schrieb es seiner Schwerblütigkeit zu, daß immer er es war, der schmollend zurückblieb, während sie frisch und fröhlich von dannen schritt und alles auf die leichte Schulter nahm. Und wenn er allen Gründen nachging, die zu dieser „Situation“ geführt hatten, dann mußte er zugeben, daß er derjenige mit dem Trägheitsmoment war. Er „konnte nichts dazu“, daß er freigestellt worden war, aber es lag vielleicht an ihm, daß er überhaupt nichts tat. Er hatte ein Stellnetz gesetzt, er hatte auch ihr Stück Land da draußen im Norden beackert und Kartoffeln und Rote Bete und Grünkohl nach Hause geschleppt. Mehr aber nicht. Jetzt gab es für ihn nur Jørgensen und eine Langsamkeit, die von Tennas Lebendigkeit undenkbar weit entfernt war. Er sah verloren auf den Scherbenhaufen und befühlte die kleinen Wülste, die ihr Biß zurückgelassen hatte. Der Schmerz war nur im ersten Augenblick so stark gewesen, jetzt war es nur noch ein Ziehen in der Haut, dem man keine Bedeutung zumessen mußte. Eine Zärtlichkeit.

Johannes beschloß, lustig zu sein. Er war dazu durchaus fähig – wenn er wollte. An diese Stimmungslage konnte er sich noch erinnern, und er erkannte sie wieder, wenn er ein paar Bier getrunken hatte. Der Druck im Nacken ließ nach, und der Schleier, der normalerweise alles überzog, hob sich für einen Augenblick, so daß er sehen konnte, wie einfach alles war. Wochenlang hatte die Dunkelheit sie umgeben, nachdem das mit Erna passiert war. Er hatte Tenna, als sie gezittert und am ganzen Leibe geschlottert hatte – Erna wollte mit keinem von ihnen etwas zu tun haben –, Nacht für Nacht in den Armen gehalten, aber wenn es dann hell geworden war und er hatte gelächelt und etwas gesagt, was ein klein wenig lustig klang, dann sah alles schon ein bißchen anders aus. Nicht unbedingt mußte alles immer die Wendung zum Schlechteren nehmen. Man konnte durchaus etwas tun, und selbst wenn er Tenna ohne Lust bestieg, tat er etwas, er konnte Lust erzeugen, ja, manchmal kam es vor, daß er dann auch selbst so etwas wie

Lust verspürte. Die Hände voller Scherben, ging er in die Küche. Tenna stand am Tisch und hielt die Kaffeekanne umgekehrt in die Luft. Die dünnen Glasstückchen fielen auf eine ausgebreitete Zeitung, ein kurzer, klirrender Schneeschauer.

„Warum lädst du sie nicht zum Essen ein?" fragte er laut und deutlich, beinahe überdeutlich.

Die Kaffeekanne blieb in der Luft hängen. Ein einzelnes Stückchen fiel lautlos nieder.

„Zu uns?"

„Ja, warum nicht?"

Seine Stimme wurde heller, lebhafter.

„Wenn sie wirklich ... deine Mutter ist, müssen wir das schon machen. Sie wird ja auch die Kinder sehen wollen ..." Johannes schluckte den Speichel hinunter, „... und wir haben auch schon lange nichts mehr unternommen. Monatelang war niemand bei uns. Wir sehen nie andere Menschen."

„Nein."

„Ich finde, das ist eine gute Idee."

Er rückte näher.

„Wir können auch noch wen dazu einladen."

Tenna setzte die Kanne ab und drehte sich um.

„Ist das dein Ernst?"

„Ja, ja."

„Aber wen denn?"

Er tänzelte etwas nach rechts.

„Ja, Anna und Anders wohl nicht?"

„Warum nicht?"

„Ach, das muß vielleicht nicht sein."

„Vielleicht nicht, aber wen dann?"

„Ja, wir können ja den Schiffer einladen. Falls sie drin sind."

„Den Schiffer?"

„Ja, und den dicken Rudolf."

„Aber Jørgensen nicht."

„Jørgensen? Er ist noch nie bei uns gewesen."

Eine kleine Unsicherheit tropfte auf Johannes, doch er wischte sie weg.

„Vielleicht sollte sie doch allein kommen", sagte Tenna.

Ihr Gesicht zog sich zurück. Johannes mobilisierte seine Kräfte.

„Nein, das ist es ja gerade", sagte er eifrig. „Wenn sie allein kommt, dann wird das Ganze so ... so feierlich. Aber wenn die anderen auch da sind, dann ist es nichts weiter als eine Gesellschaft, nichts weiter als ein paar Leute. Und wir müssen ja nicht verraten, wer sie ist, also das da, und sprechen tust du ja vorher mit ihr ... falls sie was will."

„Wir kennen sie überhaupt nicht, Johannes."

„Nein", sagte er und tänzelte nach links, „gerade deshalb. Wir werden sie kennenlernen, sie wird uns kennenlernen. So werden wir uns gegenseitig kennenlernen."

„Dann muß Gerda auch dabeisein."

„Gerda?"

„Die kleine Gerda. Sie ist die einzige, die was weiß."

„Weiß die kleine Gerda das?"

Ein Sinkgefühl so, als wäre er verraten worden schlich sich bei Johannes ein.

„Ja, ich habe es ihr gesagt."

„Gerda."

Mit einer Hand bedeckte er den Mund.

„Sie hat den Ring gesehen, nicht, und da lachten wir, und dann habe ich es ihr erzählt, aber nicht alles. Wie sollte ich auch? Ich weiß ja nichts!"

Er gab den Mund wieder frei.

„Wann ... sollst du bei ihr sein?"

„Um acht."

Johannes drehte den Kopf.

„Und der Fleck?"

„Der Fleck?"

„Der Fleck an der Wand."
„Ja, was ist mit dem Fleck?"
„Wie ... ich meine ..."
„Kann er nicht übertapeziert werden?"
„Übertapeziert werden?"
„Oder überstrichen werden?"
„Ich glaube nicht."

Sie ging auf ihn zu, pieckste ihn mit spitzem Finger.

„Wenn du dich nun um das Problem kümmern würdest, Johannes, meinst du nicht, daß dabei etwas herauskommen könnte?"

„Ich weiß nicht ..."

„Wenn du dir nun Wasser und Bürste und einen Pinsel und Tapete und eine Leiter nehmen würdest, bestünde dann nicht eine reale Chance, daß der Fleck morgen verschwunden ist?"

„Vielleicht."

„Falls du dir die Mühe machen könntest. Falls du dich aufraffen könntest."

Sie hielt sich mit beiden Händen die Ohren zu und schrie: „Wenn du die Güte hättest, dich aufzuraffen, wäre das dann vielleicht möglich?!"

In diesem Moment hatte er völlig vergessen, worum es sich handelte. Ihn beschäftigten ihre Sinnesänderungen, das Umschlagen, ein Tänzchen nach rechts, ein Tänzchen nach links, die gute Laune, die kam und ging, und nun dieses Geschrei.

„Warum schreist du denn so?" schrie er.
„Ich schreie nicht", schrie sie zurück.
„Du schreist wie eine Verrückte."
„Ich schreie nicht wie eine Verrückte."
„Ich habe nur vorgeschlagen, daß wir ein Festessen machen."
„Das habe ich gehört."
„Und jetzt redest du nur von einem Fleck."

„Du hast damit angefangen", schrie sie.
„Aber du hast mit der Kanne geschmissen", brüllte er.
„Ich halte das nicht mehr aus!"

Tenna verdrehte die Augen, so daß nur noch Weißes zu sehen war. Im selben Moment vernahmen sie ein Klopfen. Es war nicht genau auszumachen, ob es von unten oder von oben oder von der Seite her kam. Bald aber war es deutlich: Es kam von oben. Sie hatten beide den Kopf in den Nacken gelegt.

„Das sind Wigands", sagte Johannes.

Tenna nickte.

„Die meinen uns."

Sie nickte nochmals.

„Das hat's überhaupt noch nicht gegeben. Nur bei Erna mit ihrer Musik."

Er betrachtete Tenna. Dabei ging ihm auf, daß sie nicht mehr dieselbe war. Sie war nicht mehr die Frau, die er geheiratet hatte. Er hatte sie unter völlig anderen Voraussetzungen genommen. Er hatte gar nicht gewußt, wer sie war. Ihre Vorgeschichte, all das, was im Dunklen lag, all das, worüber nicht gesprochen worden war, aber jetzt aufgeklärt werden sollte, machte sie zu einer anderen. Hatte er sich eine Zeitlang als ein Fremder empfunden, so war das Gefühl des Fremdseins jetzt doppelt so stark. Er wußte so gut wie gar nicht mehr, wie er mit ihr umgehen sollte, wie er ihr entgegenkommen könnte und ob sie überhaupt noch dieselbe Sprache sprachen. Das war ein irrsinniges Gefühl, vor einer Sekunde hatten sie noch in der gleichen Sprache miteinander verkehrt, geredet, gebrüllt, geschrien, und das war alles faßbar, doch dann hatte der merkwürdige Zeremonienmeister da oben mit seinem Stock Kuddelmuddel in die Angelegenheit gebracht. Die Bühne wurde umgebaut, ein Vorhang war heruntergelassen worden, ein neuer, unbekannter Akt sollte seinen Anfang nehmen. Johannes hatte ein deutliches Gefühl von Theater. Seine Küche war das nicht mehr, in der er stand, und wenn er Tenna ansah, konnte er auch feststellen, daß sie sich verändert hatte. Und das, was sie an diesem Nachmittag bisher beschlossen hatten, lag so weit entfernt von all jenem, was sie bis zu diesem Zeitpunkt getan und gelassen hatten, daß mit dem Unwahrscheinlichsten gerechnet werden konnte. Scheinwerfer gab es zwar nicht, und es roch leicht nach Stadtgas, aber die Wände schoben sich mehr und mehr auseinander, und in dem sich vergrößernden Raum war der Zug aus den Kulissen und den flatternden Versatzstücken, die die sie umgebende Stadt darstellten, spürbar.

Es wehte kalt, und erschauernd fiel Johannes auf die Knie, umarmte Tennas Knie.

„Tenna, Liebes", flüsterte er, „Tenna, Liebes."

Mehr wurde nicht gesprochen, und Wigand hörte auf zu klopfen. Tenna legte ihre Hand auf Johannes' Haar. Man hätte eine Arie erwarten können, da aber niemand sang, geschah nichts. Die Geräusche der Stadt waren um diese Zeit gedämpft. Das einzige klare Signal, das durch Stein, Mörtel und Tapete zu ihnen drang, war die Erkennungsmelodie der Fernsehnachrichten.

VI

Als Elisabeth erwachte, fühlte sie sich wie erschlagen, als wäre sie im Schlaf gezwungen gewesen, Menschen zu erschießen und beiseite zu schaffen, oder als hätte sie dafür Sorge tragen müssen, daß ein gewaltiger äußerer Druck sie nicht unter ihrem Deckbett zusammenpreßte. Die Schultern schmerzten, und ein Arm war eingeschlafen. Sie war – mit anderen Worten – am Leben; denn wie ein guter Freund ihr einmal gesagt hatte: „Wenn du aufwachst und dir tut nirgendwo etwas weh, dann weißt du, jetzt bist du tot." Die Erinnerung daran pflegte sonst ein kleines Lächeln bei ihr hervorzurufen, jetzt lag sie nur still mit neutralem Gesicht im Halbdunkel und versuchte, zu sich zu kommen.

Ein Geruch, der möglicherweise aus dem Handwaschbecken kam und an Eisen erinnerte, stellte plötzlich eine Verbindungslinie zu den Sommern her, die einmal waren und nun wieder zurückzukehren schienen. Trotzdem fehlte ihr ein Stück vom Zusammenhang. Sich an das „Wie" zu erinnern, war nicht schwer, dafür war es so gut wie unmöglich, ein „Warum" einzufunktionieren. Nostalgie hatte ihren Charme und war faßbar, sie aber war gezwungen, im Kriechgang den Verbindungslinien nachzuspüren. Das Wasser roch nicht gut, fand man allgemein, für sie aber roch es gut, weil es nach Kindheit roch. Tenna war ihre Tochter, doch wie den Raum ausfüllen, beginnend mit dem Zeitpunkt, wo sie ihr Kind – im wahrsten Sinne des Wortes – voller Verachtung abgestoßen hatte, bis heute, wo Tenna als wildfremde, schöne, unabhängige erwachsene Frau umherlief und eine Sprache sprach und eine Mentalität zum Ausdruck brachte, die nicht das mindeste mit Elisabeth zu tun hatte? Wenn sie ihr von dem braunen Wasser erzählen würde, würde sie überhaupt einen Sinn dafür haben? Oder bekam sie dabei vielleicht denselben fernen Blick in die Augen, wie wenn Elisabeth ihr etwas aus ihrer eigenen Kindheit erzählte, in einem – wie sie meinte – verständlichen Dänisch, das aber offenbar wie Mesopotamisch klang?

Das Fundament ihres Plans – falls man überhaupt von einem Plan sprechen konnte, eher sollte man es eine Eingebung nennen – schien zu zerbröckeln. Das Treffen war nicht *so* schlecht verlaufen, es war vielmehr die Frage, was sie eigentlich erwartet hatte, denn natürlich hatte sie sich etwas erhofft. Die Bilder dieses ersten Kontaktes flimmerten in ihrem Bewußtsein mit positiver Ladung. Selbstverständlich hatte sie eine Zurückweisung erfahren, beinahe, doch das zeugte nur von Tennas Stärke, und sie mußte wiederholen, was sie sich vorher schon gesagt hatte, daß kein Mensch, der im Vollbesitz seines Verstandes ist, sich in die Arme einer beliebigen Person werfen würde, die mal kurz hereinschaut und behauptet, die Mutter der Betreffenden zu sein – wiederauferstanden von den Toten oder vom Himmel herabgefallen oder was auch immer. Tenna hatte Widerstand geleistet, und dieser Widerstand zeugte von Charakter. Daß sie die Bestechung angenommen hatte, den Ring, war dagegen ein Teil des Plans, wenn man ihn so verstand, daß der Ring auf alle Fälle in ihren Besitz gelangen sollte. Soviel Auslauf hatte Elisabeth Ward ihrer Sentimentalität zugebilligt. Daran hatte sie ein eigenes Vergnügen, und soviel wollte sie sich zugestehen, und wenn Tenna das Geschenk doch nicht annehmen wollte, nun, dann sollte sie es eben in den Abfalleimer werfen oder in die See. Fertig.

Was sie unsicher gemacht hatte, war wohl eigentlich Tennas Unsicherheit. Doch darunter begraben lag die Unsicherheit, mit der sie selbst die ganze Zeit gelebt – und die sie verdrängt hatte. Das heißt, es war ihr nie daran gelegen gewesen, sie völlig zu beseitigen, doch wenn Elisabeth ihr gestattete, das Haupt hervorzustrecken, führte sie gegen sich selbst Permissionsargumente ins Feld: Das stehe ihr zu, darauf habe sie ein Recht, die Freude wolle sie sich gönnen, keiner könne sie daran hindern, genau das zu machen, wozu sie Lust habe.

Es gab drei Tennas. Diejenige, die sie siebenundfünfzig Jahre mit sich herumgeschleppt hatte und nur als Reflex ihrer selbst kannte, diejenige, die sie in der Auktionshalle gesehen und die ihr gefallen hatte, vor allem aufgrund ihrer Souveränität, und dann diejenige, mit der sie am Abend zuvor gesprochen hatte. Das waren drei verschiedene Personen – und doch ein und dieselbe. Warum sie die dritte Begegnung als eine Enttäuschung empfunden hatte, war schwer zu sagen, und vielleicht fühlte sie sich deshalb so, als hätte sie die ganze Nacht hindurch große Blöcke geschleppt.

Tenna hatte, als sie das Hotel betrat, einen Trenchcoat mit straff um den Leib gezogenem Gürtel getragen und ein wollenes Tuch um den Kopf. Die Hände hatte sie in die Taschen gesteckt und mürrisch dreingesehen. Sie hatte sich genauso rank wie zuvor am Tage gehalten, die Züge aber waren gröber, die Müdigkeit saß unter den Augen, und als sie sich grüßten, merkte Elisabeth, wie rauh Tennas Hände waren. Es war auch nicht leicht gewesen, Zugang zu ihr zu finden, der Widerstand hatte den Charakter gewechselt, und erst als sie einen Whisky getrunken hatten und am Kamin saßen, bekam Tenna ein wenig Farbe in die Wangen und Glanz in die Augen. Vielleicht hätte sie, Elisabeth, die Sache direkter angehen sollen. Wenn sie, anstatt so spät anzurufen, das schon am Nachmittag getan hätte, hätte sie Tenna und deren Mann zum Abendessen einladen können. So aber wurde daraus eine nicht ganz saubere

Verabredung, als hätten sie etwas Unseriöses vor, und dieses Gefühl von Unseriösität oder Promiskuität wollte sich auch nicht verflüchtigen, obwohl Elisabeth von Anbeginn dagegen ankämpfte. Dachte sie genauer darüber nach, war es ein Gefühl, das alles, was mit Tenna zusammenhing, beherrschte, und das hatte nichts mit Tenna selbst zu tun – denn sie kannte sie ja gar nicht –, sondern mit der Idee von Tenna, wenn man das sagen konnte, mit allem, was mit der Vergangenheit zu tun hatte und mit dieser unglücklichen Affäre, die Elisabeths Leben verändert und bestimmt hatte.

Sie schluckte und mußte erkennen, daß sie Schuld empfand. Das Wort war aus ihrem Bewußtsein verbannt gewesen, und wenn sie jetzt darüber nachdachte, so war es ihr nicht möglich, diese Schuld eindeutig zu plazieren. Darum vielleicht dieser Anstrich von Unseriösität, und wenn sie sich bemühte, Licht in das Dunkel zu bringen, zerstreuten sich mit einem Schlage die Gedanken in die verschiedensten Richtungen. Wenn die Schuld bei ihr gesucht werden sollte, dann ließen sich in der Hauptsache drei Punkte herausarbeiten: Sie hatte sich verführen lassen, sie hatte sich ihrer illegalen Frucht entledigt, sie hatte keinerlei Verbindung mit ihrem Kind aufgenommen – bis jetzt. Bald jedoch tauchte ein viertes Kardinalproblem auf: Nach all diesen Jahren war sie der Versuchung anheimgefallen, in das Schicksal einzugreifen, nicht nur in ihr eigenes, sondern in das mehrerer Menschen, Menschen, die sie nicht im geringsten kannte, zu denen sie keinerlei Verhältnis hatte.

Andererseits jedoch war sie auch selbst Opfer gewesen. Es hatte einen Verführer gegeben, sie hatte unter fürchterlichem Druck gestanden, und unter der Trennung hatte sie für den Rest ihres Lebens gelitten. Wieder aber paßte das Bild nicht, denn gereichte es ihr nicht zum Segen, daß sie ihr ganzes Leben unter der Trennung von dem Kind gelitten hatte? Hatte sie nicht für jedweden Verlust reichlich Kompensation erhalten, und verdankte sie nicht eben dieser Trennung – der Auflehnung, dem Bruch – ihre Karriere, ihr Vorwärtskommen, Liebe, Ehe, diese ganze Welt, die sie sich erobert hatte? Warum machte sich dann – und zwar seit Arthurs Tod – in ihr dieses Gefühl breit, betrogen worden zu sein, und warum meldet sich ein Bedürfnis – wie Hunger und Durst, ja, beinahe wie ein sexuelles Verlangen – nach Rückkehr, danach, das einzige, was sie ganz persönlich mitproduziert hatte, das, was ein Teil ihres Körpers war, aufzuspüren, zu erobern und zu besitzen?

Die eine Frage fraß die andere und gebar neue – wie Pseudopodien, die in zwei Teile zerschnitten werden können und sich trotzdem neu unter dem Messer formieren –, flimmerte im Dunkel und hinter den geschlossenen Augen. Sie hielt nicht gerade viel von biologischer Mystik, sie wußte sehr gut, daß die alte Spruchweisheit „Aus den Augen, aus dem Sinn" ihre Richtigkeit hatte, und es war schon gewaltig übertrieben, wenn sie aus einer momentanen Niedergangsstimmung heraus behauptete, sie hätte ihr Leben lang unter der Trennung gelitten. Es hatte Jahre gegeben, in denen sie nicht einen Gedanken an das Kind verschwendet hatte, ja, man konnte es durchaus für eine Extravaganz halten, wenn sie die Fata morgana der Vergangenheit heraufbeschwor und den Gedanken durchspielte, *was sonst noch hätte geschehen können*, hätte sie nicht alles von sich geschleudert, sondern wäre zu Hause geblieben und hätte den Kampf aufgenommen. Durch die Dunkelheit hindurch hörte sie ihr eigenes Lachen. Der Gedanke war grotesk: Sie hätte in Dänemark bleiben und ihr Kind unter Protest, Säuernis, Widerstand, Abscheu – ja, sicherlich auch Entbehrungen – allein großziehen sollen oder sie hätte sich mit dem *second lieutenant* verheiraten können; dieser Gedanke war ebenso monströs.

Auf was sie sich jetzt einließ, war also ein *prank*, ein *joke*, aus einem Überschuß heraus geboren, und war keineswegs in die Kategorien zu fassen, die sie gerade in Gedanken durchspielte. Was sie getan und die Wahl, die sie getroffen hatte, war eine klare Kombination – mit verschwommenen Konturen –, aber eben eine Mischung aus Bewußtem und Unbewußtem, aus puren Wünschen und Gegebenheiten, aus persönlichem Engagement und Traumatik. Sie war nicht dumm, und sie hatte sich im Griff, glaubte sie. In fortgeschrittenem Alter konnte einem auch der Rücken vom Liegen weh tun. Sie schlug leicht mit der Hand aufs Deckbett. Ein altes Weib. Vielleicht noch nicht ganz, aber bald. Und alte Leute haben eine gewisse Freiheit. Ihnen war eine Frist vorgegeben, die ausgenützt werden wollte. Das war nicht zuviel verlangt. In dem Dunkel ließ der Zahnschmelz ihre Zähne kalt erscheinen, und sie spürte, wie obszön ihre Gedanken waren, denn soeben ergriff ihr geträumtes Schicksal wieder Besitz von ihr. Sie hätte in Dänemark bleiben sollen!

Sie erschauerte innerlich so heftig, daß sich ihr die Eierstöcke zusammenzogen, und über den Bauch schien kleinwellig Kälte zu laufen. Es hätte ein Lachen sein können, aber es war ein Schauer.

Sie schluckte. Dieses Thema war nicht berührt worden, während sie mit ihrem Whisky vor dem Kamin in der Hotelhalle gesessen hatten, wo die Bilder an den Wänden sich zwischen den Schatten verloren und nur ab und zu aufglommen, als kämen plötzlich frische Farben auf die alten Leinwände. Das, was sie ein wenig vor den Kopf gestoßen hatte, waren nicht Tennas Vorbehalte gewesen – die hatte sie erwartet und hingenommen –, vielmehr machte ihre Unsicherheit oder die fehlende Lust, sich aufzuschließen, die Sache komplizierter. Nicht auf *confessions* war Elisabeth aus, allerdings hätte sie sich ein wenig mehr von der Spontanität gewünscht, die sie bei ihrer Tochter (das erstemal, daß dieser Begriff mit dieser Bedeutung versehen in ihrem

Bewußtsein auftauchte) während ihres ersten Zusammentreffens in der Auktionshalle entdeckt hatte. Sie hätte sich ein wenig von dem Stolz gewünscht, den sie von sich selbst kannte, und den sie als sehr weiblich empfand, von dem Widerwillen gegen vorgefaßte Meinungen, von jener Unlust bei dem Gedanken an Einbeziehung in Projekte, die andere sich ausgedacht hatten und obendrein vielleicht nicht einmal originell und notwendig waren. Plötzlich wirkte Tenna so durchschnittlich; sie war kein richtiger Spielpartner, und noch einmal kamen in Elisabeth Bedenken auf, wenn sie sich überlegte, auf welche Sache sie sich da eingelassen hatte – und während sie dort in der Morgenkälte lag, die von den trockenen Wärmewellen des Radiators nicht so richtig abgehalten werden konnte, fühlte sie sich sowohl deprimiert als auch fehl am Platze.

Den schleppenden Schritten auf dem Gang schenkte sie nicht sonderliche Beachtung, erst als angeklopft wurde, öffnete sie die Augen ganz.

„Telefon", sagte eine Stimme.

Nochmals wurde geklopft.

„Ein Gespräch aus London."

Natürlich hatte das Zimmer kein Telefon, das wäre auch zuviel verlangt für ein ausgesprochenes Sommerhotel mit Tradition – vor allem im Nichtkomfortablen. Sie schlug das Deckbett zurück und setzte die Füße auf den Fußboden. Das konnte nur Dorothy sein, kein anderes Lebewesen würde wagen, sie um diese Zeit zu stören.

„Ich komme", rief sie, und die Schritte dort draußen auf dem Gang entfernten sich. Es paßte Elisabeth absolut nicht, im Morgenmantel hinuntergehen zu müssen, doch in Anbetracht ihrer besonderen Mission hier und den bedeutungsschwangeren Ton im Hinterkopf, mit dem das Gespräch aus London angekündigt worden war, schob sie ihren Widerwillen beiseite und trat auf den Gang. Im übrigen hatte sie keinerlei Grund, sich zu schämen. Selbst mit

Kopftuch, ohne Schminke und ohne ihren Puder besaß Elisabeth Ward genug Stil, um es mit fast jedem aufnehmen zu können, der ihren Weg kreuzte. Es war jedoch kein Mensch zu sehen, die Zeitungen lagen auf dem Heizkörper in der Halle wild durcheinander, so, als wären sie vor langer Zeit gelesen worden und längst vergessen, und als sie ihren Unmut darüber, jetzt mit Dorothy – praktisch genommen – über nichts sprechen zu müssen – Verkaufsrapporte, eine bevorstehende Vorführung in Paris –, hinuntergeschluckt hatte, wurde ihr klar, daß der Vormittag schon weit vorgeschritten sein mußte, und noch einmal war sie irritiert und hatte sie das Gefühl, vom Kurs abgekommen zu sein, denn ein Siebenschläfer war sie gerade nicht; sie war wohl über die Maßen erschöpft, aus der Bahn geraten oder ganz einfach *drugged.* Die Luft schien vor Irritation zu summen, vor Unruhe hatte Elisabeth kalte Handgelenke, und sie war kaum in der Lage, Dorothys letzter Bemerkung zu folgen, über einen rothaarigen Herrn mit Melone, der im Geschäft nach ihr gefragt hatte, aber einen Dialekt sprach, der nicht gerade auf einen künftigen Großkunden schließen ließ, doch wissen könne man das ja nie, und sie wollte es gesagt haben.

Der Portier verbeugte sich vor ihr, als sie an seiner Loge vorbeiging, und reichte ihr einen Zettel, wieder ein Telefonbescheid – man wollte die gnädige Frau deswegen nicht wecken, er kam sehr früh und gewiß aus . . . einem Lokal. Elisabeth nahm den Zettel entgegen und stürzte die Treppe hinauf. „Essen um 18.30 Uhr" stand auf dem Papier. Und darunter: „Tenna."

O Gott, das war's, so war es ausgegangen, und das Unbehagen, das Elisabeth während des Telefongesprächs mit Dorothy verdrängt hatte (wo all das, was ihr tägliches Leben ausmachte und ihr Sicherheit gab, wieder an sie herangetragen wurde), kehrte nun mit voller Kraft zurück. Vorsichtig hatte sie versucht, den Vorschlag, den Tenna in der einen oder anderen Form immer wieder vorbrachte, abzuwürgen. Das war einfach zu früh. Ihr war es nicht gegeben, sich so plötzlich auf einen so großen Ausschnitt aus einer ganz anderen Welt einzulassen – die auf irgendeine verdrehte Weise auch ihre eigene war –, es müßte allmählicher geschehen, nicht zuletzt, weil sie sich nach Tennas Erläuterungen ausrechnen konnte, daß ihr ein kompliziertes Menü bevorstand, nicht besonders verlockend und wahrscheinlich ohne diese Spur von Charme, die Farbe auf die Exzentrizitäten hätte setzen können oder auch ein Ausgleich für die soziale Niederlage gewesen wäre. Geradeheraus gesagt: Das alles war verdammt trist, am schlimmsten aber war, daß es auf Tenna einen Schatten zu werfen schien.

Elisabeth ging in ihr Zimmer und begann, sich zurechtzumachen. Sie zog die braunen Vorhänge zurück und starrte in das vormittägliche Grau der Stadt. Die Wolken hatten anscheinend die Absicht, sich auf den Hausdächern niederzulassen, und die Feuchtigkeit glitt langsam und melancholisch von den Pappeln, so daß man den Eindruck gewinnen mußte, die Bäume wären im Begriff zu schmelzen, trotz der rauhen Kälte und dem vom Meer hereinstehenden Wind. Ein milder, aber kalter Winter. Es schien Schnee in der Luft zu liegen, ein Straßenpassant schlug – als würde er genau das vermuten – den Kragen hoch, überquerte den Asphalt und setzte seinen Weg entlang des niedrigen roten Geländers vor dem Museum fort. Man sollte sich nicht von dem Wetter beeindrucken lassen. Elisabeth suchte zerstreut nach einer passenden Steckdose für ihren Föhn und fand diese endlich – nachdem sie sich auf die Knie niedergelassen hatte – hinter dem Papierkorb. Mit Voraussagen war sie immer schon vorsichtig gewesen. Aus diesem Grunde beschloß sie auch, sich nicht von ihren Bedenken herausfordern zu lassen. Sie hatte einen Schritt gewagt, da sollte es ihretwegen regnen oder schneien, ein

Regenschirm fand sich immer oder ein Ort, wo man unterkriechen konnte. Erst nachdem sie die Dose gefunden und den Stecker hineingesteckt hatte, wurde sie sich bewußt, daß sie mit dem Föhn gar nichts anfangen konnte, was sollte sie auch damit, wenn das Badezimmer am Ende des Korridors war und sie absolut keine Lust hatte, es zu benutzen? Sie wickelte die Schnur wieder ein und legte den Haartrockner auf die Kommode. Dies nahm sie als Zeichen: Von einem längeren Aufenthalt konnte nicht die Rede sein.

Sie wusch sich flüchtig und legte, nachdem sie in ihre Kleidung geschlüpft war, ein diskretes Make-up auf. Im Spiegel zeichnete sich ein Bild ab, nicht nur von ihrem „normalen" Gesicht, sondern auch von der Folge von Beschlüssen, die sie an eben diese Stelle geführt hatte. Nicht nur der Traum von einer Wiedereroberung hatte Elisabeth Ward dazu veranlaßt, sich in Bewegung zu setzen – wenn man überhaupt einen solch martialischen Ausdruck wie „Wiedereroberung" gebrauchen wollte –, man konnte durchaus auch von einer Reise nach vorn sprechen, von einer plötzlichen Energieentladung wie bei einer Quantenbewegung, bei der ein Elektron aus seiner gewöhnlichen Umlaufbahn geworfen und in eine andere gedrängt wird und dort weiterkeist, beinahe so, als wäre nichts passiert. Sie mußte sich eingestehen, daß die Veränderung spürbar gewesen war, und so sollte es ja auch sein, vielleicht lag gerade darin die tiefere Bedeutung, daß sie es nötig hatte, von einer Erschütterung wachgerüttelt zu werden. Was sie am meisten betroffen machte, war das gleichzeitige Erleben von Unbeweglichkeit. Wie konnte sie sich eigentlich einbilden, ein von ihr selbst gewählter Aufbruch müsse notwendigerweise zu radikalen Änderungen und zu etwas Besserem führen? Die Elektronen veränderten ihre Bahn, aber sie kreisten in einer anderen weiter, die tatsächlich völlig identisch war mit der vorigen. Sie konnte sich nicht selbst ummodeln, sie schleppte ihren Korpus und ihr Gepäck mit sich herum, und es nahm sich nichts, ob sie mit der U-Bahn fuhr (was sie fast nie tat) oder an das Ende der Welt reiste (oder an deren Anfang?) wie jetzt. Sie sah darum ein, daß sie mit einer gewissen Vorsicht zu Werke gehen mußte, ihre Erwartungen nicht zu hoch schrauben und insgesamt keine allzu großen Forderungen stellen durfte. Wettervorhersagen sollte sie lieber nicht machen, dann brauchte sie auch nicht beleidigt zu sein, wenn die Wolken eine andere Richtung nahmen, als sie erwartet hatte, und es ruhiges Wetter gab statt Sturm.

Völlig konnte sie ihre Enttäuschung über den Verlauf des Abends jedoch nicht abbauen. Die Originalität – oder Frische –, die sie Tenna zuerkannt hatte, war merkbar verblaßt. Sie hatte versucht, Tenna zu bewegen, etwas über sich und ihr Leben zu erzählen, doch es waren nur Bruchstücke aus ihr herauszuholen gewesen, und das Bild, das sie sich nach und nach zusammensetzen konnte, nahm sich billig und ungeheuer banal aus. Das Mädchen hatte offenbar nicht viel Glück mit ihrer Ehe gehabt, obwohl ein Fünkchen mehr Wärme in ihrer Stimme lag, wenn sie von ihrem Mann erzählte, als wenn sie von den Kindern berichtete, die allem Anschein nach alles andere als hoffnungsvoll waren. Aber was sie am meisten traf, war das völlige Fehlen aller der Reminiszenzen, die sie bei ihrer ersten Begegnung im Vergleich zu sich selbst aufgespürt zu haben glaubte. Sie hatte in Tennas Lächeln, in ihrer Art, auf die Dinge loszugehen, in ihrer Beharrlichkeit, in ihren plötzlichen Gefühlsaufwallungen etwas gesehen, was Elisabeth an ihre besten Momente erinnerte. In der Verteidigung und im Angriff. Was am Kamin passiert war, erinnerte in hohem Maß an eine Akzeptation – aber auf falscher Grundlage. Tenna war sich nicht darüber im klaren gewesen, ob sie ihre Mutter mochte – „liebte“ war ein Wort, das Elisabeth in diesem Zusammenhang noch nicht in den Mund zu nehmen wagte –, aber sie hatte anscheinend aus einer durchsichtigen oder undurchsichtigen Überlegung heraus akzeptiert, daß da nun eine Mutter war und vielleicht zu etwas gebraucht werden könnte – wozu, lag bisher noch im Dunkeln. Deshalb wirkte sie vielleicht wie tot, oder aber ihre Unsicherheit kam zum Ausdruck in Trägheit, in Undurchsichtigkeit. Die Provokation traf Elisabeth hart, weil sie so gezwungen wurde, sich zu verstecken, und auch gezwungen wurde – zum einhundertdreißigsten Mal –, ihre Motive zu überdenken, wobei sie sich genötigt sah zu konstatieren, daß sie die nicht bis in alle Einzelheiten kannte. Eine regelrechte Abfolge war das also nicht, was sie neben ihrem winterbleichen, nunmehr auf Hochglanz gebrachten Gesicht im Spiegel sah, es war ein dunkles Feuerwerk von Gefühlen, eine Art Wetterleuchten des Unterbewußtseins, das nur vage Bilder zeichnete und am stärksten noch eine Vorstellung davon hinterließ, daß sie nie auf etwas anderes als auf ihre Gefühle reagiert hatte, daß es ein Instinkt war, der sie damals ihr einziges Kind von sich stoßen ließ und der sie nun wiederum auf die Jagd nach diesem Kind aussandte.

Es hatte da einen Zeitpunkt gegeben, wo sie die Prüfung beinahe nicht bestanden hätte. Die Hand war schon auf dem Weg zur Tasche gewesen. Es war beinahe ein Reflex, denn diese Bewegung hatte sie so oft gemacht, daß sie als fester Bestandteil in ihr Naturell eingegangen war. Sie hatte Lust verspürt, nach Füllhalter und Scheckheft zu greifen und Tenna zu fragen: „Wieviel? Wieviel willst du haben, damit ... damit ...?“ Aber dann hatte sie innegehalten, hatte sich gebremst. Denn sie war sich nicht darüber im klaren, was Tenna mit dem geschenkten Geld anfangen sollte. Elisabeth konnte ja schlecht sagen: „Hier hast du einen Betrag, gestalte dein Leben um!“ Sie konnte ihr auch nicht das Geld in der Hoffnung anbieten, bei Tenna dadurch eine Wandlung zu erzielen, die schließlich auch auf sie selbst abfärben würde. Das war im besten Fall eine schlechte Idee, im schlimmsten eine Katastrophe.

Während sie den Ledergürtel um den Mantel band und sich den Schal umlegte – sie hatte wegen der Aussicht auf kälteres Wetter auch nicht vergessen, sich eine Strickjacke unterzuziehen –, fragte sie sich: „Warum eigentlich nicht?" Hätte sie sich auf ihre Intuition oder auf ihren Instinkt verlassen, wäre das Gespräch vielleicht ganz anders ausgegangen. Sie mußte an den Ring denken. Der hatte seine Wirkung getan. Ohne den wäre Tenna sicherlich nicht zu der Verabredung gekommen, dessen war sie sicher. Von Geld war nicht die Rede gewesen, aber von einem Schmuck, also von etwas unverdächtigem mit stärkerem Symbolgehalt. Doch hatte Geld nicht auch seinen Symbolwert, und hatte sie ihr ganzes Leben nicht damit zugebracht, sich so viel davon zu verschaffen, daß sie in die Lage versetzt wurde, ein klein wenig mitzubestimmen, wie es angewendet werden und welche Wirklichkeit es bei der Umsetzung einlösen sollte? Es war, verdammt nochmal, ihr Geld, und machen konnte sie damit, was sie wollte.

Sie schloß die Tür und drehte den Schlüssel herum. Der war mit einem häßlichen Stück Messing verbunden und lag schwer in der Hand. Er machte den Eindruck, als sei er das entscheidende Instrument zum Eintritt in das Paradies: Man durfte nicht vergessen, diesen Schlüssel bei der Abreise abzuliefern! Dieser Ausdruck kleinbürgerlicher Umsicht ließ sie an ihren Vater denken. Herrgott, er war ein Vorbild an Rechtschaffenheit, er hatte wahrhaftig immer das Richtige getan, auch in Geldangelegenheiten, mit dem einleuchtenden Resultat, daß das Vermögen, für dessen Aufbau er ein langes Leben und eine ganze Karriere gebraucht hatte, buchstäblich nicht das Papier des Sparbuchs wert war, auf das es eingetragen war. Und das nicht einmal bei einer Sperrfrist von zwölf Monaten!

Nein, was das Geld betraf, so hatte Elisabeth gelernt,

daß es nur wuchs, wenn es angewendet wurde. Es hatte keinen Zweck, es zu verstecken, im Gegenteil, es mußte an die Öffentlichkeit, ins Licht, ins Spiel. Schon es zu zeigen, brachte Vorteil. Mit schiefen Absätzen und in ausgebeulten Hosen konnte sie sich nicht sehen lassen – und sie hatte auch nicht die geringste Lust dazu –, Elisabeth trug stets das Teuerste und hatte es von Anfang an getan. Dann konnte sie auch auf die Visitenkarte und den Püschel im Bauchnabel verzichten, die Leute wußten sofort, mit wem sie es zu tun hatten. Auf der anderen Seite gingen natürlich eine Menge Transaktionen im geheimen vor sich, in Kanälen, die nur wenigen bekannt waren – obwohl eigentlich alle Zugang dazu hatten –, aber der Strom des Geldes lief sozusagen nicht im Verborgenen, man konnte ihn als einen goldenen Leitfaden in den Gesprächen wiederfinden, in der Art und Weise, wie miteinander umgegangen wurde, wie man trank, reiste, liebte.

So etwas konnte man natürlich als Zynismus auffassen oder als Gleichgültigkeit, doch handelte es sich dabei um Tatsachen, und wollte man von den Versäumnissen einer Klasse sprechen – die Oberklasse mußte schon traditionsgemäß Schuldgefühle gegenüber der Unterklasse haben –, so wurden die in Elisabeths Augen geradenwegs durch eine Art Ehrlichkeits-Äquilibrium ausgeglichen, denn die Unterklasse machte ja kein Hehl daraus, daß sie den Kies liebte, sie gierte nach Lotterielosen, lief auf Trabrennbahnen und in Fußballstadien, raffte Tippzettel an sich und blickte mit ehrlichem Neid auf die Oberklasse, die ein paar Groschen mehr besaß, aber auch anders mit ihnen umging, verstand, der Faszination des Geldes einen Anschein von Spiel zu geben, im Umgang mit dem Geld eine Selbstverständlichkeit an den Tag legte, die man auch als Stil bezeichnen konnte, eine Klasse, die ihren Reichtum in einer so aufsehenerregenden Art zur Schau stellte, daß es schon mit Diskretion verwechselt werden konnte.

Ohne den Portier eines Blickes zu würdigen, legte sie den Schlüssel auf dessen Tisch, durchschritt die Glastür und setzte ihren Fuß auf die Platten vor dem Hotel. Den Rover hatte sie zur Hauptstraße hin geparkt, doch als sie sich ihm mit schnellen Schritten näherte, wurde sie sich bewußt, daß sie fast einen ganzen Tag totschlagen mußte, bevor die Hansensche Abendgesellschaft vom Stapel lief. Warum sie nicht nein gesagt hatte, verstand sie in diesem graukalten Augenblick nicht so ganz, andererseits eröffnete sich so die Möglichkeit einer soziologischen Studie, und es brachte ja auch nichts, den Hochnäsigen zu spielen und mit so vielen Vorurteilen herumzulaufen, daß man nicht mehr in der Lage war zu beurteilen, was sich im Leben eigentlich abspielte. Außerdem war sie die Gefangene ihrer eigenen Initiative. Sie war es schließlich, die sich eingemischt hatte, und bevor sie völlig verurteilte, was sie sah, mußte sie es wohl erst gesehen haben. *Fair enough.*

Zögernd drehte Elisabeth sich halb um, ihr Blick blieb an dem roten Museumsgebäude hängen. Dort war sie weiß Gott seit vierzig Jahren nicht gewesen, und damals war ihr das nur ermüdend vorgekommen, die Atmosphäre verstaubt, die alten Darstellungen schienen vergessen und aufgegeben worden zu sein – eine Epoche, die zu Ende war und nicht mehr zum Leben erweckt werden konnte. Sie war ein Kind gewesen, das war sie nun nicht mehr, aber die Bilder – falls es die gleichen waren – mußten doch wohl so sein, wie sie immer gewesen waren. Sie ging schräg über die Straße und betrachtete ein Weilchen die beiden in Bronze gegossenen Maler vor dem Eingang. Sie hatten etwas Bizarres an sich, über das Elisabeth sich erst nach etwas längerer Betrachtung Klarheit verschaffen konnte: Die Männer waren unterdimensioniert, auf alle Fälle aber hatten sie nicht die echte oder optische Übergröße, die Statuen in der Regel haben. Putzig. *People cut down to size.* Das war ein interessanter Gedanke und entsprach vielleicht genau dem Talent der beiden Künstler, doch was wußte sie, normalerweise beschäftigte sie sich nicht mit dänischer Kunst, die war ihr zu kleinkariert und zu unterwürfig, war ohne den dramatischen Nerv, der einzig wirkliche Aufmerksamkeit hervorrufen kann. Da gab es zu wenig Temperament, und auch wenn Elisabeth gewöhnlich nichts von Überspanntheit hielt – wer tat das schon? –, so war sie sich doch darüber im klaren, daß Normalität nicht am Platze war, wenn es um künstlerischen Ausdruck ging. Eine Sonne, bitte sehr, aber drumherum Explosionen, ein Loch, und an dessen Ende ein Schrei, ein Mund, aus dem ein tosendes Lachen drang. Die Männer sahen brav drein wie eh und je, als sie die Tür zum Museum öffnete und das Gebäude betrat.

Die Stätte wirkte hell und ansprechend, nicht verblichen und düster, wie Elisabeth sie in Erinnerung hatte, und während sie Abschnitt für Abschnitt an den schönen Bildern aus einer entschwundenen Epoche vorüberging, in der augenscheinlich die meiste Zeit Sommer gewesen war, hatte sie ein ganz klein wenig das Gefühl, zu schweben. Nicht, weil sie von Wolken delphischer Klarheit getragen wurde oder ihr Auge an den Spalt gelegt hatte, durch den man die mögliche Lösung der ewigen Rätsel schaut, vielmehr war es eine momentane Befreiung oder ein Respit, denn das, was sie am meisten an diesen Bildern beeindruckte, war deren Fähigkeit, eine Frische zu bewahren, die schon mit einem Hauch von Erinnerung umgeben war, so, als hätte der Maler nicht nur den Augenblick gemalt oder die Aufstellung wiedergegeben, die er arrangiert hatte, sondern als hätte er allen Objekten, der Landschaft, dem Licht das Versprechen abgerungen, so, genauso zu bleiben für alle Zeiten, auch wenn der Tod längst eingetreten war oder wenn es mit einem bergab ging und man sich davon zu überzeugen versuchte, daß dies und jenes im Leben gut und richtig gewesen war und frei von Schuld und gravierenden Fehlern.

Elisabeth blieb vor einer skizzenhaften, virtuos gemalten Miniatur stehen: eine Frau in einem Liegestuhl zwischen leuchtenden Büschen und Blättern. Nichts anderes war auf dem Bild als diese koloristisch-impressionistisch erfaßte Sommerszene – und trotzdem: Irgend etwas lauerte im Blattwerk, da war etwas im Spiel der Schatten; die Art, wie die Frau ihren Kopf hielt, erzählte eine andere Geschichte als die, die das Bild unmittelbar hergab. Was das war, konnte man so nicht sagen, und als sie näher heranging, zerfiel die Miniatur in ihre farbigen Bestandteile, und sie sah nichts anderes als Kleckse.

Beschäftigt mit ihren Untersuchungen, merkte Elisabeth nicht, daß eine andere Person den Raum betreten hatte, und sie fuhr zusammen, als diese sich unmittelbar hinter ihr räusperte. Sie drehte sich um. Es war ein Herr in grauem Regenmantel, ohne Hut. Seine Haare sahen aus, als hätten sie eine leichte Dauerwelle erhalten und wären dabei an den Spitzen ein wenig versengt worden. Er stand drei Schritte von ihr entfernt und betrachtete das Bild. Er neigte ein wenig den Kopf und nickte.

„Ein hübsches kleines Bild“, sagte er.

Er hatte kleine Hände, die Finger der rechten Hand waren vom Tabak tiefbraun, die Stimme ein wenig heiser, leicht sphärisch wie bei einem älteren Faun, der zuviel Bier getrunken hat. Er nickte.

„Die Frau des Künstlers.“

Im ersten Moment wollte Elisabeth weitergehen. Sie war es nicht gewohnt, auf einer Kunstausstellung mit ihr unbekannten Männern Bemerkungen auszutauschen, aber sie mußte ja nichts sagen, der Mann erzählte offenbar ganz von allein und hatte eine bizarre geistige Rothaarigkeit an sich wie ein Ire, etwas Unterhaltsames.

„Wie phantastisch er das Licht gesetzt hat ... dieser

weiße Widerschein ... beinahe wie von Laken, alles indirekt ... Schneeballbüsche, der Zaun ..."

Seine Hände bewegten sich feinfühlig, nachzeichnend, auch so, als würden sie etwas streicheln wollen.

„Das war eine schlimme Geschichte."

Elisabeth sah nun nicht mehr auf das Bild, sondern auf den kleinen Mann.

„Was ist denn geschehen?"

„Ach, das sind ja Anekdoten", sagte er, „ich will sie nicht damit langweilen. Das steht alles im Katalog. Vergangene Zeiten ..."

„Ich bin aber neugierig."

Elisabeth lächelte. Der Mann hob die Schulter.

„Sie hatte so viel vor, sie wollte so viel."

„Ist daran etwas verkehrt?"

Er räusperte sich.

„Nein, nein", erwiderte er, „man könnte vielleicht sagen, daß sie sich ein wenig zu viel vorgenommen hatte. Aber das ist ja unwichtig."

Er winkte mit der Hand ab.

„Das Bild zählt, nicht wahr, das und nichts anderes, das Bild ist das Wichtige!"

„Was ist geschehen?"

Der Mann blickte sie an.

„Geschehen? Geschehen ist eigentlich nichts. Es ging schief. Aber es lohnt nicht, darüber zu reden. Sehen Sie nur, wie sehr er sie mochte ... und welche Angst er vor ihr hatte. Sehen sie das? So sensuell ... und so zurückhaltend ... als hätte ihn beim Malen jemand am Ärmel gezogen."

Ein durchdringender Zigarrengeruch ging von seinem Regenmantel aus, und Elisabeth nahm ein wenig Abstand.

„Ein ... ein interessantes Bild", sagte sie reserviert.

„Phantastisch", fügte er hinzu und schob sich mit seinem Oberkörper wieder näher an sie heran. „Komme oft hierher und gehe immer zu diesem Bild, interessant, pfusche selbst ein bißchen auf dem Gebiet herum ..." Er räusperte sich hinter seiner Zigarrenhand. „... aber keineswegs auf gleichem Niveau."

„Malen Sie?"

„Verkaufe. Kaufe und verkaufe."

Die Konversation ebbte offensichtlich ab, obwohl er allem Anschein nach sich noch lange an dem Gegenstand festhalten konnte. Elisabeth versuchte, sich zurückzuziehen, aber irgendwo war da noch etwas offen, sie wußte nur nicht genau, was.

„Meinen Sie, daß die Frau falsch gehandelt hat?" fragte sie vorsichtig.

„Ich bin kein Moralist, überhaupt nicht. Andere zu verurteilen – das liegt mir nicht."

„Sie haben mir immer noch nicht erzählt, was eigentlich passiert ist."

„Ich interessiere mich am meisten für Bilder."

Er tänzelte ein wenig auf der Stelle wie ein Boxer.

„Sie selbst haben da etwas angedeutet ..."

Zu ihrer eigenen Verwunderung klang ihre Stimme jetzt beinahe eindringlich. Der Herr im grauen Regenmantel unterbrach sein Tänzeln, wandte sich dem Bild zu und zeigte mit seinem braunen Finger darauf.

„Liebe", sagte er, „tiefe und reine Liebe. Sie brannte mit einem anderen durch, das ist die ganze Geschichte."

Elisabeth hatte noch immer kein delphisches Erlebnis, fühlte sich aber erleichtert, sie konnte jetzt einfach weitergehen, es gab noch mehr Bilder, sie hatte noch viel vor sich. Zusammengefaßt konnte man sagen: Es war eben doch nur Provinz, eine Liebesgeschichte, ein nettes Bild, nichts Aufregendes. Der Mann sprach sie doch noch einmal an.

„Das Merkwürdige ist", sagte er, „daß das Ganze von Anfang an geplant war. Nicht, daß sie mit einem Fremden davonlaufen wollte, aber daß der, den sie zuerst nahm, den

Maler, auch ein Fremder war. Ihn wollte sie auch einfach haben, also nahm sie ihn. Sie nahm vieles."

Ein Anflug von Röte schoß über seine Stirn.

„Ja, ich erzähle und erzähle, man soll sich an die Darstellungen halten, da weiß man, was man hat."

„Und was dann?"

Elisabeth verspürte eine kleine Unsicherheit, ein inneres Sinken, das mußte der Blutzucker sein, sie fuhr sich kurz mit der Hand über die Augen.

Der Mann sah sie aus den Augenwinkeln an, dann lachte er.

„Eis, Schnee, Tod und Tragödie. Brrr. Aber ein hübsches kleines Bild, das muß man sagen."

Sie fingerte an der Oberlippe.

„Romantisch. Könnte man das so nennen?"

Die Bemerkung sollte einen Schlußpunkt setzen. Aber – wovor versuchte sie eigentlich davonzulaufen? Die Bekanntschaft begann sie zu irritieren, gewöhnlich hielt sie die Leute auf Abstand.

„Er wurde wahnsinnig, falls Sie das romantisch nennen."

Elisabeth fand einen Ausweg

„Wer?" fragte sie und senkte die Hand, was ein wenig an das *en garde* eines Fechters erinnerte. Der Mann blickte einen Augenblick verwirrt drein.

„Der Maler", sagte er dann. „Was mit dem anderen geschah, weiß ich nicht, jedoch über den Maler erzählt die Geschichte, daß er jedes Jahr zu Silvester seine Frau in Form von dreihundert Postkarten in den Briefkasten warf – adressiert an seine ehemaligen Geliebten."

Elisabeth lachte in angemessener Weise, innerlich fühlte sie sich erleichtert, die Anekdote war ganz ulkig. Hätte sie in bezug auf Gerard nicht auf die gleiche Idee kommen können? Sicherlich hätte sie das, es gab nur den Unterschied, daß er das genossen hätte. Die Geschichte wäre allerdings so gut gewesen, daß sie sich auch beide darüber hätten amüsieren können. Im übrigen hatte sie nicht dreihundert Liebhaber gehabt. Nicht einmal hundert – ach, was war das für ein Blödsinn, der ihr da durch den Kopf ging.

„Auf Wiedersehen“, sagte sie kurz angebunden, drehte sich um und schritt weiter. Sie hörte seine Stimme hinter sich. Er sagte zuerst ebenfalls: „Auf Wiedersehen“, räusperte sich dann aber und fügte hinzu: „Sind Sie vielleicht verwandt . . .?“

Elisabeth blieb abrupt stehen. Was meinte er. Sie drehte sich nochmals um.

„Verwandt? Mit wem?“

Der Herr im grauen Regenmantel hustete hinter der Hand. Dann hob er den Kopf, hielt das Gesicht aber immer noch gesenkt, und beinahe stoßweise kam es aus ihm heraus: „Ja, ich dachte nicht an die auf dem Bild . . . oder an ihn, doch plötzlich . . . als Sie da gingen, da hat man beinahe Johannes Hansens Tenna vor sich gesehen. Ihr Schritt . . .“

Elisabeth erstarrte. Hinter ihrem Rücken hing ein sehr großes Bild von einer Frau mit Hund am abendlichen Strand. Vielleicht war es dieselbe wie die im Liegestuhl, es gab Ähnlichkeiten, und jetzt stand sie selbst so statuarisch da, als solle sie gemalt werden. War sie bereits zum Modell avanciert? Jedenfalls kam es ihr unerträglich vor, daß ihre „Geschichte“ offenbar schon in der ganzen Stadt herum war. Provinz! Herr im Himmel, was für ein Hühnerhof!

„Ich fürchte, ich weiß nicht, wovon Sie sprechen!“

„Oh . . . nein . . .“

Er sah bestürzt drein. In dem geräumigen Saal hatte ihre Stimme sehr laut geklungen.

„Tenna Hansen. Ich kenne keine Tenna Hansen. Ich habe nie etwas gehört von einer Tenna Hansen.“

Sie hatte zu zittern angefangen und mußte sich beherrschen, um es nicht sichtbar werden zu lassen. Der Mann sah sie verdutzt an und winkte ab.

„Das fiel mir nur so ein. Es war nicht ..."

Noch einmal drehte sich Elisabeth auf dem Absatz um und ging. Sie preßte die Arme an den Körper, zog dann den Ledergürtel ein wenig nach, um sich selbst Fassung zu geben. Zu beiden Seiten strömten die Bilder vorbei, nicht erkennbar bei diesem Tempo, nur eine lange, zusammenhängende Kette von Farben. Wie sie schon festgestellt hatte: eine nichtssagende Anhäufung aus zufälliger Vergangenheit, nichts von Sammlerwert und in der großen Perspektive ohne Bedeutung, es waren lediglich Genrebilder, Miniaturen, kolorierte Scherze zur Untermauerung eines wackelnden nationalen Selbstbewußtseins, Geschichten für Schulkinder – sie warf den Kopf zurück –, typisch, daß man diese Art von Erinnerungstempeln errichtet, eine Zurschaustellung der eigenen Mittelmäßigkeit, wo man Schulter an Schulter stehen und „Oh" und „A" ausrufen konnte und „Nein, wie romantisch das damals doch war", eine Wärmehalle, wie sie im Buche steht, und dazu noch dieses Wichtelmännchen, ihr „Mentor". Was war er gleich wieder, Anstreicher? Ihre Lippen bewegten sich, und erst als sie auf dem Bürgersteig stand, wurde ihr bewußt, daß sie – obendrein dreimal – ihr Kind verleugnet hatte, fühlte sie, wie brennendheiß ihre Wangen waren und wie sehr sie sich wünschte, so schnell wie möglich von hier fortzukommen.

Der Wagen nahm sofort das Gas an, mit quietschenden Reifen verließ sie die Bordsteinkante. Sie konnte sich nicht daran erinnern, wann sie ihre Kontenance das letztemal verloren hatte, das mußte viele Jahre her sein, und sie schwor sich im stillen, daß es lange dauern sollte, bis das wieder einmal passierte. Das Gefühl eines inneren Zusammenklappens meldete sich erneut, und konsterniert dachte sie daran, daß sie nun bald etwas zu essen haben müßte –

und einen Drink. Sie sah ihn schon vor sich, doch fiel ihr gleich darauf ein, daß sie nicht in England war und daß man hier Bier und Schnaps servierte. Dann sollte es eben ein Schnaps sein, den bekam man sicherlich überall, und seinen Nutzen hatte der auch schon bewiesen. Dry Martinis waren es ja nicht gerade gewesen, die ihr und Richard Wing und Betty und dem Sergenten damals das Feuer unter dem Hintern entfacht hatten, und als sie höchstpersönlich den Jeep in den Graben fuhr, war nicht nur im Tank Sprit. Irritiert wischte sie die störenden Bilder weg, als wären es Insekten auf der Frontscheibe, doch sie wurde auch weiterhin von ihnen umschwärmt, und wieder hatte sie das Gefühl, auf etwas Unerwünschtes hin, das zugleich jedoch das Gesuchte war, abzugleiten, ein Gefühl, das sie beherrschte, seit in ihr der Gedanke zu dieser Odyssee geboren wurde. Elisabeth Ulysses Ward an Ithakas Strand, sie schnaubte, eine prächtige Landung, aber vielleicht sollte sie den Regenmantelträger als eine Art treuen Hund ansehen, der sie beschnüffelte und an ihr das erkannte, was sie war: Tennas Mutter! War die Ähnlichkeit wirklich so groß, glich sie ihrer Tochter – die sie sechsunddreißig Jahre lang nicht gesehen hatte, ja, nie zuvor gesehen hatte – so sehr, daß ein zufälliger Besucher einer örtlichen Kunstausstellung sofort die Verwandtschaft erkennen konnte?

Der Gedanke war furchterregend, weil man dadurch einfach zu nahe an sie heranrückte und weil sie zum Lügen gezwungen worden war, so daß das von vornherein Zweifelhafte sich nun – auch für sie – als etwas Lichtscheues, Unwürdiges darstellte, auf das sie sich eigentlich nicht einlassen durfte. Gleichzeitig spürte sie jedoch, daß sich ein biologisches Bedürfnis, das sie vor der Begegnung im Museum noch gar nicht in dieser Ausprägung erlebt hatte, auf paradoxale Weise verstärkte. Wenn sie Tenna wirklich so sehr ähnelte, mußte die Ähnlichkeit auch noch in etwas anderem bestehen als in dem rein Äußerlichen, der Art, sich zu bewegen, der Haltung. Es mußte eine verborgene Gemeinsamkeit geben, einen inneren Kern, den sie noch nicht aufgedeckt hatte, und wenn es ihn gab, dann würde vielleicht nur eine Explosion ihn völlig freilegen können.

Die Unsicherheit umsprang sie wie Neutronen, von starker Wirkung, aber ohne eine bestimmte Ladung. Sie war das Opfer einer Interferenz, die eine Kursbestimmung schwer machte – auch die des Wagens, der sich zwischen den Radfahrern auf der verhältnismäßig schmalen Hauptstraße hindurchmanövrieren mußte und erst richtig in den Griff zu bekommen war, als sich die Klondyke-Landschaft öffnete und den Dünen und den Wäldchen Raum gab, die ihren angestammen Platz noch so ziemlich hatten beibehalten dürfen.

Einen Schnaps! Ein Königreich für einen Schnaps! Damals war das anders, da war der Alkohol nur etwas, was auch dazugehörte, er war ein Teil des Aufruhrs und der Befreiung, und sie und Betty hatten sich instinktiv daran beteiligt, ja, sie vielleicht etwas stärker als Betty, obwohl ja jede von ihnen ganz schön geschwankt und die Arme um den Leib ihres Helden geschlungen hatte. Sie wußte immer noch, wie sich das rauhe Kakizeug an den Unterseiten der nackten Arme angefühlt hatte, sie spürte noch die sanfte Kühle des Koppelschlosses und hatte noch nicht vergessen, wie sie ihren Daumen hinter das Koppel gesteckt hatte, um Dickie zu bremsen, wenn er zu stark loslegte und sie in den weißen Riemenschuhen nicht mitkam und überhaupt am liebsten stehengeblieben wäre, um ihn richtig zu umarmen und ihn an sich zu pressen und zu spüren, wie sein *juggernaut* sich regte.

Irritiert machte sie mit der rechten Hand eine ruckartige Bewegung und richtete danach den Knoten ihres Tuchs unterhalb vom Kinn. Ihr Kind war nicht im Rausch empfangen worden! Der empörte, typisch weibliche Ton in der Feststellung versetzte sie selbst einen Moment lang in Erstaunen, dann aber lächelte sie, denn später war es jedenfalls umgekehrt gewesen, ja, nicht daß jeweils ein Konzept dahinterstand, im Gegenteil, dieser Beschluß war ein für allemal gefaßt worden, aber es war eben eine positive Erfahrung, daß die Geschlechtsakte, die in irgendeiner Form von einem *leichten* Rausch begleitet wurden – und das waren wohl die meisten –, auch die geglücktesten waren. Sie kicherte. Guter Jahrgangssekt und gute Männer gehörten zusammen.

Die frivolen Gedanken hielten die Temperatur jedoch nicht auf dem erforderlichen Niveau, sie hatte ein ausgemachtes Bedürfnis nach stärkeren Brennstoffen. Die Wolken hingen tief, marschierten von West heran und sanken über der weiten Landschaft, als wären sie zu schwer und würden bald reißen. Weit vor ihr auf der Fahrbahn saß eine Schar Krähen und hackte auf einem Aas herum, flog jedoch auf, als sie sich näherte, und kreiste flatternd in den Windstößen, schwarz, Wolkenfetzen, abgerissen und weggeworfen.

Ein Anblick, der schon von sich aus Depressionen hervorrufen konnte, und als sie die Hauptstraße verließ und nach rechts einbog, um zu ihrem alten Sommersitz zu kommen, hatte Elisabeth das Gefühl, daß diese Frühjahrsjagd nach einer verschwundenen Zeit sich als fast so absurd erwies, wie sie sich das vorgestellt hatte – und noch ein bißchen mehr. Was sie tat, war dem, was sie sonst als ihr natürliches Tun ansah, völlig entgegengesetzt, und hätte sie nicht Beharrlichkeit mit in die Wiege gelegt bekommen, hätte sie wohl schon längst aufgegeben. Im Grunde genommen war das wohl der Ausgangspunkt: Sie wollte beweisen – wem? sich selbst –, daß es nichts im Leben gab, dem sie nicht ins Auge zu sehen wagte. Aber was war das nun wieder für ein Unsinn? Die *Lust* war es doch wohl, die sie aus den Startlöchern getrieben hatte. Das mußte es gewesen sein. Es ging um die Befriedigung eines Bedürfnisses. Ein

Loch sollte ausgefüllt werden. Aber dieses Bild gefiel ihr nicht, denn sie hatte das Gefühl, daß gleichzeitig auch ein Leck verstopft werden sollte. Irgend etwas begann auszulaufen, etwas Vitales, und sie wollte es zurückhalten. Sie spürte buchstäblich, jetzt während der Fahrt, ihre Ressourcen schwinden, sie sickerten davon, vielleicht war es das Leben selbst, das aus ihr herauslief, sie seufzte tief auf und versuchte, sich am eigenen Schopf hochzuziehen. Der Tod auf dem Beifahrersitz räusperte sich diskret, sie aber sah durch ihn hindurch und betrachtete die niedrigen weißen Hofgebäude, auf deren Dächern seinerzeit Windmühlen ritten. Die tauchten jetzt in anderer Gestalt wieder auf, doch es war kaum wahrscheinlich, daß sie jemals wieder dieses ganz spezielle Rasseln und Knirschen im Wind hören würde, das die Mühlen der zwanziger und dreißiger Jahre an sich gehabt hatten, das zarte Pfeifen, das leicht mit dem verwechselt werden konnte, das die Kleinvögel der Heide oder die Feldmaus hervorbrachten und das so sehr mit ihren Kindheits- und Sommererlebnissen verknüpft war wie das seltsam amputierte Tirilieren der Lerche. Das alles war in der zunehmenden Grauheit enthalten, aber verschlossen unter Deckeln, weit weg, versteckt, und es hervorzuholen brachte nichts ein, machte nur die Melancholie größer, vertiefte das Dunkel des Lochs, verstärkte das Gefühl von Mattheit. Das rechte Vorderrad des Rovers grätschte in eine sandige Pfütze, als sie den Wagen vor die Terasse des Sommerhotels lenkte, Wasser platschte in den Kotflügel. Elisabeth blieb ein Weilchen sitzen, nachdem sie den Motor abgestellt hatte. Ihr fiel ein, daß ein spezieller Schwärmer in dieser Gegend vorkam, und in der Nacht, mitten im Sommer, wenn das Geißblatt blühte, flatterten diese Insekten wie wollige Kleckse in dem hellen Dunkel umher und senkten ihren Rüssel in die Blüten, ließen sich verhexen und berauschen vom Duft des Gewächses, dem Salz in der Luft und von ihrer eigenen Jugend. Ein unglaubliches Leben war das, damals, als hätten alle Menschen sich vorgenommen, nie ins Bett zu gehen – jedenfalls nicht allein und keinesfalls, um zu schlafen. Es wurde getuschelt und geflüstert, Dielen knarrten, Türklinken quietschten, und wenn die Frauen sich frei machten und aus den Schatten traten, waren sie selbst wie Schwärmer in der Nacht, schwebend in ihren Gewändern, wirbelnd und kreisend, als würden sie jeden Augenblick abheben wollen, schweben, entschwinden. Sie hatte einen der großen Weine des Jahrgangs 45 gekostet, und sie erkannte den Geschmack problemlos wieder, zweifelsohne stand man hier vor einem ganz besonderen Phänomen – sie selbst war ein Teil dessen gewesen und hatte auch selbst zu dessen Prägung beigetragen –, und während sie noch den Wein auf der Zunge verspürte, kam das Wort ganz wie von selbst: Erotisch. Es war ein sehr erotisches Jahr gewesen, dieses 45, im guten wie im schlechten – auch eingedenk der Folgen.

Naßkalter Wind schlug ihr entgegen, als sie aus dem Auto stieg und die Tür hinter sich zuklappte. Sie steckte die Hände in die Taschen und betrachtete die Fassade des Hotels. Es wirkte kleiner, als sie es in Erinnerung hatte, war sonst aber ganz wie früher, und Elisabeth konnte nicht herausfinden, was ihr eigentlich mißfiel, bis sie bemerkte, daß man den Namen geändert hatte. Das war nicht viel, nur eine winzige Zutat, und doch irgendwie störend. Siebenunddreißig Jahre und keinerlei Veränderungen! Das war beinahe unnatürlich, und sie sollte eigentlich nicht betroffen, sondern hochentzückt sein. Der Ort hätte ebensogut dem Erdboden gleichgemacht worden sein können oder umgebaut zu einem Campingplatz oder einer Grillbar. Sie drückte die Klinke herunter, aber die Tür ließ sich nicht öffnen. Sie trat einen Schritt zurück, doch nirgendwo war jemand zu sehen. Es konnte doch nicht geschlossen sein. Wieder machten sich in ihr irritierende Gefühle breit, eine Mischung aus Beleidigtsein und Niedergeschlagenheit. Die konnten doch, verdammt nochmal, dieses Haus nicht geschlossen haben, wo sie sich schon die Mühe gemacht hatte, hier herauszufahren, und außerdem dringend einen Schnaps brauchte. Das war einfach gemein, aber der verdiente Lohn, und war nur zu typisch: Sie verließ eine Weltmetropole, wo jegliches Bedürfnis innerhalb von Sekunden erfüllt werden konnte, und landete am äußersten Ende, wo man nicht einmal ein Glas braunes Wasser mit Eisengeschmack erhalten konnte, um seine Verzweiflung darin zu ertränken. Sie zog das Kopftuch tiefer in die Stirn und ging um die Ecke auf den Hof. Die Stätte war ganz einfach verlassen, und je genauer sie hinschaute, um so mehr grinste ihr der Verfall entgegen. Die Mauern sanken zusammen, im Holz gähnten aufgrund des fehlenden Anstrichs Risse, die Fenster hingen schief in den Rahmen, und ein Fetzen des Wellblechs der Garage saß lose und klapperte im Wind.

Elisabeth blieb am Räucherofen stehen – „Spezialität: Frisch geräucherter Lachs" – und betrachtete den Tennisplatz, der weder in Länge und Breite, noch in Belag und Netz den Forderungen entsprach und doch seine Funktion erfüllt hatte und ein gutes Beispiel dafür gewesen war, daß man als Gast hier zu den Auserwählten zählte; womit man sich hier beschäftigte, das waren Dinge, die „man" machte. Jetzt war alles eine einzige Ruine, auf den schiefliegenden Gehwegplatten standen Pfützen, und das Netz, das verhindern sollte, daß die Bälle sonstwohin flogen, hing zerrissen und zerfetzt da wie nach einem Orkan. Arthur wäre in Tränen ausgebrochen, hätte er diese Abscheulichkeit zu Gesicht bekommen, er, der Tennis so sehr liebte, andererseits war es so gut wie unmöglich, ihn mit dieser Stätte hier in Verbindung zu bringen; sah man ihn im weißen Dreß vor sich, dann vor dem Hintergrund der Sierra Morena und des Hotels „Los Monteros" oder vor dem knallblauen Himmel und der bewegten Luft von Hot Springs.

Die unterschiedlichen Elemente stießen in ihrem Bewußtsein noch einmal tumultarisch aufeinander, und es fror sie bei dem plötzlichen Gedanken daran, daß sie von ihrem geliebten verstorbenen Mann ebenso weit entfernt war wie von Tenna, ganz zu schweigen von ihrem Vater und von ihrer Mutter. Er war längst dahingegangen, Henriette aber weilte noch unter ihnen – doch mehr als die Mutter von Betty, das war das Merkwürdige, daß Loyalitäten und Zusammengehörigkeiten wechseln konnten, früher war es Elisabeth hier und Elisabeth dort gewesen, sie hatte sich stets ins Zentrum zu setzen gewußt, aber nun hatte Betty sie in dieser Beziehung abgelöst, die kluge Betty, was wiederum nicht so merkwürdig war, denn sie war da, wo aber war Elisabeth? Überall und nirgendwo, und nun stand sie hier.

An manchen Tagen müßte man die Zeit beschleunigen können, und dieser war so einer. Er hatte Minuten aus Gummi und Stunden aus Beton. Elisabeth sah auf ihre Armbanduhr, eine Menge Zeit war noch übrig. Obwohl sie spät aufgestanden war, schien der Tag endlos zu sein, und das besondere Dilemma bestand darin, daß sie einerseits wünschte, die Zeit möge vergehen, andererseits aber ein Grauen hatte vor dem, was ihr bevorstand, wenn die Zeit vergangen war.

Die Kälte durchdrang sie allmählich, und es wurde immer schwerer, sich das Rascheln des Strandhafers im Sommerwind oder den weichen, trockenen Ton der Bälle beim Aufprall auf den Schläger vorzustellen. Der Wind riß eilige Wellen über die Pfützen, als sie sich umwandte, um zum Wagen zurückzugehen, und sie schnaufte in dieser Feuchtigkeit. „Ich bin ein alter Dussel“, hörte sie sich selbst sagen und mußte noch einmal bemerken, wie sehr sie sich selbst vernachlässigt hatte. Es paßte überhaupt nicht zu ihr, daß sie nicht für die notwendige Zufuhr von Kalorien sorgte, und sie konnte sich nicht an einen einzigen Moment in den letzten dreißig Jahren ihres Lebens erinnern, wo sie nicht auf die Sekunde die Möglichkeit gehabt hätte, jedes, aber auch jedes Bedürfnis zufriedengestellt zu bekommen. Das dürfte doch, verdammt nochmal, auch in einem Bauernland nicht völlig unmöglich sein, und schlimmstenfalls war sie ja in der Lage, sich mit Hilfe ihres Autos genau dorthin zu kutschieren, wo es ihr behagte, dorthin und nirgendwo anders.

Ohne zu wissen, von welcher Stelle aus und von wem, hatte Elisabeth das Gefühl, beobachtet zu werden. Die Hand am Griff der rechten Vordertür, blieb sie stehen, den Nacken leicht gebeugt, gespannt. Offenbar war das auch ein Tag des Sich-Belauerns. Ein Fenster des Hotels machte einen anderen Eindruck als zuvor. Hatte die Gardine sich bewegt? Ohne die Haltung ihres Kopfes zu verändern, hob sie den Blick, doch es war nichts zu sehen; alles sah so aus wie immer oder wie es ihrer Meinung nach ausgesehen hatte. Der Fluchttrieb meldete sich in ihr, sie war nicht nur weit weg von ihren Nächsten, sie hatte sich überhaupt sehr weit hinausgewagt, weg von allen und jedem, ja, ihr war, als wäre sie an den letzten Strand gelangt, in die große Einöde, wo einen niemand erwartet, ausgenommen jener, den zu treffen man am allerwenigsten Lust hat, der uns jedoch erwartet, uns alle.

Die Türklinke bewegte sich, und dann hörte sie, daß ein Schlüssel ins Schloß gesteckt wurde. Die Haare, die auf ihren Nacken stießen, waren unterkühlt, sie schüttelte sich unter einem plötzlichen Schauer. Die Tür wurde langsam geöffnet, ein Gesicht kam zum Vorschein. Von einem unmittelbaren Wiedererkennen konnte nicht die Rede sein, dann aber bemerkte Elisabeth eine Falte am Auge, die dem Ausdruck etwas Faunartiges gab, und Wohlbekanntes tauchte auf, Lustiges, aber auch Schreck – und im Moment war der Schreck vorherrschend. Wovor sie sich eigentlich zu fürchten hatte, war nicht zu sagen, das Gesicht ... Ein alter Mann, dürr, vornübergebeugt, bekleidet mit einem grauen Anorak, der noch am ehesten mit einem Sack verglichen werden konnte oder mit einer Kutte. Das Gesicht war grau, nur die himmelblauen Augen durchbrachen die senile Uniformität, und war er ein Faun, dann einer, der im Rentenalter sein mußte.

Der Mann betrachtete sie, schüttelte den Kopf und wollte die Tür wieder schließen. Es hatte angefangen, ein wenig zu schneien, und das Geräusch des im Wind schlagenden Blechfetzens auf dem Garagendach war in ein stetiges Klappern übergegangen, da der Wind stärker geworden war. Elisabeths Nervosität wechselte den Charakter. Sie wollte, daß der Mann blieb, denn es war etwas Unabgeschlossenes zwischen ihnen, irgendein Wiedererkennen, das sie nicht genau festmachen konnte. Außerdem sah er doch zumindest aus wie ein Mensch, eine weitere Person in dieser Einöde, aus der selbst die Vögel sich anscheinend zurückgezogen hatten oder sich höchstens durch aassuchende Krähen repräsentieren ließen. Auf die konnte sie gut und gern verzichten.

„Nein", sagte die Gestalt.

Elisabeth führte ihre Hand zum Mund.

„Hjalmar?" fragte sie vorsichtig.

Das Gesicht unbewegt, fast zur Gänze im Schatten, die Augen lebendig unter den Falten.

„Ich dachte es mir." Er beugte sich ein wenig vor. „Kein anderer konnte auf solchen Blödsinn kommen."

Das war er. Sie erkannte ihn an der Stimme, an seinem jütländischen Dialekt, Verschmitztheit und Blubbrigkeit in einem.

„Elisabeth."

„Ja."

„Elisabeth Kanter ..."

Er nickte und öffnete die Tür ein wenig mehr. Die Hose glich ebenfalls mehr einem Sack, und seine Beine staken in

Stiefeln, deren Sohlen durch Stücken von Autoreifen verstärkt worden waren. Die Frage war, was machte er hier? Aber er hatte so viel gemacht: Mann für alles, Chauffeur, Schafhirt, Fischer – Freund der Damen. Oh, sie erinnerte sich gut an die Geschichte, wie Hjalmar einer Dame der besseren Gesellschaft die Aufwartung gemacht hatte. Es war nichts passiert, er war nur in ihr Zimmer getreten, hatte vorsichtig ihr Deckbett zurückgeschlagen und geglotzt und geglotzt, während er ehrerbietig mit der Mütze in der Hand und mit gesenktem Kopf vor ihr stand.

„Hier ist nichts", sagte er und ließ sie in den Vorraum eintreten. Trotz des milden Wetters hatte die Jahreszeit so viel Kälte im Inneren des Hauses abgesetzt, daß man das Gefühl hatte, mit dem Gesicht eine Mauer aus Klammheit zu durchstoßen, und der Aufzug leichtbekleideter Bacchanten und Bacchantinnen, mit denen ein malerisch begabter Freund des Hauses einstmals die Wände geschmückt hatte, kroch verblassend einher, eher an Leprakranke erinnernd, die durch einen Irrtum auf ein Narrenfest geraten waren.

Hjalmars Gummisohlen brachten bei jedem Schritt ein knirschendes Seufzen hervor, und das einzige, was Elisabeth völlig intakt vorkam, war das Läuten der kleinen Glocke, als sie in das Restaurant eintraten und die Tür hinter sich schlossen. Das Echo fröhlicher, ferner Stimmen erklang für einen Moment, zog sich aber sofort wieder zurück wie fehlinformierte Gezeiten, hier gab es keinerlei Wärme mehr, und jedesmal, wenn sie atmeten, stand ihnen der Nebel vor dem Mund und setzte sich wie ein grauer Nässefilm auf ihre Kleidung.

Merkwürdig, daß sie sich vorhin vor ihm gefürchtet hatte, aber noch merkwürdiger war, daß sie auch damals schon Angst vor ihm gehabt hatte. Nicht etwa, weil er besonders ungebärdig oder gewalttätig oder streng war, aber er hatte ständig etwas Unberechenbares an sich, so daß man sich fragen mußte: „Was hat Hjalmar heute wohl für eine Laune?", doch das half auch nicht viel, denn er hatte immer eine andere als die, die man erwartete, und wenn er die Schafe hüten oder an irgendeiner windgepeitschten Stelle in den Dünen die Herde zusammentreiben mußte, war er manchmal selbst wie ein Bock einhergesprungen, hatte mit dem Hintern ausgeschlagen, um sich getreten und gestoßen. Selten war es vorgekommen, daß er die Stimme erhob, manchmal aber, wenn sie Heu einfahren wollten und der Heuwagen leer war und hinter dem Pferd, dessen gewaltiges Hinterteil rhythmisch dahinschaukelte, rumpelte und ächzte, konnte es geschehen, daß er anfing, lauthals zu singen. Und während er dem Pferd „Hü" und „Hott" zurief, erscholl dann mit furchteinflößender Stärke und überraschender Plötzlichkeit: „Wach auf und greif zu deiner Laute, sing mir ein herrlich Morgenlied!" Das war eine barocke Introduktion, die sich hören lassen konnte, und Kingo hätte sie sicherlich zu schätzen gewußt, nicht zuletzt in Anbetracht der Interpunktionen des Pferdes, das in aller Unschuld und kontrapunktisch furzte, während ihm Hjalmar mit der Peitsche über die Flanke strich und aus voller Kehle weiterschmetterte.

Wenn er die Augen zusammenkniff, gab ihm die Falte das Aussehen eines Raubvogels, und das Blau war so stark wie eh und je, obwohl Elisabeth in den Pupillen deutlich jene trüben Flecke erkennen konnte, die den Star ankündigten. Er mußte uralt sein, aber er war sich in seiner ganzen flimmrigen Unberechenbarkeit gleich geblieben, und sein Aussehen – selbst die turmhohen Gummiwülste unter den Sohlen – konnte ihm nichts von dem Charme nehmen, über den Hjalmar relativ frei nach Lust und Laune verfügte, jedoch kaum gerecht verteilte und selten zu dem Zeitpunkt, wo man ihn erwartete oder wo man Hjalmars Aufmerksamkeit nötig hatte. Wenn er ihr jetzt zum Beispiel einen Schnaps anbieten würde!

„Sind wir ein bißchen runder geworden, hä, hä", sagte er.

Sie wurde rot im Gesicht, Sätze dieser Art sagte man sonst nicht, oder man hörte sie nicht – es sei denn, man befand sich zufällig in einem eiskalten Hotel am Rande der Welt und in Gesellschaft eines unverschämten, senilen Trottels mit Namen Hjalmar, den sie vor ein paar hundert Jahren, als sie ein Kind war und dann ein junges Mädchen und schlank wie eine Lilie, einmal gekannt hatte.

„Nein, habe ich mir gesagt, das ist doch wohl nicht Kanters Deern. Aber was sollte sie hierher treiben? Was in aller Welt sucht sie hier ... zu dieser Jahreszeit ... in dem Wetter ... nein, das wollte ich gar nicht glauben."

Er drehte sich um und starrte hinaus in das abnehmende Licht.

„Ob es wohl Schnee gibt?"

Er sah sie schnell wieder an.

„Aber es hat schon seine Richtigkeit. Irrtum ausgeschlossen. Hä. Habe ich mir auch gesagt. Sie kommt spät, aber sie kommt. Bei jedem Wetter. Das ist seltsam, aber ich habe das die ganze Zeit gewußt. Elisabeth muß mal wiederkommen."

„Es ist kalt hier."

Elisabeth schüttelte sich und drückte die Arme an den Körper. Mit zitterndem Kinn lächelte sie ihm zu.

„Die Küche ist wohl nicht zufällig in Betrieb?"

„Die Küche? Drei Jahre lang war schon kein Feuer mehr im Herd."

„Feuer im Herd? Wird denn immer noch der Torfherd benutzt?"

Eisen im Wasser, Torf im Herd! Das waren merkwürdigerweise genau die Punkte, denen sie schutzlos ausgeliefert war. Der würzige Rauch schien ihr sofort in die Nase zu steigen, und der Hunger – den sie in der Zwischenzeit vergessen hatte – meldete sich mit einem Schlage wieder.

„Ich habe nicht gefrühstückt. Eigentlich war ich unterwegs, um etwas zu essen, aber ich sehe ja, hier ist geschlossen."

Sie sah sich um und betrachtete die braunen Gardinen und die Reklame für das hiesige Bier. Wirklich, es war sehr geschlossen.

Hjalmar machte ihr ein Zeichen. Er ging voran, und sie folgte ihm hinauf zu dem Klubraum, wo die Gäste nach dem Essen ihren Kaffee eingenommen hatten. Der Raum stank nach ausgelaufenem Naphthalin und kaltem Zigarrenrauch, und die Kaminöffnung war schwarz wie ein Erdloch. Heimlichtuerisch stellte sich Hjalmar davor und faßte mit einer Hand in das Dunkel. Er suchte ein wenig, dann wandte er sich ihr wieder zu, in der einen Hand eine Flasche Kirschwein, in der anderen eine Rolle Keks.

„Du willst sicherlich ein Glas?" sagte er.

Er winkte mit dem Kopf.

„Im Büffet, da unten."

Elisabeth holte es gehorsam. Wenn sie auf irgend etwas überhaupt keinen Appetit hatte, dann auf Kirschwein und Mariekeks, aber da sie an diesem Tag offensichtlich dazu ausersehen war, unter Beschuß genommen zu werden, nun, so sollte es eben geschehen.

Er war zur Tür zurückgegangen und stand auf der obersten Stufe der Treppe, die Flasche erhoben. Die Ähnlichkeit mit einem Raubvogel war wiederum deutlich, nun aber dachte man zuallererst an einen Kondor oder einen Geier auf einer Felskante, zum Abheben bereit. Er wackelte und nickte mit dem Kopf.

„Komm, Elisabeth Kanter, ich schenke dir ein."

Elisabeth stellte sich unterhalb von ihm auf, während er das Glas füllte. Es war ein Ritual.

„Ich bin tot", sagte er laut, „wußtest du das? Ich bin tot!"

Er betrachtete die Flasche in der Hand.

„Kann dieses Zeug nicht vertragen. Das können die Toten nicht. Die Toten vertragen überhaupt nichts. Prost."

Hjalmar setzte die Flasche an den Mund und trank.

„Pfui Teufel, wie abscheulich doch der Tod schmecken kann."

Er ging die Stufen hinunter, wischte sich mit dem Ärmel den Mund ab und setzte sich an einen der Restauranttische, die mit ihren befleckten Filzunterlagen an eine der obszönen Seiten des Hotelbetriebs erinnerten: an die Matratzen mit den Hinterlassenschaften hunderter liegender Gäste.

„Aber jetzt ist es meins", sagte er und breitete die Arme aus, „so ist es recht!"

„Was?"

„Meins", sagte er, klopfte mit den Knöcheln auf den Tisch, „meins."

„Hast du das Hotel gekauft, Hjalmar?"

„Hjalmar hat das Hotel gekauft."

Er streckte den Hals und drehte den Kopf nach allen Seiten, sah sich alles ringsum an.

„Eine Million", sagte er. „Es hat eine Million gekostet. Aber jetzt bin ich tot, und da ist das egal."

„Warum sagst du, daß du tot bist?"

„Willst du einen Keks?"

Er hielt ihr die Rolle hin, und sie nahm einen.

„Tote essen Kekse", sagte er, „die vertragen sie gut. Kekse sind nicht so schlimm. Aber sie stauben."

Hjalmar riß den Mund auf und atmete aus. Es rauschte ein wenig.

„Staub. Staub. Eine Million."

„Wer hilft dir denn?"

„Keiner hilft. Wer soll helfen? Du vielleicht?"

Er füllte ihr Glas nach.

„Prost. Bist du deswegen gekommen? Willst du Hjalmar helfen, Elisabeth Kanter?"

Er lachte plötzlich los und winkte ab.

„Hä. Ho, ho. Elisabeth ist zurückgekehrt. Aber es ist zu

spät. Ich habe den Krebs, ganz oben im Nacken. Was willst du also?“

Der Kirschwein klebte im Mundwinkel, und der schwache Alkoholgehalt bewirkte nur, daß der Drang nach einem ordentlichen Schluck noch stärker wurde.

„Mich umsehen.“

Sie bewegte das Glas auf der Kante des Fußes hin und her.

„Dich umsehen? Hier? Hier gibt es nichts zu sehen, hier ist geschlossen. Hier ist geschlossen, und hier bleibt's geschlossen.“

„Aber was dann?“

„Nichts.“

„Du hast das Hotel gekauft, und dann hältst du es nur geschlossen?“

Kälte und Irrwahn legten sich wie ein Ring um sie. Eine Herde Schafe, quer durch den Raum laufend, wäre eine Aufmunterung gewesen, hätte ein wenig Wärme gebracht.

„Eine Million. Ist das nicht genug? Und dann Krebs, ganz oben im Nacken. Davon will keiner was hören. Bis du kamst.“

„Was sagen die Ärzte?“

„Die? Die sind selbst tot. Die sind am meisten tot. Wir leben ja noch. Ein bißchen.“

Er legte die Hand flach auf den Kopf.

„Aber du? Lebst du?“

Elisabeth hauchte in ihre Hände.

„Was meinst du?“

„Hjalmar meint, was Hjalmar sagt. Was bist du: Tot oder lebendig?“

Sie preßte die Hände gegen die Lippen. Es gab keinen Grund, auf schwachsinnige Fragen zu antworten.

„Ich weiß nicht ...“

Sie hielt ihm das Glas entgegen und bekam es gefüllt.

„Als du da draußen gingst, dachte ich: Das kann nicht diese Elisabeth sein, nicht unsere Elisabeth Kanter, die ist nicht so breit überm Hintern, und was soll sie hier, was will sie hier, wenn sie nicht tot ist. Und als du da so in dem Wind gestanden hast und hast gestarrt und hast dich nicht von der Stelle gerührt, da habe ich mir gesagt, doch, doch, das ist sie, da steht sie. Mausetot."

„Quatsch."

„Was?"

„Unsinn ist das, totaler Unsinn, und dir fehlt nichts, Hjalmar, du siehst ausgezeichnet aus."

Er betrachtete sie, ohne die Augen dabei zu bewegen, dann ließ er die Hand auf den Tisch fallen.

„Wenn man tot ist, hat man keine Sorgen", sagte er. „Keine, nicht eine einzige. Wenn man nur seinen Keks hat und bleibt, wo man ist. Wenn man nur seinen Keks hat und eine Stelle, an der man bleiben kann. Dann geht's einem gut, dann gibt es nichts zu klagen. Dann wird man mit allem fertig, ja, selbst die Krankheit kann einem nicht viel anhaben, sogar wenn sie ganz oben im Nacken sitzt."

Er seufzte.

„Und dann muß man auch nie zurückkehren."

„Was meinst du damit?"

Ohne den Kopf zu bewegen, veränderte er die Blickrichtung.

„Man kann nicht zurückkehren, wußtest du das nicht? Entweder man bleibt oder man reist. Aber zurückkehren kann man nicht."

„Warum nicht?"

Er nickte schwach in das Restaurant hinein, unter dessen Decke der Fliegendreck der Jahre mit den Schatten kämpfte.

„Das ist nun mal so. Das und nichts anderes findet man. Und man kann sich nicht mehr daran gewöhnen. Das geht ganz hoch in den Nacken. Aber es kostet eine Million."

Ein wenig weißer Schaum hatte sich in den Mundwinkeln festgesetzt. Er versuchte, ihn mit dem Daumen wegzuwischen, doch es gelang ihm nicht.

„Wie geht's ihr?"

Die fleckigen, leuchtenden Augen sahen sie direkt an.

„Wem?"

„Der Deern. Ihr."

Hjalmar drehte die Hand hin und her.

Die Frage warf Elisabeth aus der Bahn. Natürlich hätte sie die erwarten müssen. Hier wußten alle Bescheid – Hjalmar zuallererst.

„Ich weiß nicht so genau."

„Aber deswegen bist du doch gekommen? Wegen ihr, wegen Tenna?"

Er sprach den Namen wütend aus, als sei etwas daran nicht in Ordnung oder unanständig.

„Ja."

„Das habe ich lange erwartet."

Elisabeth wäre am liebsten aufgestanden und gegangen. Es war ihr noch nicht passiert, sich von „Konversationen" einfangen zu lassen, und schon gar nicht war sie Opfer einer derartigen „Situation" gewesen, wo sie einem Waldschrat in einem eiskalten Restaurant gegenübersaß, ein unmögliches Gesöff trank und Keks dazu aß. Das Wort „Gesöff" öffnete in ihr wieder Assoziationskaskaden, und sie kam sich vor wie eine Ertrinkende, stark angeschlagen bereits durch die moralischen Anklagen, die sich die ganze Zeit dicht unter der Oberfläche aufhielten, und durch einen merkwürdigen Irrationalismus, der durch sein bloßes ständiges Präsentsein sie zu verschlingen drohte. In diesem alten, ausgebrannten Mann konnte doch nichts sein, was sie herausforderte oder beunruhigte – oder sie vielleicht sogar anzog –, aber sie befand sich anscheinend in einem übergeordneten Magnetfeld, und die meisten ihrer Unternehmungen trugen sowohl den Charakter von Zwang als auch von absoluter Zufälligkeit. Und dann war da ja die Vergangenheit mit ihrer Tendenz, Gegenwart zu werden, sich einzuschleichen, gleichgültig, wie sehr man sich dagegen wehrte, gegen die Vergangenheit. Gegen die Sünden der Vergangenheit.

Sie schnaufte kurz und schob ihr Glas mit einem Ruck von sich.

„Ich bin zurückgekehrt, um meine Tochter zu holen", sagte sie, „ich hatte plötzlich das Gefühl, ich würde sie brauchen."

Hjalmar puhlte etwas von seiner Nase ab und besah es sich.

„Ihr habt herumgetändelt. Ich habe das bemerkt. Aber das war nicht so schlimm. Alle konnten das ja sehen. Aber ich mochte die Veränderung nicht, nicht bei dir, Elisabeth. Du wurdest so . . . erwachsen."

„So ist das nun mal."

„So ist das nun mal, und so ist das auch wiederum nicht. Du warst noch nicht reif für dein Erwachsensein, für all das Unbegrenzte, alle diese Gefahren ringsherum. All diese Menschen, all das Durcheinander. Ich hatte ihn ja durchschaut, den Larifax. Herrgott, ein Soldat . . . Und dir hat man's gestattet, weil das damals eben so war. Die waren närrisch, die Menschen, anders kann man das gar nicht bezeichnen."

„Das ist schon eine Weile her!"

Der Satz tendierte zum Wütenden hin.

„Ja, und was habt ihr erwartet? Was hast du erwartet? Daß es so bleibt, daß es nie aufhört?"

„Ich weiß nicht, was ich erwartet habe."

„Nein, das wußtest du nicht. Aber die anderen wußten ausgezeichnet, was zu tun war."

„Ich wußte auch, was zu tun war."

„So, wußtest du das?"

„Ja, und was getan werden mußte, wurde getan."

Er griff nach der Flasche.
„Erwachsen", sagte er, „erwachsen ..."
Dann trank er, und der welke Adamsapfel rutschte auf und nieder. Die wäßrige, rote Flüssigkeit sickerte aus den Mundwinkeln und lief in einem dünnen Strom am Hals herab. Altes Vogelvieh, alter häßlicher Geier! Und er ließ sich über ihre Breite aus. Er ließ sich über damals und heute aus. Er ließ sich über sie aus, als dürfe er sich eine Meinung erlauben. Dieses ehemalige Mädchen für alles, Schafhirt, nunmehriger Hotelbesitzer. Er war wohl eifersüchtig, der alte Penner, wie alle anderen auch. Sicherlich hatte er ihr damals nachgestiert und sich gesagt: Wenn ich das doch nur wäre, wenn ich mich doch mit der gutgebauten Tochter des Reichsgerichtsanwalts hinlegen könnte und sie unter mir herumhopsen würde. „Du bist ein bißchen breiter überm Hintern, Elisabeth." Sie sollte ihm einen Tritt in den Hintern geben!
Gereizt wühlte sie in ihrer Tasche und zog Scheine heraus.
„Ich weiß nicht, ob es mir gestattet ist, zu bezahlen", quetschte sie zwischen den Zähnen hervor und versuchte, das Beben ihres Mundes unter Kontrolle zu bringen.
Langsam nahm er die Flasche vom Mund, grinste und ließ dabei die wenigen Zinken sehen, die ihm noch geblieben waren.
„Das macht eine Million, Elisabeth", sagte er, „und wenn du nicht bezahlen kannst, rufe ich die Polizei."
Die Flasche stand in einem kleinen See, und die Rolle Keks streckte unangefochten einen Streifen Stanniolpapier in die Höhe. Hjalmar erhob sich mühselig. Es war so dunkel geworden, daß er in seiner Umgebung aufging, an eines seiner Schafe in den grauen Dünen erinnerte.
„Wenn man tot ist", murmelte er, „dann denkt man an so vieles. Was seinen Wert hat, und was keinen Wert hat. Aber meist darum, weil man es schon weggeschmissen hat.

Es ist nicht mehr da. Dann kann man philosophieren. Das kostet kein Geld, dabei passiert nichts, aber man muß es auch dabei belassen."

„Du hast ein Hotel gekauft. Du hast schließlich das Hotel gekauft!"

Sie beugte sich vor und feuerte auf ihn los.

„Du bist hunderttausend Jahre alt, und dann wirfst du dich auf so etwas hier!"

Er antwortete nicht sofort.

„Genau. Du hast gesehen, was das ist. Hier passiert nichts, hierher kommt keiner."

„Ich komme."

Das hatte sie fast tonlos gesagt. Dann aber fuhr sie mit lauter Stimme fort: „Und da ist der Unterschied: Wenn ich für etwas bezahle, dann will ich etwas haben für mein Geld."

Sie hielt immer noch die Scheine in der Hand, schließlich stopfte sie das Geld in die Tasche zurück und ließ sie zuschnappen.

„Und dort, wo ich verkehre, da passiert etwas. Dort kommen die Leute hin, ist dir das klar!"

Er wandte sich ihr zu.

„Du kaufst sie?"

„Wen kaufe ich?"

„Die Deern. Tenna."

„Blödsinn! Wie soll ich denn Tenna kaufen können? Man kann keine Menschen kaufen – obwohl die meisten sich kaufen lassen."

„Ich mich auch. Für eine Million."

Er grinste wieder und schlich ein wenig umher.

„Oh, ich konnte es kaum erwarten, daß du hinter dem Hügel auftauchst. Mit Sausen und mit Brausen. Trotzdem wollte ich meinen Augen nicht trauen, als ich dich sah. Kanters kleine Elisabeth! Weißt du, wie du immer ausgesehen hast? Wie ein biestiges Lämmchen mit einer Schleife auf dem Kopf, ein biestiges Mutterlämmchen, das aus dem Gatter herausgelaufen ist und meckert und seine Mutter nicht finden kann. Und nun willst du altes Weib selbst die Mutter sein. Laß das doch. Versuch, es so zu sehen, wie es ist. Du bist mausetot, ganz oben im Nacken, Elisabeth. Genau wie ich."

„Ich höre dir nicht zu."

„Hast du jemals zugehört?"

„Ja."

„Wenn du selbst gesprochen hast."

„Vielleicht."

„Aber so war es nicht ..."

„Was war nicht so?"

„So war es nicht ... als du noch Kind warst."

„Niemand ist sein ganzes Leben lang vierzehn. Verstehst du? Nicht immer sind Sommerferien. Einmal muß man erwachsen werden. Einmal muß man sich selbst finden."

Er trat einen Schritt näher an sie heran und strich ihr über die Wange.

„Mein kleines Mädchen", sagte er.

Sein Atem traf ihren Mund und ihre Nase, als er so dicht bei ihr stand, und sie dachte: „Er hat recht, es ist tatsächlich wahr, er ist tot."

Sie machte sich behutsam frei und erhob sich. Der Nachmittag war dahingegangen. Jede zähe Sekunde, jede widerborstige Minute, jede betonschwere Stunde. Wieder stand sie auf der Türschwelle, um erneut in eine Sphäre einzutreten, wo ihr Handlungsradius begrenzt war. Aber nur in bezug auf einen Punkt, das war ja immer so, und das galt auch im Zusammenhang mit diesem verwahrlosten Abglanz einstiger Größe. Doch eigentlich war das sympathisch, denn auch in normalen und kühlen Transaktionen gab es – wie sie wußte – immer ein unsicheres Element, ein innewohnendes Risiko, einen unbekannten Faktor, der anziehend wirkte. Die Dialektik durfte nicht ausgespart werden, dann ging die Spannung flöten, und auch wenn Elisabeth Kanter den größten Teil selbst bestimmte, so gab sie doch gern dem Gegner einen gewissen Spielraum. Das Wort „Gegner" oszillierte auf ihrem Bewußtsein, hinterließ aber keine Signale. Verwunderlich war das vielleicht nicht, denn wenn sie sich Hjalmar ansah, wie der dort in sich zusammensank, dann konnte man doch nur noch von einem vollständigen Wrack sprechen. Es gab keinen Grund, sich mit ihm darüber zu streiten, wer von ihnen beiden der am stärksten Abgestorbene war. Und eine Sache stand fest: Die Sommerferien waren vorbei – und zwar schon seit langem.

„Ich danke dir für die Erfrischung, Hjalmar", sagte sie mit gleichförmiger Stimme. „Vielleicht sehen wir uns mal wieder."

Er hustete, schüttelte den Kopf, hustete nochmals. Dann ging er auf seinen seltsamen Kothurnen zur Tür und öffnete sie zum Gang hin. Gleich danach stand Elisabeth im Freien. Dichter Schnee fiel.

Als sie die starken Scheinwerfer einschaltete, zeichnete sich sein Schatten im Großformat an der Hotelfassade ab. Dann bog sie auf die Straße ein, und er verschwand.

VII

Als sie vor dem Spiegel stand und das kleine Chiffontuch über der Brust mit der Brosche feststeckte, sagte sich Elisabeth Ward, daß sie vor allem den biologischen Bindungen eine Chance geben sollte. Die lieferten vielleicht keine vollständige Erklärung, aber unterm Strich gesehen, kam man mit ihnen sicherlich noch am weitesten, denn sie enthielten eine Entschuldigung. Sie kalkulierte normalerweise keine Entschuldigungen in ihre Handlungen ein, sollte sich das jedoch als nötig erweisen, fiel es ihr nicht schwer, generös aufzutreten, und wenn sie nun schon ein Opfer von Biologie und unbefriedigten Bedürfnissen war, dann wollte sie auch gern – wie es ein Witzbold einmal ausgedrückt hatte – die Brust reichen. Und was Hjalmar, diesen alten Geier, anging, so konnte sie nicht nur ihn und sein Hotel kaufen, sondern ihm auch noch einen pompösen Direktorhut dazu verpassen, den er sich aufstülpen und mit dem er vor der Tür stehen konnte, wenn die Scheinwerfer erstrahlten und alle die illustren Gäste in ihren Limousinen eintrafen. Das war die einfachste Sache der Welt, ein Griff in die Tasche, und falls er immer noch darauf bestehen sollte, den Lazarus zu spielen, paßte er genausogut ins Bild, denn ein Teil des internationalen Designerclans setzte stark auf Homunculusse oder Eckensteher, und als Gina Lollobrigida einmal für einen Film, in dem sie als Bettlermädchen auftreten sollte, ein Kleid im Lumpenlook brauchte, standen die führenden Modemacher Schlange, und das fertige Resultat kostete ein kleines Vermögen.

Sie nestelte an dem Ziertuch und beugte sich vor, um ihr Gesicht näher zu betrachten. Es war nichts daran auszusetzen, es *war* nichts daran auszusetzen. Wenn sie wie eine Sechzigjährige aussah, dann sah Jane Fonda wie eine Achtzigjährige aus, und auch wenn der Rücken einer Frau – hauptsächlich in der Breite – ab einer gewissen Altersstufe stärker wurde, so war ihre Figur durchaus nicht *schwer*. Allein der Anklang dieses Wortes an „Schmer" und „Schmäh" war eine solche Beleidigung, daß es sie zu der kleinen Chiffoniere trieb, wo eine Flasche Whisky stand, die man in einem Eiskühler und samt einer Flasche Tafelwasser nach oben gesandt hatte. Von nun ab sollte es kein Risiko mehr geben, was die Möglichkeit der Beschaffung von Alkohol anging. Den auf dem Schiff gekauften gedachte sie ihrem ... Schwiegersohn zu verehren. Außerdem ging sie auf diese Weise sicher, daß etwas im Hause war, falls man nicht dafür gesorgt hatte. Oder vielleicht keine Mittel dazu hatte.

Elisabeth richtete die Strumpfnaht am linken Bein, sah nochmals in den Spiegel und strich mit dem angefeuchteten Ringfinger über eine Augenbraue. Merkwürdig, wie traurig sich dieses Problem mit den Mitteln, die man hat oder nicht hat, seit ewigen Zeiten auswirkt. Die Menschen wurden ausgesprochen schwächlich im Fleisch, wenn sie sich zu sehr mit der Frage beschäftigen mußten, ob sie sich das eine oder andere erlauben durften oder nicht, sie waren schamhaft, demütig, entschuldigten sich in einem fort. Das traf vor allem auf die Mittelklasse zu, auf die mit den honetten Ambitionen und den unzulänglichen Mitteln. Die Armen, das Proletariat, die Unterklasse, haute doch wenigstens ab und zu drein, lief Amok in der Kneipe, trank so viel Bier, daß es zu den Ohren wieder herauskam, prügelte sich, kopulierte, sang, gröhlte und schlug alles kurz und klein. Die von da unten waren es auch, die man überall in der Welt antreffen konnte, Vergnügungsreisende, Neandertaler samt ihren aufgeputzen Frauen – sie standen in der Charterhalle, füllten die Restaurants in Marbella und auf

Rhodos, machten sich über die Speisen mit dem gleichen Appetit und der gleichen Selbstverständlichkeit her wie die Herrschaft *upstairs*, nur keine falsche Bescheidenheit, strahlende Miene zu schlechtem Spiel. Vielleicht hätte sie sich auch dreinfinden können in ein solches Leben. Vielleicht wäre es trotz allem besser gewesen, sie hätte sich dazu durchgerungen, Sir Arthur Wing Pinero, sie mußte lachen, nein, mit ihm hätte sie sich ja kaum verheiraten können, der andere, wie hieß er doch gleich, Richard, Richard „Dikkie" Wing zu heiraten. Auf einer einfachen Rennbahn hätte sie sich auch behaupten können und ihre Pinte hätte sie schon getrunken, und wenn sie zu ihm gesagt hätte, sie wolle ihn haben, ihn und seinen *juggernaut* plus ein Mädchen mit Namen Tenna (würde sie dann so geheißen haben? *Hardly like it*), dann hätte er das sicherlich so akzeptiert und sie vielleicht sogar geliebt. Denn geliebt hatte er sie doch wohl, oder nicht? War das nur ein Traum? Hatte das gar nicht stattgefunden? War der große Krieg noch gar nicht zu Ende, hatte es nie eine Befreiung und einen Sommer gegeben, der ewig währte, ewig und immer?

Sie hob das Glas und prostete sich selbst zu. Worüber sprachen sie jetzt gleich wieder überall? Die Kultur des Narzismus? Juhu. In dieser Hinsicht war sie Großlieferant, ja, es gab wohl in ihrer ganzen Produktion kaum einen Artikel, der nicht irgendwie darauf ausgerichtet war, die Leute vor den Spiegel zu treiben. Damit hatte sie ihr Geld verdient, viel Geld, und es bestand nicht der geringste Zweifel daran, daß sie noch mehr verdienen würde. Was hatten sie gesungen in eben diesem Jahr, wie ging dieser Schlager? Und worauf lief diese gewonnene Freiheit hinaus? Auf einen Weg zum Genuß, zu einem Genuß, an dem man teilhaben konnte, ja zu einem Genuß hin, der sich nur auf einen selbst bezog? Sie summte vor sich hin und bewegte leicht den Oberkörper, unterstützt von einem angedeuteten Hüftausschlag. Der Regen war auf die armseligen, immer leicht bewegten Weidenbäume vor dem Haus niedergegangen, und als sie des Sechsundsechzigspiels überdrüssig geworden waren, hatten sie und Betty sich in ihrem Zimmer, wo sie versuchten, den Regentag zu überstehen, nach hinten auf die Betten fallenlassen und – ohne bewußt erotische Hintergedanken, dafür aber vielleicht um so inbrünstiger – gesungen: „Ich will ein Mahagonibett und immer mich drin sehn, drum muß ich drüber Spiegel haben, wie schön, wie schön, wie schön."

Sie setzte das Glas ab. War sie aus diesem Grunde so wütend gewesen – nein, das war nicht der richtige Ausdruck, eher deprimiert – als sie Tenna das zweitemal zu Gesicht bekommen hatte? Vielleicht, weil sie ihr nicht genügend ähnelte? Weil sie sich nicht in ihr spiegeln und sich nicht völlig in ihr wiedererkennen konnte? Ein totaler Reflex, das war natürlich zuviel verlangt. Aber als sie Tenna das erstemal in der Auktionshalle gesehen hatte, da war dieser Funke – das war nicht wegzuleugnen –, der Kraft und Jugend erkennen ließ, da war sogar mehr als der bloße Widerschein jener Eigenschaften, die Elisabeth sich selbst gern zuschrieb. Darin dürfte wohl nichts Ehrenrühriges liegen, wenn man – zu einem gewissen Zeitpunkt seines Lebens – eine solche Bestätigung suchte, und man konnte nichts für andere tun – jedenfalls nichts, was zum Guten gereichte –, wenn man sich nicht selbst Gutes zufügte.

Die Dinge hätten vielleicht ganz anders gestanden, natürlich hätten sie das, wenn sie sich ein zweites Kind oder mehrere Kinder angeschafft hätte. Aber in dieser Hinsicht hatte Elisabeth die Grenzen abgesteckt. Aufgezwungene, unwillkommene Dinge sollten keinen Zugang zu ihr finden. Nichts gegen diesen milden goldenen Strom, oder wie man das nun bezeichnen sollte, doch aufpassen mußte man schon, und was zuerst das Pessar besorgte, erledigte nun die Pille. Da gab es eine Barriere in ihr, und die war nur ein einziges Mal überschritten worden, aber das hatte gereicht. Diesem Druck und dieser Dunkelheit setzte man sich nur einmal im Leben aus, das war die Kehrseite der Medaille, und einem Sensualismus, von dem sie andere in Verbindung mit der Geburt hatte reden hören, sprach sie einfach die Existenz ab. Das war nichts als Gewalt, schwarze, blinde Gewalt, ein Vorgeschmack auf die Rolle als Skelett, die Stunde unter dem großen Schlachtemesser, wo alles aufgeschlitzt und nach rechts und nach links geworfen wurde und nur das Feuer und die Verwesung übrigblieb. Leben gebiert Leben, Leben gebiert Tod, diese Biologie leuchtete ihr ein, aber wenn man sich dem Ende des Weges näherte, mußte es einem gestattet sein, einen Teil seiner Fehler zu korrigieren oder an dem Profit teilzuhaben, den eine zufällige und mehr oder minder lichtscheue Investition abwarf. Sie hatte ein solches Bedürfnis und wünschte, sich ihm zu stellen. Direkt und ohne Umschweife.

Als sie sich vollständig ausstaffiert hatte, mit handgearbeiteten Miederwaren, ihrem Courrèges-Kleid (eine Verbeugung vor der Konkurrenz), den Netzstrümpfen mit Naht (die allzu dünn für dieses Nebelhornwetter waren), den Hochhackigen, dem Make-up aus eigener Produktion, war sie dem Heulen nahe. Die Knie waren ihr weich und zittrig, und der ungewisse Ausgang oder die Vorstellung davon, die sie verdrängt hatte, fiel über sie her wie ein Beben, das alle ihre vitalen Organe vibrieren und außer Kontrolle geraten ließ. Sie stützte sich mit den Händen auf den Tisch und sah immer noch ihr Gesicht im Spiegel, nun bleicher, die Augen dunkler, der Mund verzerrt. Machte sie da eine Geburt durch? Oder war das nur eine gewöhnliche Krankheit? Oder war das der Tod selbst, der in Erinnerung brachte, daß man nicht einmal in aller Unschuld und Verzückung sich völlig hingeben durfte und daß man den Rest des Lebens dafür brauchen würde, mit des Teufels geballter Macht das Gewesene abzuwürgen und auszuschließen? Sie wußte es nicht, fühlte sich nur entsetzlich schwach und würde sich gern ins Bett legen.

Gewaltsam riß sie sich vom Spiegel los unf füllte das Whiskyglas zur Hälfte. Eine aufkommende Grippe oder eine simple Erkältung hatte sie früher immer mit derartigen Mitteln bekämpft. Schimären anderer Art ließen sich auf entsprechende Weise wegspülen, und zündete man sich obendrein noch eine Zigarette an, dann war bereits so etwas wie die Lunte zur endgültigen Beseitigung gelegt. Gedacht, getan, sie leerte das Glas. Diese doppelte Dosis trieb ihr die Tränen in die Augen, zugleich aber auch eine angenehme Wärme durch den Körper, so daß ihr Äquilibrium wiederkehrte wie der Ölteppich auf dem Meer. Wie hieß nochmal das Buch, daß sie als Kind gelesen hatte – aus irgendeinem Grund den schwedischen Text? *Kom an, öde.* „Ja", sagte sie, „komm nur. *I'll show you bastards!*"

Als sie sich den Mantel anzog und hinunterging und den Portier bat, ein Taxi zu bestellen, mußte sie daran denken, wie sonderbar es doch war, daß sie das Wort „öde" kennengelernt und dessen Bedeutung „Schicksal" herausgefunden hatte. War der Kampf gegen das Schicksal ein Kampf gegen das Öde? War das Schicksal eine öde Wüste? Und wieso konnten die beiden so unterschiedlichen Worte dasselbe bedeuten und so – schicksalsschwer sein? Wenn sie nicht herausgefunden hätte, was das Wort auf dänisch bedeutete, würde es unmöglich sein, dieses mit etwas Schicksalsschwerem zu verbinden, es wäre so sinnlos gewesen wie nur irgend etwas, so wie „Schicksal" für einen Engländer, der nur *fate* kannte, nichts als böhmische Dörfer waren. Das war ein linguistisches Problem, banal, zugegebenermaßen, und vielleicht schwappte es nur in ihrem Bewußtsein umher, weil sie ein wenig angesäuselt war (oder ganz schön betrunken), aber sie wollte es vorgebracht wissen und auch eine Erklärung haben. Sie drehte sich zu dem Portier um, den sie einen ganzen Tag lang ignoriert hatte.

„Wissen sie, was ‚öde' bedeutet?"

„Ja, ja", sagte er lächelnd.

„‚Öde'?"

„Ja. ØD."

„Wie bitte?"

„Ökonomische Demokratie."

„Quatsch. Das ist Schwedisch und bedeutet Schicksal."

„Aha. Aber auf dänisch bedeutet ‚ØD' ‚Ökonomische Demokratie'."

„Aber dann *fate*? *Fatum*?"

„Das weiß ich leider nicht."

„Wissen Sie wirklich nicht, was *fate* bedeutet? Lateinisch *fatum*? Haben Sie noch nie was von einem Fatalisten gehört?"

„Doch."

„Das ist doch das gleiche. Das alles bedeutet Schicksal, und ein Fatalist ist eine Person, die an das Schicksal glaubt."

Sie mußte sehr laut geworden sein. Die im Restaurant beim Abendessen sitzenden Gäste unterbrachen ihr Gabelgeklapper und drehten den Kopf herum. Elisabeth schnippte die Asche über dem Aschenbecher des Portiers ab.

„Ist ja auch gleichgültig. So gesehen gibt es ja kein Schicksal."

„Nein?"

„Nein, Schicksal, das ist man selbst. Haben Sie nie darüber nachgedacht?"

„Ich weiß nicht . . ."

Sie richtete sich auf.

„Schicksal ist eine Frage von Inszenierungen, eine Frage von Eingriffen."

Der Portier beugte sich vor.

„Ich glaube, da draußen, das ist Ihr Taxi, Frau Ward."

Sie wandte den Kopf und sah ihn von ihrer sehr hohen Warte aus an. Dann drückte sie die Zigarette aus und öffnete die Tasche.

„Danke. Sehr freundlich von Ihnen."

Sie fischte einen Einhundert-Kronen-Schein heraus und betrachtete ihn noch einen Augenblick lang, wie um sich zu vergewissern, daß es sich dabei wirklich um Geld handelte. Sie legte den Schein auf den Portierstisch. Für einen Moment sah es so aus, als wolle sie noch irgend etwas hinzufügen, doch dann verließ sie schnell den Empfang und ging zu dem wartenden Wagen.

Es war dunkel, im Licht der Straßenlampen schaukelten nasse Schneeflocken und ließen die Reflexe tanzen, bis sie vom Matsch auf dem Aphalt verschluckt wurden. Sie stellte die Plastetüte mit den Geschenken auf den Sitz neben sich und dachte daran, daß sie die Sachen hätte umpacken sollen. Wahllose Einkäufe waren sonst gar nicht ihre Art, und es war ihr eigentlich höchst zuwider, in diesen vulgären Taxfreee-shops zu kaufen, wo die Waren ja nur billig waren, wenn man nicht die Tausende in Betracht zog, die man für das Ticket hingeblättert hatte. In dieser Beziehung war die Fähigkeit des Staates und der Staaten im allgemeinen, sowohl sich selbst als auch ihre Bürger hinters Licht zu führen, erstaunlich konsequent, doch dabei ging man sicherlich von dem Gesichtspunkt aus, daß – wenn schon für die meisten die Welt so miserabel eingerichtet war – es irgend etwas geben müßte, worüber man sich freuen kann, und einige mußten an diesem Blödsinn ganz schön verdienen, das konnte man sich an den Fingern abzählen. Elisabeth nickte anerkennend und zog die glatte Tüte zu sich heran. Die Blödsinnigkeiten hörten nie auf, Gott sei dank nicht. Jetzt wollte sie in die Stadt, und das machte ja meistens Spaß, jedenfalls hatte ihre Erfahrung sie eindeutig gelehrt, daß man sich ohne einen gewissen Einsatz auch schlechterdings nicht amüsieren konnte.

Schlimmstenfalls war man gezwungen, selbst für die Unterhaltung zu sorgen, und dagegen hatte sie nichts – wenn es sich in bestimmten Grenzen hielt. Die Flaschen waren für diesen Zweck vorgesehen, und die Schokolade – falls man damit noch jemanden begeistern konnte – sollte sie wohl am besten den Kindern geben, von denen sie so hinreißend wenig erfahren hatte. Oder der Frau des Hauses. Aber die hatte ja schon etwas bekommen, die liebe Tenna, was ein kleines Vermögen ausmachte, und es lag an ihr, ob es mehr werden würde, sehr viel mehr.

Auf teuflische Weise in einer angeregten Stimmung, gab sie dem Taxifahrer wieder einmal ein zu üppiges Trinkgeld, watete durch den Matsch und öffnete die Tür zum Treppenhaus, wo es noch immer durchdringend nach Gas, Käse und Eisen roch. „Gas, Käse, Eisen will ich von mir weisen" rumpelte es ihr durch den Kopf, und sie pfiff, als sie das Seidenkleid und den Mantel an sich raffte und sich nach oben bewegte, vorbei an den abgegriffenen Türen. Ihre Absätze klapperten auf dem Terrazzo. Wie war das im Erdkundeunterricht gewesen? „Weizen, Wein, Oliven = subtropisches Klima." „Weizen, Wein, Oliven – Gas, Käse, Eisen", das ganze Leben hindurch neue Sprüche, unvergeßliche, ab und zu nützliche. Sie ließ die behandschuhte Hand über das Geländer mit seinen Farbpickeln und Rissen gleiten, viele Treppen war sie schon emporgestiegen, angefangen bei der Spanischen Treppe bis hin zu den breiten Stufen, die vom Ganges zu Benares' heiliger Stadt führten. Selbst die Königin, die richtige, *Madam*, die ihren Namen trug, Elisabeth, hatte sie, nachdem sie ihren Korpus den scharlachroten Seidenläufer zur Queen emporgetragen hatte, begrüßt. Und jetzt ging sie hier in Gas, Käse und Eisen, und das schien durchaus der Situation angemessen zu sein, obwohl sie den Weg vielleicht auf Knien hätte zurücklegen sollen – sie hörte auf zu pfeifen –, irgendwo gab es doch da diesen Begriff vom Canossagang.

„Ich habe gesündigt, und nun komme ich und bitte um Vergebung." Das Licht ploppte aus, und die Flaschen in der Tüte klirrten sehr laut, als sie diese neben die Fußmatte stellte und versuchte, den Klingelknopf in der Dunkelheit zu finden. „Hansen" stand da an der Tür, das konnte sie gerade noch lesen.

Die von drinnen kommenden Geräusche waren gedämpft, doch lebhaft, und kaum hatte sie die Klingel gefunden und auf den Knopf gedrückt, wurde auch schon die Tür geöffnet, und sie wurde von einem warmen Strom aus Essengerüchen eingeschlossen. Das war angenehm, ihr wurde bewußt, wie hungrig sie war, und sie nahm erfreut zur Kenntnis, daß sie offensichtlich erwartet wurde. Die vom Herd und von den Vorbereitungen ausgehende Wärme legte sich wie eine Haut über die kalten Wangen und die Stirn. Sie strich das Tuch ein wenig zurück, bückte sich und nahm die Tüte auf, und erst, als sie sich wieder aufgerichtet hatte, sah sie, wer ihr da die Tür geöffnet hatte. Das Mädchen war klein, mutete anämisch an, die Schultern schmächtig, der Rücken leicht gekrümmt, als hätte ihr jemand nach einem plötzlichen Hustenanfall zu kräftig auf den Rücken geklopft. Das Haar stand wild und steif vom Kopf ab, und die pechschwarze Schminke um die Augen verstärkte noch das Bild einer Tbc-Kranken. Elisabeth nahm neben der Tüte nun auch die Handtasche in die linke Hand und streckte die rechte vor.

„Guten Tag. Ich bin die Elisabeth."

Das Mädchen glotzte sie an. Dann sah es zur Seite.

„Tag."

Es hielt die Tür so weit offen, als würden da mehrere auf der Matte stehen. Die Hand fühlte sich kalt an, selbst durch den Handschuh.

„Darf ich eintreten?"

Das Mädchen machte Platz, ohne sie dabei anzusehen. Elisabeth betrat den Korridor.

„Bist du die Erna?"

Sie setzte die Tüte ab und legte die Handtasche auf den kleinen Tisch, zog sie die Handschuhe aus und löste das Tuch. An den Garderobenhaken hingen mehrere Mäntel, darunter standen Schuhe, die aussahen, als wären sie gerade erst draußen benutzt worden. Überflüssiger Weise fragte Elisabeth: „Soll ich den Mantel hier aufhängen?"

„Ja."

Ein wenig nervös knöpfte sie den Mantel auf und hängte ihn an den Haken. Sie hätte sich jetzt zur Ruhe zwingen sollen, doch es irritierte sie sehr, daß sie sich von der Unbeholfenheit des Mädchens herausfordern ließ, und so beeilte sie sich – statt ruhig zu bleiben – beim Ablegen noch mehr und strich sich dann hastig die Haare glatt. Wie per Knopfdruck öffnete sich in dem Moment, als Erna die Tür zum Treppenhaus schloß, die Tür zum Wohnzimmer. Ein großer – ebenfalls ein wenig gebeugter – blonder Mann kam zum Vorschein. Die Türklinke verschwand völlig in seiner Hand, und die Tür schloß er mit einer Vorsicht, als habe er Angst, eine zu heftige Bewegung könne den Türrahmen herausreißen oder das ganze Haus zum Einsturz bringen.

„Na, Erna hat geholfen", sagte er und blieb mit leicht gesenktem Kopf stehen. Dann räusperte er sich, und die Stimme ging unwillkürlich in die Höhe, als er fortfuhr: „Ja, ich bin also Johannes ... Johannes Hansen."

Elisabeth streckte ihm die Hand entgegen.

„Es freut mich, Sie kennenzulernen, Johannes."

Er fuhr ein wenig zusammen.

„Sie können sich ja leicht ausrechnen, wer ich bin. Also ich heiße Elisabeth ... Elisabeth Ward. Vielen Dank für die Einladung."

„Das hat ja Tenna gemacht", murmelte er.

Er gab ihre Hand frei und drehte sich halbwegs zur Wohnzimmertür hin um. Erna beobachtete sie, ohne etwas zu sagen, gespannt, als wolle sie augenblicklich davonlaufen oder in einer Spalte im Fußboden verschwinden. Johannes winkte mit der Hand.

„Die anderen sind schon da. Die haben vielleicht gedacht, es wäre schon um sechs."

Die letzte Satzhälfte murmelte er wieder vor sich hin.

„Ich hoffe doch, ich komme nicht zu spät?"

Die konventionelle Phrase klang wie gequetscht, aber sie mußte die Bälle ja annehmen, die man ihr zuspielte.

„Nein, nein. Nein, nein."

Sie griff die Tüte.

„Das hier habe ich auf der Fähre gekauft. Nur ein paar Flaschen und ein bißchen Schokolade. Ich weiß nicht, wollen Sie das verteilen?"

„Das war doch nicht nötig . . . daß Sie etwas mitbringen."

Sie spürte ein Kribbeln im Magen und dachte: „Wenn du jetzt keinen Whisky haben willst, bester Mann, dann gib mir wenigstens einen!"

„Gehen wir rein?" fragte sie ohne Umschweife und drückte gleichzeitig dem Mann die Tüte in die Hand. Er sah ganz gut aus, dieser Johannes Hansen, auf alle Fälle vom Äußeren her überwältigend, auf seinen Schultern müßte er einen Kreuzer der Mittelklasse davontragen können. Ohne Umstände zu machen, ging sie an ihm vorbei und öffnete die Wohnzimmertür. Das Bild, das sich ihr bot, war einzigartig, keine Bewegung war darin, aber deutlich schien ein Arrangement ablesbar zu sein, eine Gruppierung, und plötzlich fiel ihr ein, woran die Szene sie erinnerte: An eine Figurengruppe im Amsterdamer Stedjelijk Museum, die sie irgendwann in den sechziger Jahren gesehen hatte; „Gesellschaft in der Wohnung". Sechs Personen waren versammelt, drei Männer und drei Frauen, und alle schauten der Eintretenden entgegen. Es hatte den Anschein, als wäre Wachs von der Decke herabgeregnet und hätte alle umschlossen – oder auch die pompejanische

Asche –, sie schienen in eben dieser Stellung gegossen worden zu sein, die Anweisung bekommen zu haben, genau so zu verharren, oder aber ein überraschend eingetretenes, katastrophales Ereignis hatte sie gebannt und sie gezwungen, dort zu verbleiben, wo sie waren, tausend Jahre lang. Zwei der Frauen saßen auf dem Sofa, die dritte auf einem Stuhl am Ende des Couchtischs, einer der Männer auf einem Eßzimmerstuhl, die beiden anderen in Sesseln. Ein Hocker war zurückgeschoben, hier hatte Johannes Hansen offenbar gesessen, eine Flasche Bier stand auf dem Platz davor. Die anderen Männer hatten ein Bier in der Hand, die Frauen hielten die Hände im Schoß oder hatten eine Zigarette zwischen den Fingern. Gläser standen vor ihnen allen, und eine Flasche Weißwein, bereits entkorkt, war auf einem Tablett bereitgestellt. Die Anwesenden saßen auf eine eigentümliche Weise gestaffelt, was den Eindruck eines Arrangements noch verstärkte, doch am auffallendsten war die Stille – atmeten sie überhaupt? – und die absolute Reglosigkeit.

Als sie in dieses Bild hineintrat, hatte Elisabeth sofort das Gefühl, ein Teil desselben zu sein. Hinter ihr stand Johannes Hansen wie ein gewaltiger, überhängender Felsen, trotzdem war sie in den ersten Sekunden zu nichts fähig. Sie stand ganz still, glitt in die Reglosigkeit der anderen hinein und erstarrte. Vielleicht war diese Insichgeschlossenheit der Auslöser für Tennas desperate Aktivität, jedenfalls wurde ihre Form plötzlich gesprengt, als würde der innere Mechanismus einer Puppe Amok laufen – sie riß sich von ihrem Platz auf dem Sofa los, lief zwischen den noch leblosen Figuren hindurch auf Elisabeth zu und warf sich ihr an den Hals.

„Wie schön, daß du gekommen bist“, flüsterte sie, „wie schön, daß du gekommen bist . . . wie schön.“

Langsam kam wieder Bewegung in die Gesellschaft und mit ihr eine merkwürdig mahlende Aktivität, man räusperte sich, kratzte sich den Ellenbogen, drehte den Kopf hin und her, Musik – die es vorher nicht gegeben hatte – wurde hörbar, einer hustete geräuschvoll, Glas scharrte auf Kacheln, ein Feuerzeug klickte, die Gesichter nahmen einen tiefen roten Schimmer an, und in den von den Heizkörpern ausgehenden Wärmewellen bewegten sich die Gardinen sanft hin und her. Über Tennas Schultern hinweg sah Elisabeth ein überdimensionales Muster auf der Tapete, einen ungleichmäßigen Fleck, wie die Spur nach dem Versuch eines Menschen, sich mit dem Kopf voran durch die Wand zu pressen. Sie drückte die Tochter an sich.

„Lieb von dir, daß du mich eingeladen hast, lieb von dir."

Der Satz korrespondierte im Rhythmus mit der Begrüßung durch Tenna, und beide verfielen auch in eine gemurmelte Litanei, die erst beendet wurde, als die Gesellschaft ihre Verlegenheit hinter einer ziellosen Motorik verbarg. Dann machte sich der Neuankömmling frei und ging von einem zum anderen, stellte sich vor und vernahm die Namen der Anwesenden: Hanki und Randi, Gerda (die sie wiedererkannte), Rudolf und der Schiffer. „Das ist ganz einfach", hörte Elisabeth sich wortlos sagen, „das ist wie ein Spiel. Nichts ist so einfach wie der Umgang mit Menschen. Man darf nur nicht verkrampfen. Muß ganz man selbst sein. Es gibt keinerlei Probleme, wenn man liebt und geliebt wird." Die ganze Zeit blickte sie Tenna an. Die sah hinreißend aus, ihre Augen strahlten, und das Haar trug sie offen. Sie hatte nun ein Kleid an, und Elisabeth erkannte eine Feminität wieder, die sie von ganzem Herzen guthieß. Die penetrante Durchschnittlichkeit der Wohnung glitt in den Hintergrund, es war, als hätte man neue Birnen in die Lampen geschraubt, denn die Intensität des Lichts nahm zu, die Schatten wurden tiefer, und die Ecken verschwanden. Der Fleck an der Wand stellte nun nicht mehr eine skurile Herausforderung dar, er war der Schattenriß einer Blume, eines mächtigen Philodendron, der wuchs und wuchs und sich mit den anderen Schatten vereinte. Der Rauschzustand kehrte auch zurück, und nachdem Elisabeth eines der kleinen Gläser in die Hand bekommen und Johannes es gefüllt hatte, erhob sie es und prostete nach allen Seiten und lächelte, und einen Augenblick später war sie mit Randi in ein Gespräch über die Vor- und Nachteile optischer Aufheller im Waschpulver verwickelt, und als die kleine Gerda erzählte, daß sie eines Tages einen Hornfisch in jeden von Prytzens Stiefeln gesteckt hatten und er diese anzog, ohne die Fische vorher bemerkt zu haben, lachte Elisabeth so herzlich, daß alle Fesseln gesprengt wurden. Die kleinen Gläser wurden immer wieder gefüllt, und die Männer drehten ihre Bierflaschen in der Hand und setzten sie an den Mund und legten den Kopf zurück, und dann trat Tenna ins Zimmer und sagte, nun sei es soweit mit dem Essen, und Elisabeth wiederholte für sich die Worte: „Das ist doch nicht möglich, daß das so einfach ist. So, als würde ich diese Menschen schon hundert Jahre lang kennen. Zuerst dachte ich, ich müßte sterben, und jetzt lebe ich wie ... wie noch nie. Vielleicht bin ich voll, vielleicht bin ich auch wirklich verrückt, aber das ist dann auch egal. Es ist einfach wunderbar; als würde ich zu etwas zurückkehren, was schon einmal für mich Wirklichkeit war. Oder auch, als würde ich zu etwas vorstoßen, was ich nie erlebt, wovon ich aber stets geträumt habe.“ Immer noch verfolgte sie Tenna mit den Augen. Eine Frau in ihren schönsten Jahren, groß, hell, strahlend, frei und emanzipiert. Das war deutlich abzulesen an der Art, wie sie zupackte und für alle sorgte: ihr wacher Blick, ihre diskrete Bedachtsamkeit. Das war nichts Aufgesetztes oder Künstliches. Nicht wie in der Hotelhalle, wo sie sich auf ihrem Sitz wand. Mit der Art, wie sie jetzt auftrat, würde sie in jeder Situation bestehen und nichts als angenehme Aufmerksamkeit hervorrufen. Und die anderen in der Runde, die waren wirklich auch sehr nett. Herrgott, die toten Minuten am Anfang konnte man ja nicht rechnen, jetzt ging es lebhaft zu, und wenn sich auch keiner mit der *sophistication* ausdrückte, die sie sonst gewöhnt war, so lag doch in diesen schnurrigen Begebenheiten und kleinen Beobachtungen aus dem Alltagsleben etwas geradezu Entspannendes. Tenna beteiligte sich nicht daran – sie war ja so beschäftigt, das süße Ding –, doch so, wie sie aussah, bestand kein Zweifel daran, daß sie in ein wenig anderer Kleidung und in einer anderen Situation glatt für jemanden gehalten werden konnte, der einer anderen Klasse angehört. Es wurde Elisabeth bewußt, daß Tennas Sprache ihr kaum bekannt war. Sie hatte nur herausgehört, daß Tenna den hiesigen Dialekt sprach, aber auch da gab es Rat. Guter Umgang und gute Lehrer vollbrachten Wunderdinge, und mit Hilfe der entwaffnenden Natürlichkeit, die das Mädchen gratis mitbekommen hatte, konnte das Ergebnis nicht anders als überwältigend ausfallen. Das war wie der Gedanke an eine Kreation, doch gleichzeitig war es mehr, denn das, was sie hier gefunden hatte – wiedergefunden, WIEDERGEBOREN –, war ein richtiger lebendiger Mensch, ein Wesen aus Fleisch und Blut, aus *ihrem* . . . Sie spürte das Oberlippenzittern und legte ganz kurz den Finger auf den schlimmen Punkt, dann drehte sie den Kopf und ließ den Blick schweifen, so daß sie das ganze Zimmer erfaßte. Was könnte hier nicht alles bewerkstelligt werden, nein, was könnte nicht alles sein, wenn es diese Stätte gar nicht gäbe, wenn sie – wie der Geist der Lampe – Prinzessin Gulnare einen ganzen Palast, ein Schloß, ein Königreich zu Füßen legen könnte. Das war nicht wenig, aber es ließe sich machen. Das Schöne daran war, *daß es sich machen ließ*.

Johannes wußte nicht so recht, wie er sie hochbekommen sollte. Die anderen waren aufgestanden und zum Eßtisch gegangen, doch die feine Dame saß noch immer auf dem Sofa, als sei sie eingeschlafen oder in Trance. Er stellte sich vor ihr auf und beugte sich vor, sagte jedoch nichts. Er betrachtete das träumende Gesicht und die strahlenden Augen, die weit in die Ferne gerichtet waren, und er nahm – plötzlich, wie Blumenduft an einer unerwarteten Stelle – ihr diskretes Parfüm wahr. Er räusperte sich, und sie blickte ihn auch bald darauf an, allerdings ohne ihn zu sehen.

„Wir wollen essen“, sagte er.

Sie nickte.

„Essen!“

„O ja!“

Und da war sie wieder unter den Lebenden, erhob sich und ging mit schnellen Schritten an ihm vorbei und hin zum Tisch, wo Tenna sie zwischen Johannes und dem Schiffer plaziert hatte. Dort ließ sie sich nieder, und diese seltsame Befangenheit, die auch zu Anfang vorhanden gewesen war, löste sich nochmals auf, das Bild wurde in Bewegung gesetzt, Arme und Beine begannen zu arbeiten, Köpfe wurden gedreht, Schüsseln gereicht, Wein eingeschenkt, Gabel und Löffel zum Mund geführt. Als ersten Gang servierte Tenna kaltes Seezungenfilet mit warmer holländischer Soße, danach gebratene Lammkeule und Kartoffelbällchen – das war ausgezeichnet – und schließlich Himbeertorte mit einer so steifen Crème fraîche, daß der Löffel darin stehen blieb, wenn man ihn losließ.

Nicht nur Elisabeth langte zu, als hätte sie seit einer Ewigkeit nichts zu essen bekommen, aller Hände und Füße waren in Bewegung, während sie in sich hineinlöffelten, und die Schatten kamen aus ihren Ecken hervor, um zu sehen, was da eigentlich los sei, und einen Moment lang steckte Erna ihr glühendes Haar herein und rollte aus all der Schwärze heraus mit den Augen, um wenigstens etwas mitzubekommen, aber näher herantreten wollte sie nicht, und ihr Bruder, falls er anwesend war, versteckte seine reißverschlußüberzogene Pubertät sicherlich an einer anderen Stelle der Wohnung. Elisabeth ließ den Oberkörper zwischen den beiden kräftigen Männern hin- und herpendeln, und wenn sie nicht zu Tenna hinübersah, ihr zuprostete und den Mund zu einem Kuß spitzte, mußte sie an Hjalmar denken, der da draußen in seinem verschrumpelten Winterapfel von Hotel glaubte, sowohl mit Verwünschungen wie auch mit moralischen Bußpredigten über jeden herfallen zu können. Hatte er überhaupt einen Grund dazu? Sie jedenfalls bevorzugte absolut diese warme Solidität hier, die muntere Zähigkeit, die selbstverständliche Heiterkeit, und als die Rede auf den Fischkrieg kam, schlug sie sich völlig auf die Seite des jungen Schiffers, der dem Meer und dem Verbot der Mächtigen getrotzt und obendrein eine Strafe von 450000 Kronen bezahlt hatte. Das war bewunderungswürdig, das war dänisch, das war phantastisch.

Während des Desserts erhob sich Johannes und schlug an sein Glas; es wurde ruhig am Tisch. Die Kerzen warfen seinen mächtigen Schatten bis hoch an die Decke, und als er sich zu beiden Seiten seines Tellers mit den Fäusten auf den Tisch stützte, glich er einem Bären, der nach Honig sucht.

„Ich will keine Rede halten“, sagte er und mahlte ein wenig mit den Zähnen, „aber wir wollen, Tenna und ich, euch gerne dafür danken, daß Ihr gekommen seid. Das passiert ja nicht so oft, daß wir zusammenkommen und feiern, jetzt in diesen Zeiten, aber nun, dachten wir, ist da eine Gelegenheit. Und die wollten wir nicht verstreichen lassen.“

Er räusperte sich und wischte sich mit der Serviette über den Mund.

„Wir wissen ja“, fuhr er fort, „daß es uns nicht zu allen Zeiten gleich gut gehen kann, aber jetzt hatten wir nun mal eine besondere Freude, weil . . . weil, ja, wie soll ich sagen, wir Besuch bekommen haben, äh, ein Gast gekommen ist, den wir nicht erwartet hatten.“

Er machte eine Handbewegung in Richtung Elisabeth.

„Das ist sie ... es ist diese Dame, die hier sitzt ... und ich will gerne zugeben, daß ich gespannt war, denn ich wußte sozusagen ... nichts. Woher sollte ich auch was wissen?"

Johannes sah in die Runde. Er schien sich erwärmt, sich in seine Rede hineingesteigert zu haben.

„Es gibt so viele Sachen ... es gibt so viele Sachen, vielleicht, über die man nicht spricht. Nun ja, aber dann hörte ich das hier, und so ist das nun eben, ich möchte damit sagen, daß ich mich freue. Denn dabei kann schon etwas Gutes herauskommen, da bin ich ganz sicher. Daran soll man immer glauben, auch wenn es nicht so gut geht, und darauf bitte ich Sie ... euch ... anzustoßen, denn ich finde, Grund dazu haben wir. Zum Wohl!"

Er hob sein Glas, und der Schatten wanderte noch höher hinauf und auch wieder herab, wo er sich mit dem großen Fleck vereinigte.

„Zum Wohl", sagten sie und „Prost", und die Gläser wurden nach rechts und nach links geschwenkt und Blicke getauscht, und der Schiffer dachte: Diese Puppe sieht doch verdammt gut aus, dabei muß sie doch alt sein, aber natürlich kann man auch jung werfen, wenn man fix ist und der Stier gut. Flott, dachte er, flotte Färse. Er schüttelte sich innerlich vor Lachen.

Elisabeth faltete ihre Serviette zusammen und stand auf. Mit dem Fingernagel klopfte sie an den Rand des Weinglases, dann hob sie den Kopf und sah Tenna an.

„Ich will – wie mein lieber Tischherr bereits vor mir – auch keine Rede halten. Trotzdem möchte ich gern zum Ausdruck bringen, daß das hier ... für mich ... wie ein Märchen ist. Ich habe nicht ... Nein, das ist es nicht, was ich sagen wollte. Können wir nicht einen Augenblick aufhören zu albern? Als Tenna, meine Tenna, vorhin auf mich zukam, als sie mich umarmte, da passierte etwas mit mir, was ich nicht beschreiben kann. Mir war, als kehrte ich heim. Als kehrte ich wirklich heim ... nach all diesen Jahren."

Sie setzte sich abrupt, und aus dem noch vorgebrachten „Zum Wohl“ wurde nichts Rechtes. Jeder trank für sich, doch als ein Weilchen vergangen war, kam wieder Stimmung auf, das Gespräch pegelte sich ein, stieg und fiel kontinuierlich.

„Was willst du machen?“

Rudolf beugte sich zu Elisabeth hinüber.

„Machen?“

„Ja, was willst du machen mit all deinem Geld?“

„Ist das irgendwie ein Problem?“

„Nein, wir sprachen nur darüber. Bevor du kamst.“

„Ihr . . . habt darüber gesprochen?“

„Ja, wir haben darüber geredet, gerade als du zur Tür reingekommen bist.“

„Wie?“

„Ja, wie? Wie man das so macht. Wir haben ja von der Geschichte gehört . . .“

„Ich verstehe nicht.“

„Ja, wir haben ja gehört, daß du viel Geld gemacht hast, darüber kann man ja wohl sprechen, und dann, daß die Tenna nicht zu Anna und Anders gehört, sondern zu dir.“

Elisabeth spürte Kühle auf der dünnen Haut unter den Ohren.

„Jaa . . .“

„So war das, wir haben darüber diskutiert, was man mit deinem Geld machen könnte . . . Wenn du es hier anlegen würdest . . .“

Er schwenkte das Weinglas.

„Ja, nicht daß ich mich da einmischen möchte oder so, aber ich finde, das ist interessant, wirklich interessant, denn so was passiert ja nicht jeden Tag. Und Geld können wir ja alle gebrauchen.“

Rudolf nickte in Richtung Johannes. Dann fuhr er in vertraulichem Ton fort: „Du weißt das ja, so besonders gut geht's ihm nicht.“ Er nickte noch einmal bekräftigend in dieselbe Richtung. „Er hat weder Arbeit noch sonstwas. Es gibt keinen Fisch, jedenfalls nicht für ihn, und dann sind da ja noch die Kinder."

Er schlug sich mit dem Handrücken gegen die Stirn.

„Uff, daran möchte man gar nicht denken."

Er senkte die Stimme, der Grad der Vertraulichkeit stieg. Sie mußte sich anstrengen, wenn sie ihn verstehen wollte.

„Und Tenna, dieses Prachtmädchen ... Das ist nicht gut. Nicht gut."

Er schüttelte den Kopf, brummelte.

„Wer flüstert, der lügt", rief die kleine Gerda vom anderen Ende des Tisches zu ihnen herüber. Elisabeth richtete sich auf.

„Was du wieder denkst", rief der dicke Rudolf zurück. „Komm nur her, dann zeige ich dir, wo der Frosch seine Haare hat!"

Elisabeth hielt eine Hand vor den Mund. Sie war sich nicht sicher, ob sie sich nicht vielleicht übergeben müßte, denn in ihrer Mundhöhle war etwas in Bewegung geraten und die Speichelabsonderung war enorm, sie war gezwungen, ständig zu schlucken, ab und zu hatte sie das Gefühl, es wären Wörter, die sie hinunterschluckte. Doch auf eine Sache, dachte sie, während sie aufstieß, auf eine Sache habe ich ein Recht: auf mein eigenes Fleisch und Blut. Vielleicht nicht nach den Buchstaben des Gesetzes, aber es ist ein Recht, es ist ein Recht ... Sie hustete. Es ist ein Recht, das kein anderer als Gott einem nehmen kann, und ich werde es für mich in Anspruch nehmen. Ich werde alles erdulden, aber dann werde ich siegreich und überlegen den Kampfplatz verlassen. Sie beugte sich vor, und ihr Rücken bewegte sich konvulsivisch. Ich muß ... Ich werde ... Ich muß ... Der Schiffer schlug ihr auf den Rücken, und als sie sich aufrichtete, um den harten Schlägen zu entkommen, sah sie Tennas strahlendes Gesicht, und da konnte sie nicht anders, sie mußte lächeln, obwohl ihr die Tränen aus den Augen liefen.

„Die Dame hat wohl etwas in den verkehrten Hals bekommen?“ fragte der liebenswürdige Riese, aber als sie sich ihm zuwandte, nickte und den Kopf schüttelte, alles zur gleichen Zeit, sah sie, daß sein Gesicht einem Säbelhieb glich, Die Augen waren Striche, als erwartete er, jeden Augenblick einen Brecher oder einen Eimer Löschkalk über den Kopf zu bekommen.

Da war nur eins zu machen: sich auf Tenna konzentrieren und den Rest vergessen. Den Rest vergessen – den Tisch, die Gesellschaft, die Worte. Sie erhob sich und ging in den Korridor, wohin auch Tenna verschwunden war. Sie sah sich kurz um, dann rechnete sie sich aus, daß die Küche dort sein mußte, wo Licht war und wo die Geräusche herkamen. Die Tür war halb offen, sie stieß sie auf und ging direkt auf Tenna zu, die über die Spüle gebeugt dastand. Sie umarmte sie und zog sie an sich.

„Tenna“, flüsterte sie, „so muß es sein, so und nicht anders.“

Sie spürte, daß Tennas Rücken sich spannte und der Oberkörper sich wegzog.

„Was meinst du damit?“

„Nichts, nichts anderes als das hier. Ich habe solche Sehnsucht gehabt, verstehst du, solche Sehnsucht . . .“

Tenna versuchte, sich freizumachen, doch Elisabeth drückte sie nur um so stärker an sich.

„Das hilft ja alles nichts.“

„Wieso?“

Elisabeths Stimme wurde lauter, sie richtete sich auf, hielt jedoch nach wie vor das Gesicht in Tennas Nacken gebohrt.

„Du bist doch auf mich zugekommen. Du hast mich umarmt. Hast mich geküßt!“

„Ich konnte das nur nicht mit ansehen.“

Tenna stieß Elisabeth mit Gewalt zurück, wischte sich die Hände mit dem Abwaschlappen ab.

„Ich konnte das nur nicht mit ansehen, wie du da auf deinen hohen Absätzen hin- und hergeschaukelt bist und alle dich anstarrten. Ich konnte das einfach nicht mit ansehen." Sie warf den Abwaschlappen in die Spüle. „Ich wußte, daß das alles nicht hilft. Ich weiß nicht, was du willst."

„Dich haben, ist das so merkwürdig?"

„‚Haben', was heißt das: ‚Haben'?"

Elisabeths Augen brannten.

„Nichts anderes als ‚haben'. Dich haben!"

Sie ging wieder näher an Tenna heran, um diese erneut zu umarmen, doch Tenna packte sie bei den Handgelenken, und wie zwei Ringer standen sie sich gegenüber.

„Fahr wieder ab", sagte Tenna. „Fahr ab, bevor es zu spät ist."

„Zu spät?"

Tenna zwang Elisabeths Arme nach unten, die Gesichter waren sich ganz nahe.

„Bevor du alles zerstört hast."

„Du hast mich eingeladen."

„Ich wußte nicht, wie ich mich verhalten sollte."

„Du hast den Ring genommen."

„Du bekommst ihn zurück."

„Aber du hast ihn genommen!"

Elisabeth drückte ihre Arme durch, und nun standen sie Körper an Körper. Die stärkere Tenna versuchte, sie auf Abstand zu halten, aber Elisabeth ließ sich mit ihrem ganzen Gewicht vornüber fallen.

„Tenna", flüsterte sie, „komm mit mir mit. Fahr mit ab. Ich bin allein, verstehst du, allein. Ich habe niemanden. Du bist mein Kind."

„Nein."

„Aber es ist so! Du kannst dich dem nicht entziehen. Wir sind Mutter und Tochter."

Elisabeth versuchte, sie auf den Hals zu küssen, ohne bemerkt zu haben, daß Johannes in der Tür stand. Tenna drehte den Kopf weg und schubste sie mit einer solchen Wucht von sich, daß sie rückwärts an den Riegel mit den Trockentüchern flog. Einen Augenblick lang passierte überhaupt nichts, dann nahm Tenna das Tablett mit dem Kaffeegeschirr auf und gab es Johannes.

„Der Kaffee ist fertig", sagte sie, „wir trinken ihn jetzt."

Johannes drehte sich mechanisch um und marschierte hinaus. Tenna wandte sich langsam Elisabeth zu.

„Was, glaubst du, wird er denken?"

Elisabeth stieß sich von der Wand ab und strich mit einer Hand über das Chiffontuch auf der Brust.

„Daß wir uns lieben ..." Ihre Antwort kam stoßweise, als wäre sie außer Atem. „... daß wir zusammengehören."

Tenna nahm sich eine Zigarette aus dem Regal über der Spüle.

„Du bist wahnsinnig, weiß Gott!" sagte sie. „Ich bin mir darüber im klaren, daß ich mich hätte umdrehen sollen in dem Augenblick, wo ich dich sah. Irgendwie hatte ich im Gefühl, daß du eines Tages auftauchen würdest, trotzdem glaubte ich nicht so recht daran. Ich hätte nicht geglaubt, daß du so ... feige bist."

„Ich bin nicht feige."

„Und was ist mit damals?"

„Wer redet von damals?"

„*Ich* rede von damals. Von damals, als du davongelaufen bist ... und mich zurückgelassen hast."

„Du hast es gut gehabt!"

„Und das sagst du!"

Tenna beugte sich über die Flamme des Wegwerffeuerzeugs. Sie nahm einen tiefen Zug. Dann wedelte sie den Rauch zur Seite.

„Du bist davongelaufen. Kannst du dir nicht denken, daß Anna davon in meiner Gegenwart erzählt hat? Glaubst du etwa, *meine Mutter* hat mir das nicht gesagt? Vielleicht war das ihre Rache. Sie hätte ja auch sonstwas erzählen können. Aber sie erzählte mir das von dir, und glaub nicht, daß sie die einzige ist, die deine Geschichte kennt. Alle kennen die! Deswegen hättest du auch wegbleiben sollen. In deinem eigenen Interesse."

Elisabeth streckte die Hand aus.

„Wenn du mir auch eine Zigarette geben würdest ... Ich möchte dir sagen, daß ich mich nicht schäme!"

Tenna reichte ihr die Packung. „Von mir aus brauchst du dich nicht zu schämen."

„Du hast mich trotz allem zum Essen eingeladen."

„Was hattest denn du für eine Vorstellung? Was sollte ich tun? Ich wollte mich nicht schämen müssen. Ich habe das getan, was ich tun mußte. Ich bin eine ordentliche Frau.

„In diesem hier ..."

Elisabeth umschrieb mit einer Armbewegung den Küchenraum. Tenna drehte ihr den Rücken zu.

„Fahr ab", sagte sie.

„Nicht ohne dich."

„Ich hab's ja gesagt: Du bist wahnsinnig."

Tenna hörte, daß Elisabeth sich die Zigarette anzündete. Sie warf ihre eigene in die Spüle und ließ Wasser darüber laufen. Die Kippe holte sie dann heraus, öffnete den Abfalleimer und warf sie hinein. Sie lauschte, an den Küchentisch gelehnt, der Stimme der Mutter. Elisabeth war sehr ruhig geworden.

„Das war eine Verlockung für dich. Oder nicht? Es hat Momente gegeben, wo du dir gesagt hast: Ich habe sie vermißt. Ich werfe mich ihr in die Arme. Ich tue, was sie sagt. War das nicht so, als ich gekommen bin? Als du mich umarmt hast? Oder als du den Ring gesehen hast? Oder in manchen Augenblicken, als wir im Hotel beisammensaßen und du ein wenig getrunken hattest. Du wolltest etwas von mir. Das kannst du ruhig zugeben. Ich hatte gar keine genaue Vorstellung, was ich von dir wollte und weshalb ich gekommen bin. Ich habe auch meine Zweifel gehabt. Doch als ich dich sah, wußte ich, daß wir zusammengehören, und als ich das hier sah, diese *Menage*, da wußte ich, daß es galt, dich hier wegzubekommen, daß es galt, dir die Augen zu öffnen. Und du bist dabei zu erwachen, gib es ruhig zu, sogar dein Widerstand bestätigt das, und ich weiß, daß ich mein Kind hier nicht zurücklassen darf."

„Ich hasse dich."

Tenna sprach die Worte langsam und deutlich aus.

„Du liebst mich."

Das Echo kam genauso langsam und deutlich zurück.

„Du bist böse."

„Ich will nur das Beste für dich."

Die Litanei kam in Gang.

„Du zerstörst alles."

„Ich kann alles zum Besseren wenden."

Schließlich war es nur noch ein leiser Singsang, und als Elisabeth an Tennas Schulter erkannte, daß die Tochter angefangen hatte zu weinen, ging sie ruhig auf sie zu und schlang die Arme um sie.

„Mein kleines Mädchen", flüsterte sie, „mein ein und alles. Mein kleines Mädchen, mein ein und alles. Das ist doch so einfach. Es kann doch gar nichts Schlimmes passieren. Alles kann bleiben, wie es war. Es kann nur besser werden. Ich will doch nur helfen. Nur das. Dir helfen und mir helfen. Bestimmen mußt du. Ich bestimme nichts. Wie könnte ich das auch? Ich verstehe alles, was du sagst. Jetzt mußt du dich beruhigen. Du mußt aufhören zu weinen, ja? Wir haben ein kleines Geheimnis, ganz für uns allein. Jetzt gehen wir hinein zu den anderen, und dann mußt du mir verzeihen. Hörst du? Ich will nichts Böses, mein kleines Mädchen." Sanft drehte sie Tenna in ihren Armen und blickte ihr in die Augen.

„Man kann auf diese Weise eigentlich nicht in das Leben

anderer eingreifen. Aber es ist ja auch mein Leben, nicht wahr? Und ich weiß nicht, was mit mir los war. Komm jetzt. Wir können hier nicht länger bleiben. Was sollen die anderen denken?"

„Was geht mich das an?"

Tennas Gesicht verzog sich wieder zu einem Weinen. Dann warf sie die Arme Elisabeth um den Hals.

„Oh, wenn du nur wüßtest", sagte sie weinend, „wenn du nur wüßtest!"

„Aber ich weiß doch. Ich weiß doch." Elisabeth strich ihr über das Haar. „Ich weiß alles. Und wenn du sagst, daß dir die da drin egal sind, dann bist du mir auch in diesem Punkt ähnlich. Aber ich bin deine Mutter, und ich sage dir jetzt, daß wir nun hineingehen, wir gehen hinein und tun, als sei nichts gewesen."

Während sie noch so dastanden, steckte ein pickliger, pubertierender Marsmensch den Kopf herein.

„Was'n das für'n Fleck an der Wand?"

Tenna blickte schnell hoch. „Was für ein Fleck?"

Sie schniefte und nestelte an ihrem Haar herum und schüttelte den Kopf.

„Der im Zimmer."

Tenna wischte sich das Gesicht mit dem Trockentuch ab.

„Ach der. Das ist Kaffee. Ich habe Vater die Kaffeekanne hinterhergeschmissen. Hast du den noch nicht gesehen?"

„Nee."

„Bestimmt, weil du nie zu Hause bist. Wo bist du heute gewesen?"

„Nirgends." Er lehnte sich an den Türrahmen, mußte den Kopf einziehen, um in die Türfüllung zu passen.

„Willst du nicht ‚Guten Tag' sagen?"

Der Junge starrte Elisabeth an.

„Das ist Elisabeth Ward. Sie kommt aus England ... um uns zu besuchen. Sag jetzt ‚Guten Tag', Hans."

Tenna wandte ihnen den Rücken zu und band die

Schürze ab und hängte sie an ihren Platz. Danach glättete sie das Kleid. „So, jetzt gehe ich jedenfalls rein. Dann könnt ihr beide euch amüsieren." Sie manövrierte sich an dem Jungen vorbei, und noch im Gehen zuckten ihre Schultern, und sie stieß einen Seufzer aus, wie man ihn von Kindern kennt, die gern aufhören wollen zu weinen, aber noch nicht so recht dazu in der Lage sind.

Elisabeth blickte den Jungen an.

„Du bist also Hans?" sagte sie lächelnd.

Er machte eine Kopfbewegung.

„Machst du dir was aus Schokolade? Ich habe sie auf der Fähre gekauft. Für dich und deine Schwester."

Der Junge starrte sie an. „Bist du die Reiche?"

Elisabeth beschleunigte ein klein wenig ihren Start, ging schnell an ihm vorbei auf den Korridor zu dem Tisch unter dem Spiegel, wo Johannes ihre Tüte abgestellt hatte. Sie nahm sie in die Hand, grub darin herum und förderte eine große Schachtel Schokolade zu Tage. Dann ging sie zur Küche zurück, in deren Eingang der Junge noch immer herumhing.

„Bitte", sagte sie, „für dich und deine Schwester von deiner reichen Großmutter. Und wenn ihr euch nichts aus Schokolade macht, dann werdet ihr schon irgendeinen Interessenten dafür finden." Noch bevor der Junge protestieren konnte, ließ sie die Schachtel los, so daß er gezwungen war zuzugreifen – mit einer linkischen Verrenkung wie ein Torwart, der von einem unerwarteten Schuß überrascht wird. Sie eilte in das Wohnzimmer, hob die Tüte hoch über den Kopf und schwang sie hin und her, so daß die Flaschen aneinanderklirrten.

„Hier komme ich", sagte sie, und hätte es einen Ziegenbock gegeben, sie wäre jetzt darauf geritten. Nicht, daß sie den dummen August spielen wollte, aber wollte sie die Prinzessin haben – und außerdem den Rest des Abends durchstehen –, war Humor vonnöten. Die Herren hatten das Jackett geschmissen, und als sie die Tüte auf den Kacheltisch niederplumpsen ließ, schossen blaue und weiße Hemdsärmel vor, Verschlüsse wurden abgedreht, neue Gläser hingestellt, Whisky eingeschenkt, sie sah Köpfe nicken, Münder sich öffnen und wieder schließen, Gesichter zerfließen, Nacken sich hintenüberlegen, Speichel von den Zähnen tropfen. Sie setzte sich neben Johannes, und als der Lärm den Höhepunkt erreicht hatte und Gerda mit Hanki hinten am Plattenspieler tanzte, legte sie ihre Hand leicht auf Johannes' Schenkel, spürte das Rauhe der Hose und fühlte die kräftigen Muskeln, die sich ein klein wenig strammten, wenn er sich bewegte, und eine zweifache Erinnerung fiel über sie her, eine Empfindung, die mit Gerard zu tun hatte und die von allem Vorstellbaren sehr weit entfernt war, und gleichzeitig eine ganz andere, eine Empfindung von etwas Rohem und Ungesüßtem, Unkompliziertem, das seit langem schon demontiert, vergessen und beiseite geschoben war, aber gerade jetzt zu neuem Leben erweckt wurde. Und wieder tauchte da der Gedanke auf: So hätte es sein können, so grob und ungeschminkt, so herzlich und idiotisch, so formidabel und banal, wenn sie ihre Wahl anders getroffen, *wenn sie gewählt hätte.* Wenn man jedoch genau hinschaute, sah man, daß es damals keine Wahl gab. Man konnte nur von Zwang sprechen. Und wenn dieser äußere Zwang sich in ihr als Ekel, Zurückweisung, Widerspenstigkeit manifestiert hatte, dann, weil diese Gefühle in sie hineingepflanzt worden waren. Die wahre Biologie formulierte sich ganz anders – die hatte mit Lust zu tun, mit Licht und mit Lust. Das fundamentale biologische Bedürfnis ist gekennzeichnet durch einen Drang nach Güte und Wärme, nach Liebe und Mutterschaft, nach Reproduktion. Licht anstelle von Dunkel, Wärme anstelle von Kälte. Sie drückte mit der Hand, die auf Johannes' Schenkel ruhte, ein wenig zu und lächelte ihn an, sah seinen Kopf irgendwo ganz oben neben dem

Kronleuchter schweben, wo auch die anderen Köpfe auftauchten und wieder verschwanden, während die Musik dröhnte, und sie erinnerte sich an Hjalmars Harmonika, damals vor hunderttrillionenmillionen Jahren, als sie draußen auf dem Rasen getanzt hatten, und die Luft war voll von leuchtenden Insekten, und es hatte nach Wacholder und trockenem Hasenklee geduftet, und er hatte so merkwürdig zusammengekrümmt dagesessen, als wäre das große Instrument drauf und dran, ihn hinunterzuziehen, hinunter auf die Erde, und nur den Kopf hob er und schaute den Tanzenden unter den bunten Lampen zu, lächelte aber nicht, sondern betrachtete sie melancholisch, anscheinend sich der Tatsache bewußt, daß es natürlich so sein mußte, daß *er* begleitete und *sie* gingen aus sich heraus. Das Blut schoß ihr in das Geschlecht, es war ja gar nichts weiter dabei, man mußte sich nur vorbeugen, brauchte sich nur fallenzulassen, sich umschließen zu lassen von der großen Khakiwärme, dieser guten Rauheit, diesen kräftigen Muskeln, diesem Totalverständnis und dieser Bedürfnisbefriedigung, die so undefinierbar und direkt war, so zielbewußt, schonungslos und gleichzeitig sanft. Diese Stummheit, ja, und – fern, von jenseits des roten Bretterzauns her, hinter dem sie standen – Hjalmars Harmonikabegleitung, während die leuchtenden Insekten schwärmten und in dem Baum, im Herzen, in der Haut, in der Wärme des Bauches, wo jetzt alles konzentriert war, ein wenig von der Sommerwärme zurückgeblieben zu sein schien.

Elisabeth tastete mit der einen Hand auf dem Sofa herum, bis sie ihre Tasche gefunden hatte, und – die andere Hand noch immer auf Johannes' Knie – erhob sich. Stehend betrachtete sie die Gesellschaft, nickte leicht, geradezu anerkennend, ließ den Blick über den großen Fleck an der Wand gleiten, setzte die Fahrt mit den Augen fort, bis sie Tenna im Blickfeld hatte, die mit dem Schiffer tanzte, über dessen Schulter hinweg sie wiederum Elisabeth beobachtete. Langsam öffnete Elisabeth ihre Abendtasche und zog ein flaches, viereckiges Päckchen heraus. Sie riß es an dem einen Ende auf, vorsichtig, ließ die Papierschnipsel auf den Couchtisch fallen, sah sich den Packen genauer an, und zog mit Finger und Daumen einen Schein aus dem Bündel, das neu war und gerade aus der Druckerei gekommen sein mußte. Trotz des gewaltigen Lärms war das fettige und trotzdem trockene Knistern des Papiers zu vernehmen, und da im gleichen Augenblick mit voller Kraft und rhythmisch von oben geklopft wurde – es mußte Wigands sein –, entstand der Eindruck, ein Zeremonienmeister würde sich appellierend bemerkbar machen und Ruhe gebieten; die Musik erstarb (Randi hatte den Tonarm abgenommen), und alle Aufmerksamkeit konzentrierte sich auf die Zauberkünstlerin am Tisch, die nun mit ausgestrecktem Arm einen Tausendkronenschein einmal hoch in der Luft drehte und ihn dann mit einer genau abgezirkelten Bewegung in die Flamme einer der Tischkerzen hielt. Zwei verspätete Klopfzeichen markierten ein Intervall, und als der Schein hell aufflammte, ließ Elisabeth ihn aus Schulterhöhe auf den Tisch fallen und zog einen zweiten hervor. In ihren Bewegungen lag bereits ein genauer Rhythmus, und die hypnotische Gleichförmigkeit – gekoppelt mit einem beinahe vollständigen Mißtrauen dem eigenen Augenschein gegenüber – hinderte offensichtlich jeden der Anwesenden daran, zu reagieren. Erst als der dritte nagelneue Tausender in Flammen aufgegangen war, fuhr der dicke Rudolf mit einem „Verdammt nochmal" dazwischen, und als der vierte Feuer fing, brach die Hölle los. Von allen Seiten her warf die Gesellschaft sich über den Couchtisch, und die einsame Kaffeekanne vom Nachmittag zuvor bekam nun Gefolgschaft, bestehend aus Gläsern und Flaschen, Kerzen und Vasen, Keksen, Zigarrenstummeln und zerknüllten Papierservietten. Das flog nach rechts und nach links, und was nicht auf dem Fußboden landete, rutschte an der Tapete herab, so daß noch mehrere exotische Blumen ausschlugen, und Tenna – die direkten Kurs auf Elisabeth nahm – dachte: Drückt mich auch an die Wand, und ich bleibe hängen. Flach, trocken, eine Erinnerung, stumm, taub, unbelastet. Macht aus mir ein Bild. Doch das trat nicht ein, denn sie mußte die wahnsinnig, aber keinen Ton von sich gebende Frau, die sich ihre Mutter nannte, zum Aufhören zwingen. Es gab viele Arten von Hohn, aber niemand konnte mit gezielter Verachtung leben, und ihr war klar, daß sie sich hiermit nicht abfinden konnte. Mit ihren kräftigen Sortiererhänden packte sie ein Handgelenk Elisabeths und zwang sie auf das Sofa zurück. Halb über dem Couchtisch liegend, hielt sie Elisabeth nieder, und während die anderen rings um sie kämpften und sich gegenseitig versicherten, daß man den Schein wieder in klingende Münze verwandeln könne, wenn nur die Nummer darauf nicht verbrannt war, flüsterte sie mit weit aufgerissenem Mund: „Fahr ab, Mutter, hörst du, fahr ab!“

Der Packen mit den glatten Scheinen glitt aus Elisabeths Hand und fiel auf den Fußboden, wo Füße sich lebhaft hin- und herbewegten. Tenna folgte ihm mit den Augen. Wenn das alles Eintausendkronenscheine waren, mußte es ein Vermögen sein. Hundert Scheine? Ob da hundert Scheine in einem Packen waren? Glatte, unberührte, neue? Einhunderttausend Kronen? Einhunderttausend in bar, minus die, die gerade verbrannt waren! Tennas Augen füllten sich mit Tränen, in ihr kam ein Gefühl von Raserei auf, aber auch von Ausgeschlossensein, Sehnsucht und hoffnungsloser Melancholie, ein Gefühl, das ihr die Eingeweide zu zerreißen schien.

„Die gehören dir“, flüsterte Elisabeth. „Nimm sie nur. Die gehören alle dir.“

Die Augen fielen ihr in Intervallen immer wieder zu, als wolle sie in eine Bewußtlosigkeit hinübergleiten, und die Beine rutschten ihr langsam weg; Tenna zog sich von ihr zurück, taumelte zur Wand hin, von wo aus sie das waltende Chaos in aller Deutlichkeit überblicken konnte, und während sich das Zimmer vor ihrem Blick ausweitete und sie sich den Mund mit der Hand zuhielt – denn entweder war Elisabeth nahe am Sterben oder sie war völlig wahnsinnig, sie sank immer weiter auf den Fußboden und schob den Tisch mit den Knien vor sich her – und während sich erneut Stille ausbreitete, hörte sie Elisabeth stöhnen und sah sie den Kopf von rechts nach links werfen; gleichzeitig hatte Elisabeth das Geldbündel krampfhaft mit einer Hand umklammert, dann nahm sie es hoch und preßte es sich gegen den Mund, als wolle sie einen Schrei ersticken.

Johannes beugte sich über Elisabeth und sagte mit leiser Stimme: „Ist Ihnen was?“

Er schob eine Hand vorsichtig unter ihren Nacken, hob sie langsam hoch. Mit der gleichen klinischen Behutsamkeit entfernte er das Bündel aus ihrer Hand und stopfte es ihr in die Tasche. Bald danach öffnete sie die Augen. Nun wieder sitzend, Johannes' Hand noch immer im Nacken, sagte sie leise, aber höflich, und alle konnten es hören: „Vielen Dank für den netten Abend.“

Auf einmal war im Zimmer ein Flüstern und ein Sich-Bewegen, ein Geschrape von Füßen und ein Suchen nach Dingen, die umgestoßen worden oder auf den Fußboden gefallen waren, ein Zigarettenanzünden und ein Kramen nach Kamm und Lippenstift, doch davon merkte Elisabeth nicht viel. Von Johannes an die Hand genommen, verließ sie das Zimmer, und als sie eine bestimmte Stelle rechts von der Nase an der Oberlippe berührte, mußte sie an eine römische Orgie denken – ja, weiß Gott, es war eine Orgie gewesen *und* in Rom –, und sie erkannte diese ausgebrannte Irritation wieder, die sie damals auch empfunden hatte. Wer war was und warum, was war eigentlich passiert, und war überhaupt etwas passiert? Die Empfindung erinnerte an den Kater des nächsten Tages, wo der Schmerz sich in eine unausweichliche Melancholie verwandelt, ein Gefühl von Asche, wie es erloschene Vulkane kennen müssen, Sinnlosigkeit als körperlicher Begriff. Sie vermißte Gerard, doch wiederum nicht so sehr, nur der Gedanke an seine Asche-Leichtheit wirkte wie ein Trost.

„Ja, das war ja ein bißchen viel", sagte sie zu Johannes.

„Ach was, das kann schon mal vorkommen."

Er lächelte sie an. Tenna stand am anderen Ende des Korridors, den Rücken an die Wand gelehnt, die Hände hinter sich.

Johannes half Elisabeth in den Mantel. Die kleine Gerda steckte den Kopf heraus und fragte, ob sie einen Wagen rufen solle, doch Elisabeth meinte, sie wolle laufen. Ein bißchen frische Luft könne nicht schaden. „In *den* Schuhen?" Gerda zeigte darauf. Doch ihr wurde abgewinkt, das mache nichts, und Johannes bot sofort an, sie zu begleiten. Tenna richtete sich auf und ließ die Arme herabhängen. Gerda hatte sich ins Zimmer zurückgezogen, nachdem sie viel gelächelt und gewinkt hatte, und gleich danach setzte die Musik wieder ein. Elisabeth ging auf Tenna zu.

„Willst du mir nicht ‚Auf Wiedersehen' sagen?"

„Natürlich."

„Es tut mir leid, daß es so merkwürdig gelaufen ist. Ich weiß nicht, was mit mir los war . . ."

Tenna sagte nichts.

„. . . aber ich stehe hinter jedem Wort, das ich gesagt habe. Hinter jedem Wort."

„Tatsächlich?"

Tennas Gesicht leuchtete im Dunklen. Johannes trat unruhig von einem Bein aufs andere.

„Ja."

Elisabeth strich sich über die Stirn. Dann lächelte sie.

„Aber ich weiß nicht so ganz genau . . . was ich gesagt habe."

„Gut", gab Tenna zur Antwort.

Es entstand eine Pause. Elisabeth hob den Blick und berührte Tenna am Arm.

„Wir sehen uns", sagte sie.

„Meinst du?"

„Da bin ich ganz sicher."

Sie klopfte Tenna auf die Schulter.

„Ganz sicher."

Dann beugte sie sich vor und küßte sie auf die Wange.

„Gute Nacht, mein Kleines. Und grüß die Kinder."

Johannes hatte die Seemannsjacke angezogen und die Ledermütze aufgesetzt. Er stand wartend an der Tür. Er war froh, daß das überstanden war. Im Zimmer hatten sie sicherlich aufgeräumt. Es konnte ja manchmal wild zugehen, und Menschen benahmen sich oft töricht, doch selten in dieser Weise. Von einer Schlägerei konnte ja nicht die Rede sein, noch nicht mal von einem Streit, er verstand jedenfalls nicht, worum es sich eigentlich gehandelt hatte. Ein bißchen ahnte er vielleicht, über den Rest nachzudenken lohnte sich nicht. Eine Sache jedoch stand fest: Keiner durfte jemals wieder in seiner Wohnstube Tausender verbrennen. Er hatte einmal nach einem guten Fang „Gerade oder Ungerade" um Hunderter gespielt, aber das war etwas anderes. Das war ein Spiel – mochte es so blöd sein, wie es wollte –, Irrsinn war das jedenfalls nicht. Er wußte schon, was tausend Kronen wert waren, und das konnte nur ein Verrückter sein, der sich so etwas ausdachte. Eine Frau. Vielleicht. Nach diesen beiden letzten Tagen war er bereit, an alles zu glauben. Der Schiffer hatte es oft gesagt: „Auf den Kutter kommt mir keine Frau. Das bringt nie was ein." Daß er nun auch für Johannes keinen Platz mehr an Bord hatte, war eine andere Sache. Tenna verstand er auch nicht. Sie wollt anscheinend partout drei Dinge auf einmal. Wenn sie nun ... Wenn sie nun das Geld angenommen hätte. Wenn nun das ganze Bündel für sie bestimmt war, und sie hätte es angenommen, dann hätte es vielleicht auch kein Feuerwerk gegeben, dann wäre vielleicht noch mehr hinzugekommen, vielleicht war diese Frau so reich, daß sie einen Kutter kaufen konnte. Einen Kutter für ihn! Er trat unruhig von einem Bein aufs andere. Unsinn. Wahnsinn. Feuer über Kerzen. Geld verbrennen. Almosen durfte man nicht entgegennehmen! Keiner würde ihn dazu bringen, Gnadenbrot zu fressen!

Er öffnete die Tür und ging hinaus auf den Treppenabsatz. Er sah, daß Elisabeth sich auf das Geländer stützte und hörte das Geräusch der hohe Absätze auf den harten Stufen. Klick, klack, klick, klack. Warum er, verdammt nochmal, nicht darauf gedrungen hatte, daß Gerda ein Taxi rief, begriff er selber nicht. Was sollte er mit solch einem Dämchen draußen im Schnee anfangen? Es hatte den ganzen Abend geschneit, und jetzt war es spät. Als die sich den Hals vollgossen, hatte er aus dem Fenster geblickt und die Schneewehen gesehen und dabei an die Meteorologen gedacht, diese Quasselköppe. Milder Winter, der mildeste Winter seit Menschengedenken, so stand es in der Zeitung, nichts durfte man glauben, so was schon gar nicht. Er öffnete Elisabeth die Tür, und noch bevor sie auf den Bürgersteig getreten waren, hörte er das ferne Tuten der Nebelhörner im Hafen. Warum konnte Hanki sie denn nicht nach Hause fahren oder der dicke Rudolf, das Riesenvieh, dem war das doch sonst egal, wieviel Promille er intus hatte. Keiner kümmerte sich hier doch um solche Bagatellen. Keiner kümmerte sich doch einen Dreck um irgendwas. Er schäumte vor Wut und sah auf einmal, daß Zeitungs-Ole noch Licht im Laden hatte. Was war denn das nun wieder für ein Schwachsinn? Mitten in der Nacht? Er streckte den Kopf vor und sah den Zeitungsmann mit einem Besen zwischen Stapeln alter Zeitungen, zwischen Pornoheften und gelben Brausen umhergehen. Er fegte den Fußboden. Um halb zwei! Bevor es Johannes gelang,

Kontrolle über sich selbst zu gewinnen, hatte er schon mit Armen und Beinen um sich geschlagen und dem Mann durch das Schaufenster eine Nase gemacht. Der konnte natürlich nichts sehen und fegte ruhig weiter, aber Elisabeth hatte das Manöver bemerkt, war stehengeblieben, zog nun erst das eine Bein aus dem mehrere Fuß hohen Schnee und dann das andere.

„Was war denn da?"

Sie stapfte auf Johannes zu.

„Nichts."

„Aber du hast doch irgendwas gemacht."

„Ich kann diesen Kerl nicht ausstehen. Er spioniert."

Sie blickte in Richtung Schaufenster.

„Er kann doch gar nichts sehen. Was sollte er denn sehen?"

Sie schaute zu Johannes hinauf.

„Nichts."

„War er das, mit dem du dich geprügelt hast?"

„Was sagst du?"

Elisabeth ging weiter. Sie hüpfte wie ein Huhn auf einem nassen Betonfußboden.

„Ich glaube, ihr beide wart das."

Ihn packte die gleiche Wut wie jene, die ihn schon am Tag zuvor aus der Wohnung getrieben hatte. Blindlings sauste er hinter ihr her und hätte sie umgeworfen, hätte er nicht noch im letzten Moment einen Sprung zur Seite getan.

„Was mischst du dich überhaupt ein? Was, zum Teufel, willst du eigentlich?" schrie er. „Was, zum Teufel, willst du?"

„Ich friere."

Sie hatte die Hände in die Manteltaschen gesteckt und preßte die Arme an den Körper.

„Meine Schuhe sind durchnäßt."

Johannes hickste.

„Warum wolltest du denn, verdammt nochmal, kein Taxi nehmen?“

Elisabeth zuckte mit den Schultern.

„Warum gehst du nicht einfach nach Hause?“

Verwirrt schob er die Schultern nach vorn. „Ich?“

„Wenn dir das zu mühselig ist, kannst du doch einfach nach oben gehen. Ich finde schon allein zurück.“

Sie stapfte weiter. Er stand noch ein Weilchen verwirrt da. Dann folgte er ihr.

„Worauf bist du eigentlich aus?“ fragte er, während er versuchte, im gleichen Schritt neben ihr herzutrippeln. Der Wind trieb den Schnee vor sich her, und der schabte und zischelte an den vertrockneten Blättern der Hecken am Wegrand. Zu Füßen der Zäune häufte er sich auf.

„Alle fragen mich das“, sagte Elisabeth. „Ich will eigentlich nichts.“

„Und . . . Und diese ganze Komödie?“

Sie sah ihn schräg von unten an und lächelte.

„Dir hat das wohl keinen Spaß gemacht?“

Sie schwankte ein klein wenig, und er mußte den Arm ausstrecken und sie stützen. Sie griff nach dem Arm und hielt ihn fest.

„Ich bin gekommen, um meine Tochter zu besuchen. Aber ich weiß nicht genau, ob das alles war. Ich glaube, ich will sie mitnehmen.“

Johannes brachte kein Wort heraus. Die Wörter klebten wie Gummi im Rachen. Elisabeth hing halb auf ihm. Sie lehnte den Kopf an seinen Arm.

„Findest du das sehr schlimm?“ Und ohne Pause fuhr sie fort: „Dann nur, weil du nicht ordentlich zugehört hast. Dann nur, weil du eine zarte Andeutung nicht verstehst. Das Angebot galt auch dir. Hast du das nicht mitbekommen? Hat dir das dein Verstand nicht gesagt?“

Elisabeth klammerte sich stärker an ihn.

„Ich habe einen Plan. Einen erstklassigen Plan. Ich kann

nicht zulassen, daß meine Familie auf diese Art und Weise lebt. Ja, das ist natürlich eure Angelegenheit. Ich will mich da nicht einmischen. Aber ich will ein paar Möglichkeiten schaffen. Wer Mittel hat, hat Möglichkeiten – ist dir dieser Gedanke nie gekommen?"

„Um Tausendkronenscheine zu verbrennen?"

„Unter anderem. Ja. Doch das Geld kann eine bessere Verwendung finden. Ich sehe nicht ein, warum meine einzige Tochter Fisch schleppen soll."

„Sortieren. Tenna sortiert."

„Ja, nenn es, wie du willst. Aber ich habe sie in Funktion gesehen. Und sie ist mutig. Schön und mutig. Ich bewundere sie. Und was ist mit dir? Warum willst du als Arbeitsloser herumlungern? Warum, Johannes? Ist dir nie der Gedanke gekommen, daß man diese Situation verändern kann? Daß man eine Menge kann ... wenn man kann?"

Sie drückte kräftig seinen Arm.

„Willst du mich tragen?"

„Was?!"

Elisabeth blieb stehen.

„Ich habe gefragt, ob du mich tragen willst?"

„Hier. Mitten auf der Straße?"

„Meine Füße sind Eisklumpen. Ich kann nicht mehr laufen."

Sie hatten die Nebenstraße verlassen und gingen jetzt auf der Hauptstraße. Es war öde um sie herum, die Straßenlampen schwankten im Wind, und die Schatten schaukelten auf den dunklen Fassaden hin und her. Hilflos stand er da. Ihm war, als würde er bis zur Höhe des ersten Stocks hinaufragen und als wäre es ihm aufgrund der eigenen Schwere unmöglich, die Füße anzuheben.

Elisabeth streckte die Arme zu ihm auf.

„Komm", sagte sie, „nur ein kleines Stück. Dann laufe ich wieder selbst."

Knirschend wie ein Kran löste er sich von seiner schweren Hemmung und beugte sich über sie. Die Arme ließ er wie Greifer zu ihr herab, doch unsicher und mechanisch, und erst als sie sich dicht an ihn lehnte und das eine Bein anhob, verlor sich seine Steifheit, und er hievte sie empor, mühelos wie eine Feder. Sie schmiegte sich an ihn und begrub ihr Gesicht in der Nähe des obersten Knopfs der Seemanssjacke und rieb ihre Nase an dem rauhen Stoff.

„So ist es gut", flüsterte sie, „so ist es gut."

Er setzte sich in Bewegung und ging mit ihr in Richtung Hotel, und als sie an Jørgensens Galerie vorbeigingen, blieb er einen Augenblick stehen, sah aber nicht hinein. Der Laden war dunkel, verrammelt und verriegelt. Er wußte nicht, ob die Frau in seinen Armen schlief oder ob sie tot war, ja kaum, ob sie überhaupt da war, doch ein Bild begann sich in seinem Kopf abzuzeichnen. Noch hatte es keine scharfen Konturen, aber auch die stellten sich bald ein. Eine Landschaft, Dünen, dahinter der Strand, ein paar Häuser, eine Mühle und dann Licht. Eine Flut von Licht. Sommer. Eine Flut von Sommer. Er schritt aus. Licht. Kein Schnee. Sommer. Das Bild war klein. Nicht viele bemerkten es. Aber er. Er wußte, wer es gemalt hatte. Könnte er selbst gewesen sein. Könnte sein Bild sein. Er spürte sein Blut, und die Schritte wurden schwerer. Es war wichtig, etwas sein eigen zu nennen, etwas, was man ganz allein besaß. Es war wichtig, etwas sein eigen zu nennen!

Er überquerte die Straße und ging zwischen zwei parkenden Autos hindurch, deren Windschutzscheiben zugepudert waren und die ein Extradach von mehreren Zentimetern trugen, auf den gegenüberliegenden Bürgersteig. Als er den Oberkörper drehte, streifte Elisabeths Fuß den Schnee auf einem Kühler, sie stieß einen kleinen Schrei aus, und er zog sie dichter an sich heran, wohl um sie zu schützen, aber wohl auch, weil er sein Bedürfnis, etwas zu haben, zu sein, zu besitzen, unterstreichen wollte. Sie schob eine Hand unter seine Jacke. Die Hand fand den Weg zum

Hemd, hinterließ ein wenig Kühle, die sie bekräftigte, indem sie die Finger sanft hin- und hergleiten ließ. Das Bild rutschte aus dem Brennpunkt und wieder hinein, er wußte nicht, was er damit anfangen sollte, war aber ganz eingenommen von dessen Versprechen einer Veränderung oder dem merkwürdigen Festhalten an einer Sinnes- und Wetterlage, die er – wie ihm schien – fast vergessen, doch nach der er eine starke Sehnsucht hatte. Er wußte nicht, ob seine Kindheit so ausgesehen hatte, erinnerte sich nur an ein entsprechendes Gefühl, als er Tenna das erstemal gesehen hatte und wußte, hier gab es etwas, was er besitzen mußte, etwas, was schon immer ein Teil von ihm selbst gewesen war. Es wurde immer schwerer, in dem Schnee voranzukommen, doch davon spürte Johannes nichts, er fühlte nur das schwache Killern an der Brust, wo Elisabeths Finger ihn berührten, bis er eine neue Empfindung an sich wahrnahm, ein Surren oder Vibrieren, das von seinem Geschlecht ausging und ein Gefühl wie nach einer langen Zug- oder Flugreise hinterließ, wo unerwartet Lust geweckt wird und nach Befriedigung verlangt. Er zischte durch die Zähne, denn durch die unschuldige Landschaft hindurch sah er auch ein Bild von Tenna . . . eine Flugreise, wo ging sie hin? . . . irgendwohin nach Süden, ein Strand, nein, ein Swimmingpool und Tenna im Bikini, Tenna mit erhobenen Armen auf einem Sprungbrett, Tenna vor einer Palme, ihr Sprung, das Geräusch des Wassers, das Klatschen und Blubbern, als sie die Oberfläche zerteilt, ein Zimmer, ein Bett, nasse Haut, auf der Schulter die Streifen vom Bikini, der kühle Körper, die Feuchtigkeit, und die Wärme, die alles durchdringt, die Sehnsucht.

Er hörte gar nicht, daß Elisabeth mit ihm sprach. Er hatte vergessen, wen er trug, dann aber tauchte er wieder auf, spürte, daß sein Nacken steif war, blieb stehen. Sie befanden sich direkt vor dem Museum, es sah dunkel und abweisend aus hinter dem niedrigen Zaun. Die Zwergstatuen der wandernden Künstler hatten sich in der Dunkelheit versteckt, nur ein paar schneehelle Flecke leuchteten im Schutz der Mauer. Er atmete schwer.

„Wo sind wir?“ wiederholte sie.

„So gut wie da.“

„Dann setz mich lieber ab.“

Johannes reagierte nicht sofort, ließ sie aber wenig später hinuntergleiten, so daß sie vor ihm zu stehen kam.

„Frierst du nicht?“

„Das Stück schaffe ich schon noch.“

An ihn gelehnt blieb sie stehen und sah zu ihm hoch.

„Bist du wütend?“

„Was?“

Sie führte wieder die Hand unter seine Jacke, schob sie hinter seinen Hosenbund.

„Bist du wütend über das hier?“

Er antwortete nicht, spürte nur, wie das vibrierende Killern sich über die Leiste hin fortsetzte und über die Hinterbacken, spürte das Glied sich erheben. Was da vor sich ging, wußte er nicht, er war wie gelähmt, gleichgültig, ziellos, Ekel und Hunger auf einmal. Der Duft ihres Ledermantels und ihres Parfüms, ihre seltsam kühle Wärme überfiel ihn wie ein unbekanntes Wetter, ein Hitzeschwall, der Schnee schmelzen und die Flüsse zu reißenden Strömen werden läßt. Nichts von dem, was jetzt geschah, paßte ins Bild, er konnte das nicht sein, der der da in seiner Heimatstadt mit einer fremden, sechzigjährigen Frau stand, die ihre Hand in seine Hose steckte. Das war zu blödsinnig, als daß es wahr sein konnte, doch fühlte er gleichzeitig eine so starke Lust, daß er vergessen hatte, was wahr war und was nicht.

„Was tust du?“ murmelte er halb erstickt. „Was machst du da?“

„Mir war doch ein bißchen kalt“, sagte sie und preßte sich an ihn. „Ich wollte mich nur wärmen.“

Die kühle Hand hatte ihn im Griff und bewegte sich vor und zurück, ganz ruhig, ganz sanft.

„Oh, wie habe ich mich danach gesehnt", flüsterte sie. „So gesehnt, das kannst du dir gar nicht vorstellen."

Langsam schob sie die Vorhaut zurück und rollte sie mit einem vom Mittelfinger ausgeführten wohldosierten Extradruck an der Unterseite wieder vor.

„Juggernaut . . . juggernaut!"

Sie preßte ihr Gesicht gegen seinen Brustkasten, und die Lust trieb ihm den Unterkörper nach vorn, während funkelnde Hitzewolken vor seinen Augen schwebten.

„Jung", hauchte sie, den Mund am rauhen Stoff der Seemannsjacke, „jung, jung . . . juggernaut!"

Dann richtete sie sich auf und ließ ihn los. Die Bewegung kam so abrupt und war so brutal, daß das fordernde Vorschieben seines Unterleibs sich in ein Zusammenfallen verwandelte, ein Zusammenklappen wie bei einem Taschenmesser.

„Komm", sagte sie und reichte ihm die Hand, „komm. Wir können hier nicht so stehenbleiben."

Wie ein Kind – oder wie ein dressierter Bär – ließ er sich von ihr führen. Zahm stapfte er durch den Schnee hinter ihr her bis zum Windfang des Hotels, wo sich die Nachtklingel befand. Elisabeth läutete, und nachdem der Portier geöffnet hatte, zog sie Johannes an diesem vorbei zum Tresen hin, dort lag der Schlüssel schon bereit. Er folgte ihr die Treppe hinauf, und als Elisabeth sie beide im Zimmer eingeschlossen hatte und nun begann, seine Seemannsjacke aufzuknöpfen, geriet bei ihm irgend etwas ins Rutschen, etwas löste sich ab in seinem Kopf, und bevor er wieder Kontrolle über sich gewinnen konnte, hatte er das Revers ihres Ledermantels gepackt und mit einem Ruck zur Seite gerissen. Er beugte sich über sie und drückte seine Lippen an ihren Hals, und während er sich an sie klammerte, spürte er, daß ihre Abendtasche gegen sein

Bein schlug, rhythmisch, und wieder hörte er ihre Stimme: „Ja, so, so, ja, ja!"

Erst als er auf dem Fußboden lag, mit der Nase auf dem genoppten Läufer, dämmerte es ihm, daß irgend etwas nicht in Ordnung sein mußte. Irgendwie war es Elisabeth gelungen, sich ihm zu entziehen, und er begriff nicht im geringsten, was da vor sich ging, denn er sah sie mitten im Zimmer unter der flachen Deckenleuchte stehen und sich mit aller Kraft das Kleid zerreißen. Was hatte sie vor? Was passierte da vor seinen Augen? Das hätte er doch machen können. Er hätte das erledigen können. Er war durchaus in der Lage, eine Frau auszuziehen. Er erhob sich auf die Knie. Vielleicht konnte sie sich nicht beherrschen. Vielleicht wollte sie das selbst tun? Dieses fürchterliche Toben beunruhigte ihn jedoch, so etwas hatte er nie zuvor erlebt, der Mantel war aufs Bett geschmissen worden, die Schuhe flogen nach rechts und nach links, das leichte Chiffontuch ritschte durch die Brosche und flatterte zur Seite, das Kleid war von oben bis unten aufgerissen, und als sie ihre Nägel in die Strumpfhose hieb und gleichzeitig zu schreien begann, schrumpfte sein Geschlecht, und die Haare sträubten sich ihm. Es waren schrille, völlig unwirkliche Schreie. Er wollte seinem Ohr nicht trauen, ihr Mund öffnete und schloß sich, aber drangen da überhaupt Laute heraus?

Mit wackligen Beinen erhob er sich und versuchte, diesen schrecklichen Lärm zu identifizieren, das Ohr an ihren Mund zu legen, um sagen zu können, ob es wirklich Elisabeth war, die da schrie, versuchte auch, das Geschrei zu dämpfen, indem er seine Hand über ihren Mund legte – denn sie war es tatsächlich –, merkte dann mit einer Sekunde Verzögerung, wie der Schmerz von tiefen Kratzern, die ihre Nägel in sein Gesicht gerissen hatten, sich ausbreitete, sich in die Nerven der Haut einfraß wie Säure in Zink. Er hob beide Hände vor das Gesicht, um sich zu schützen, und sah, daß sie sich das Blut an ihren Händen am Unterzeug abwischte und die Tür zum Gang öffnete, immer noch gellende Schreie ausstoßend.

Nur ein Bild blieb in seinem Kopf zurück: Ein gestrichener, doch verhältnismäßig verrosteter Spülkasten, an dessen Seiten das eisenhaltige Wasser Bahnen gezogen hatte. Er spürte, daß sich in seinem Hals etwas löste, das war kein Schrei, mehr eine große, klebrige Blase, die schließlich als ein Brüllen heraustrat. Es drückte Verwunderung aus, jedoch auch Kummer, es war eine Warnung, doch auch ein Jammern, eine Drohung, doch zuvörderst eine Bitte um Hilfe. Dann wich die Lähmung von ihm, und er rannte los. Er rammelte hinaus auf den Gang, wo Elisabeth stand und ihren Mund immer noch zu einem „O" geformt hielt, die Hände gegen die Brust gepreßt. Für den Bruchteil einer Sekunde fing er ihren Blick auf, der ihm kalt beobachtend und mit einer wahnwitzigen Andeutung von Vertraulichkeit folgte, dann sah er andere Menschen – einige im Nachtzeug und mit abstehenden Haaren –, hörte erschrokkene Rufe und erblickte schließlich den Portier, der am Ende der Treppe Aufstellung genommen und Front gegen ihn gemacht hatte, doch im letzten Augenblick zur Seite trat, da das Tempo, das Johannes draufhatte, addiert mit seiner Schwere gereicht hätte, eine Mauer zum Einsturz zu bringen.

Was auch ganz einfach dadurch bewiesen wurde, daß er in Ermanglung anderer Möglichkeiten durch die Glastür des Hotels brach, schließlich auf dem davorliegenden Platz mit zerschundenem, stark blutendem Gesicht und aufgerissenen Händen landete, nach rechts und nach links starrte, um zu erkunden, wo er Zuflucht suchen sollte.

Das Brüllen stieg wieder in ihm hoch, denn eine Zuflucht gab es nicht, dafür eine Sehnsucht, die ganz anderer Art war als die, die er eben noch gewaltsam in sich gespürt hatte. Frieden. Er brauchte Frieden. Es müßte doch irgendwo Frieden, Ruhe und Frieden geben. Ein Friedloser brauchte Frieden. Freies Geleit. Frieden. Er hörte Schritte hinter sich, Stimmen, Rufe und lief weiter. Ohne an seine blutigen Hände und die brennenden Streifen im Gesicht zu denken, fühlte er, daß das Bedürfnis, auszubrechen und durchzustoßen noch nicht befriedigt war. Ihm fiel der Fleck an der Wand ein, der zermatschte Kopf, der nach dem mißglückten Durchbruchversuch hilflos nach allen Seiten ausfloß, und gleichzeitig drang ihm das Echo von Elisabeths Schrei in die Ohren. Was schrie sie denn? Weshalb hatte sie geschrien? Sie war es doch, die wollte, sie, die aufgefordert hatte, sie, die er durch die Straßen getragen hatte. Auf seinen Händen!

Er nahm Kurs auf das Museum, und mit der Kraft der Verzweiflung, verstärkt durch das Fehlen eines eigentlichen Ziels, sprang er über das Geländer und rannte nach links, kam am Giebel vorbei und stand schließlich am alten Atelier im Garten hinter dem Haupthaus. Aus der Dunkelheit starrten ihn die toten Augen einer Büste aus Granit an, und etwas weiter oben hielt ihm eine nonnenhafte Malerin appellierend ihre Steinpalette entgegen. Die Stille war erfüllt von unklaren Aufforderungen, und als er die Verfolger ständig näherkommen hörte – sie drangen auf ihn von allen Seiten ein –, entschloß sich Johannes noch einmal zum direkten Durchbruch, und nachdem er die Steintreppe in drei Sprüngen genommen hatte, platzte er durch die Gartentür in das Museum hinein, wo alles, was sich Alarmanlagen und Scheinwerfer nannte, mit einer Plötzlichkeit in Funktion gesetzt wurde, die jeden Verbrecher zu Tode erschreckt hätte, doch zu Johannes gar nicht vordrang. Ganz im Gegenteil – er wurde ruhig, ihn überkam ein Gefühl von Sicherheit, ja, es legte sich eine Art Sonntagsfriede über ihn, und er ging mit festen Schritten von einem Raum zum anderen und nickte den bekannten Bildern zu, die in der bengalischen Beleuchtung und dem infernalischen Lärm blinkten und blitzten, aufleuchteten und erloschen wie die vielen Erinnerungen an Dinge, die ins Vergessen geraten waren, Sommer, längst entschwundene, Licht und Liebe, verloren und nicht mehr auffindbar. Sein Tempo und sein unerwartet bizarres Benehmen brachte seine Verfolger für eine Weile von der Spur ab, so daß Johannes nahezu reichlich Zeit hatte, seine Lieblingsmotive zu betrachten, hierunter „Der tote Fischer", ein Bild, das ihn immer irritierte. Er wußte, wie tote Fischer aussehen, doch der Mann auf der Leinwand und die Trauernden um ihn herum waren für seinen Geschmack zu ballettartig arrangiert. Der Tod war etwas Urwüchsiges. Er nahm sich nie fein aus. Und tat er es, dann nur weil er „gemacht" war. Die reine Flucht. Der Maler hatte selbst Angst davor, den Pinsel abgeben zu müssen, deshalb fertigte er sein Bild auf diese Weise. Das Licht ging aus und wieder an. Eine Sirene schien direkt auf sein Ohr gerichtet zu sein, doch als er an ihr vorbeigegangen war, hörte er das Geräusch einer anderen. Die mußte von der Polizei sein. Nun schickten sie auch noch die Polizei hinter ihm her! Weit in der Ferne erblickte er in einem Funkengewirr seine Familie, o Gott, er hatte ja Gäste zu Hause, wie mochte das wohl gehen? Ob die Flaschen ausgetrunken waren? Die Kinder im Bett? Tenna? Er schüttelte den Kopf und ging in Begleitung eines Flammenspiels an dem „Hipp, hipp, hurra"-Bild vorbei, dessen erstarrte Bacchanten und Bacchantinnen auf ewige Zeiten ihrem eigenen Echo huldigten. Johannes lächelte, denn endlich war er am Ziel, blieb stehen und betrachtete Professor Johansens Bild von der Stadt, von Süden her gesehen. Er stand ganz ruhig, und ohne daß er es bemerkte, wurde es auch um ihn herum ruhig. Die Alarmanlage schwieg, das Licht blinkte nicht mehr. Das einzige Geräusch, das er vernahm, war das in Abständen auf den blankgescheuerten Dielenfußboden tropfende Blut aus seinen Händen.

„Frieden", sagte er, und als er im gleichen Moment die

Hände hob, um das Bild vom Nagel zu nehmen, warfen sich sechs Beamte in Kampfuniform und mit heruntergelassenem Visier auf ihn und zwangen ihn zu Boden.

„Nur ruhig, Hansen“, sagte einer von ihnen, „wenn du nur machst, was wir sagen, passiert dir nichts.“

Sie stellten ihn wieder auf die Beine, und mit auf den Rücken gedrehten Armen wurde er durch die Säle zum Haupteingang geführt und hinaus zum wartenden Polizeiwagen, der sein blaues Rundumlicht in alle Richtungen warf, auch auf die beiden unterproportionierten Maler auf dem Sockel. Es hatte den Anschein, als blinzelten sie, um sich vor dem scharfen Licht zu schützen.

Es schneite nicht mehr, aber es war kälter geworden, dem Vernehmen nach mehrere Grade Frost. Jedenfalls empfand er es als schmerzlich kalt, als sie ihn über den Kühler warfen und ihn abtasteten, um zu erkunden, ob er bewaffnet war. Während er mit zur Seite gestreckten Armen und auf das Metall gepreßtem Gesicht dalag, die Hände unter dem Griff zweier Polizisten über das Handgelenk gebogen, erblickte er in der kleinen Versammlung Neugieriger, die im Schnee vor sich hinfror, Jørgensen. Was dieser dachte, war nicht zu erraten. Sein Gesicht war voller Sorge, doch hatte er gleichzeitig diesen feinen ironischen Zug um die Augen, der immer, wenn er Bilder erklärte, einen Humoristen aus ihm machte. Es war wohl mehr eine Maske. Jørgensen schien erstarrt zu sein, und erst als die Beamten mit ihrer Arbeit fertig waren und Johannes in das Auto stauchten, öffnete Jørgensen den Mund, als wolle er etwas sagen, als wolle er Johannes ein „Bis bald!“ zurufen. Aber kein Laut kam aus ihm heraus, es war ringsum sehr still, und das letzte, was Johannes von seinem Freund sah, war in eine Serie blauer Blitze getaucht, als der Polizeiwagen startete und davonfuhr, und Jørgensen den Kopf über den Handrücken beugte und versuchte, seinen Raucherhusten unter Kontrolle zu bringen.

VIII

Krokus, Winterling, ja selbst die gelbe Narzissen mußten im Hyde- und im St.-James-Park längst verblüht sein – jetzt waren die weißen Narzissen an der Reihe und bald danach Flieder und Schneeball –, aber dieser ganzen Pracht schenkte Elisabeth kaum einen Gedanken, als sie bei kaltem, strahlendem Frühlingswetter den Rollstuhl die Hauptstraße hinunterschob. Trotz des Rückfalls stimmte die Statistik: Tatsächlich war dieser Winter der mildeste des Jahrhunderts, und nun stand der Frühling vor der Tür, daran gab es keinen Zweifel, die Schaufensterscheiben funkelten, und die ganze Stadt „roch nach Geld" – wie man sagte –, der Wind stand ost-österlich, die Fischmehlfabriken entfalteten ihren Gestank.

Trotz des schönen Wetters zog sie sorgfältig das wollene Tuch näher an Tennas Hals heran. Wenn man sich nicht bewegte, war der Wärmeverlust größer. Frische Luft war jedoch vonnöten, und sie genossen beide diese Spaziergänge, während derer Tenna an die Luft kam, alte Bekannte begrüßen und auch, wenn ihr danach war, ein Gespräch führen konnte.

Die Klärung der Angelegenheit war nicht in allen Teilen so ganz einfach gewesen, doch den Gewalttaten und Verbrechen – ja, dem Wahnsinn – konnte ein Ende bereitet werden. Schließlich gab es ein Gesetz, und wenn auch Betty – aufgrund des Verwandtschaftsgrades – sich nicht persönlich der Sache annehmen konnte, hatte sie doch so viele Beziehungen in juristischen Kreisen – und man hatte diesen Fall ja mit so viel Aufmerksamkeit verfolgt –, daß es bei Johannes' Verurteilung keine weiteren Schwierigkeiten gab. Die eindeutig von Wahnsinn geprägten Handlungen, die der Vergewaltigung auf dem Fuß folgten, hätten vielleicht als Entschuldigung für sein Verhalten dienen können – zeitweilige Geistesabwesenheit –, doch war es ganz im Gegenteil dem weiblichen Ankläger gelungen, dies als besonders inkriminierend einzustufen. Gab es nicht eine subtile Parallele zwischen dem brutalen Versuch des Mannes, eine Frau zu vergewaltigen, und dem Drang nach Zerstörung von Kunstwerken, obendrein von nationalen Kleinodien, die Eigentum des ganzen Volkes waren?

Die größte Sorge bereitete Elisabeth übrigens Tennas Perücke. Es hatte sich als äußerst schwierig erwiesen, die goldene Nuance mit dem eingeschossenen Rot zu treffen, die ihre normale – und aufsehenerregende – Haarfarbe ausmachte. Die Tönung der Perücke fiel etwas zu künstlich aus, entweder zu stark oder zu schwach, zu leuchtend oder zu gedeckt. Doch zu machen war das schon, und sie hatte sich geschworen, Geld und Anstrengungen nicht zu scheuen, um das erstrebte Resultat zu erreichen, nämlich Tenna vollkommen wiederzuerschaffen oder zumindest beinahe wieder Tennas ursprüngliche Konstitution herzustellen. Wenn sie, Elisabeth, die anderen Probleme gelöst hatte – und das hatte sie wirklich –, dann würde ihr das bei dem Rest auch noch gelingen. Sie hatte Dorothy zweimal herübergeholt, damit die ihr bei der Garderobe und mit dem neuen Haus helfe, aber das waren Kleinigkeiten im Vergleich zu den Anstrengungen, die sie gehabt hatte, um erstens Erna in einer Entziehungsanstalt unterzubringen und zweitens Hans in die Internatsschule von Herlufsholm einschreiben zu lassen. Er war ja begabt, der Bursche, und wenn man die Lederhaut von ihm abgeschabt und ihm andere Kleidung verpaßt hatte, durchaus ganz honett. Trotzdem mußte sie kräftig auf des alten Kanters Prestige und Beziehungen setzen, um den Jungen dort hineinzubekommen, und natürlich war auch – als Elisabeth den Gedanken lancierte, daß die Trennung von den Kindern, deren Entfernung aus der bisherigen Umgebung, sowohl für sie, Tenna, als auch für die Kinder unumgänglich war – Tennas anfangs sehr starker Widerstand zu überwinden.

Ihre Mutmaßungen schienen bestätigt worden zu sein. In so abgeschlossenen Verhältnissen, bei diesem Tempo in der Einschränkung aller Lebensumstände, belastet mit der Bürde der Kleinbürgerlichkeit, dem Mangel an Geschmack, ohne Selbstwertgefühl und Stolz, mußte – unter Einwirkung eines um sich greifenden Sittenverfalls – der Druck mit der Zeit so überwältigend werden, daß er sich in Gewalt, Zerstörung, Rauschmittelsucht und Brandstiftung entlud. In diesen Zustand war ihr Vaterland also geraten, aber daß ihr diese Verhältnisse so dicht auf den Leib rükken würden, hätte sie sich niemals träumen lassen. Nicht, um das zu erleben, war sie zurückgekehrt, wahrhaftig nicht, trotzdem spürte sie tiefinnerlich eine Befriedigung darüber, daß sie sich in so gut wie keinem Punkt geirrt hatte. Die Erbärmlichkeit, die mit den Jahren zugenommen hatte, wuchs wie ein Geschwür, und wenn Elisabeth auch nicht unbedingt Wert darauf legte, mit Margaret Thatcher verglichen zu werden – da gab es einen bedeutenden Unterschied –, so mußte sie doch ihrer Ministerpräsidentin in gewissen Zusammenhängen uneingeschränkt recht geben: Man mußte seine Stärke zeigen, man mußte zurückschlagen, wenn man angegriffen wurde. Das schuldete man nicht nur sich selbst, sondern auch seinen Mitmenschen, ansonsten mündete alles in Anarchie. Die Oberklasse war sich dessen bewußt, und die Unterklasse war sich dessen bewußt, und solange sie an ihren jeweiligen Prinzipien festhielten und dort verblieben, wo sie hingehörten, war alles in Ordnung. Die teuflischen Probleme entstanden immer innerhalb dieses lauwarmen Mittelmuffs. Da waren die Frustrationen zu Hause. Seine Klasse konnte man zwar nicht abschütteln, aber man konnte eine regelrechte Umschulung vornehmen, und eines hatte sie gesehen: Tenna verfügte über die notwendigen Ressourcen. In diesem Mädchen war so viel an reinem Grundstoff vorhanden, daß Elisabeths Einfluß ausreichen würde, sie hinüberzuführen, sie dorthin zu bringen, wo die echte Freiheit als eine Selbstverständlichkeit existierte und nicht als etwas unsicher Erkämpftes oder frustriert Erreichtes. Vielleicht brauchte das seine Zeit, doch Zeit stand Gott sei Dank in ausreichendem Maße zur Verfügung.

Zu Anfang beharrte Tenna bei ihren Spaziergängen darauf, hinunter in den Hafen zu kommen. Die alten Beziehungen jedoch schienen durch die veränderte Situation gestört worden zu sein. Elisabeth wollte in dieser frühen Phase natürlich nichts erzwingen, und wieder gab ihre Intuition ihr recht. Es dauerte nicht lange, und Tenna begriff von allein, daß es nicht so war wie einst, sie bat nicht mehr um die Hafentour, sondern begnügte sich damit, durch die Hauptstraße gefahren zu werden, wo es so viel zu sehen gab. Die Dinge in der Umgebung genau zu unterscheiden, war ihr nicht möglich – vor allem die Gesichter hatten die Tendenz zu verschwimmen –, wenn Tenna jedoch ein wenig vor den Schaufenstern verweilen durfte, war sie mit ihrer halben Sehkraft auf dem einen Auge in der Lage, die ausgestellten Dinge und Waren zu erfassen, und verliebte sie sich in irgend etwas Bestimmtes, bekam Elisabeth das bald aus ihr heraus und sorgte dafür, daß die Waren gekauft und in ihr neues Zuhause geschickt wurden. Beide waren sich darüber einig, daß ihr Haus nicht mit zu vielen Dingen überflutet werden sollte, aber andererseits wollten sie gerade durch die sehr persönlichen Dinge, die *sie* sich aussuchten, dem Haus eine spezielle Prägung verleihen.

Die größte Schwierigkeit, die ihnen auf ihrer Tour begegnete, war das tägliche Zusammentreffen mit dem Idioten, der eine besondere Zuneigung zu Tenna gefaßt hatte. Doch ihrer beider Toleranz war groß genug, um mit den

Annäherungsversuchen fertigzuwerden, und oft warfen sie sich ein „Ho, ho, Radiobladdenspieler" zu, wenn Elisabeth den Idioten observiert hatte und wußte, daß sie an ihm nicht so ohne weiteres vorbeikommen würden. Es gibt Menschen und Situationen, die so verkrüppelt sind, daß man sich nur mit einem Lachen an ihnen vorbeimogeln kann, und wenn auch Elisabeths Schreiben an die Stadtverwaltung mit der Bitte um Entfernung des Idioten vom städtischen Hauptboulevard nichts erbracht hatte, so konnte sie sich leicht über diese Niederlage hinwegtrösten, denn die war nichts gegen all die Triumphe, die sie eingeheimst hatte.

Vor allem was Tenna anging. In dieser Beziehung waren sie nicht zu übersehen. Ein aufreibender Tag hatte den anderen abgelöst, das war auch nicht verwunderlich in Anbetracht der Tatsache, daß Irrsinn und Gewalt mit einem Schlag zum Ausbruch gekommen waren, und Tennas Reaktion war zu verstehen. Sie verfiel in Hysterie – und vielleicht war es gerade diese Hysterie, dieses Unkontrollierte, das einem trivialen Unfall – beim ersten Hinsehen – den Anschein einer größeren Katastrophe gab. Tenna hatte einen Besuch bei Johannes durchgesetzt. Es versteht sich von selbst, daß Elisabeth mit aller Macht dagegen ankämpfte. Aber das half nun alles nichts, so daß ein paar Tage, bevor Johannes aus dem Krankenhaus entlassen und in das Gefängnis von Frederikshavn überführt werden sollte, beschlossen wurde, ihn auf der Station zu besuchen.

Tenna war nervös gewesen. Elisabeth hatte alles getan, um ihr Festigkeit zu verleihen. Sie hatten den ganzen Tag über den Plänen für das neue Haus gesessen, der Architekt war auch zugegen gewesen, und Elisabeth hatte Sherry servieren lassen, um die Nerven abzustumpfen, doch das hatte anscheinend nichts geholfen, und als dann noch Erna am Telefon war, brach Tenna zusammen und heulte drauflos, so daß Elisabeth sie gehörig in die Pflicht nehmen und ihr noch einmal erzählen mußte, wie wichtig es für sie alle war, daß die Kinder eine Zeitlang woanders lebten, ja, wie wichtig es war, daß ganz allgemein ein Milieuwechsel stattfand, daß sie – um aus den alten Gleisen herauszukommen – sich einfach anderswo bewegen müßten. Vergangenheit hatte es schließlich in überreichem Maß gegeben. Das konnte Elisabeth jedenfalls in Bezug auf sich selbst behaupten, und sie war zu dem Ergebnis gelangt, daß diese zu nichts, zu rein gar nichts nütze gewesen war.

Was jedoch allem die Krone aufsetzte, kam völlig überraschend. Als sie im Rover zum Krankenhaus gefahren waren und gerade durch die Tür gingen, liefen sie Anders und Anna und dem Vater von Johannes, Aksel, direkt in die Arme. Tenna wollte Anna umarmen, aber die alte Frau sträubte sich, und gleich danach fiel die Tür zu, und die drei Gestalten waren verschwunden. Elisabeth hatte dies nicht verhindern können, wie auch anderes nicht – sie hatte versucht, das Verhältnis zu Tennas Pflegeeltern zu normalisieren, doch beide wollten Elisabeths ausgestreckte Hand nicht annehmen, obwohl sie sich nun wirklich die größte Mühe gegeben hatte, diese primitive Zurückweisung zu ignorieren –, und jetzt sah sie alles, was sie im Verlauf der vergangenen Wochen bei ihrer Tochter aufgebaut hatte, zusammenbrechen. Tenna warf sich heulend auf eine Bank in der Vorhalle des Krankenhauses, und schon war *nolens volens* das Schreckliche passiert. Einigermaßen beruhigt durch die unermüdlichen Liebkosungen der Mutter, wollte Tenna vor dem von ihr gewünschten Besuch bei Johannes noch eine Zigarette rauchen, als sie jedoch das Feuerzeug betätigte, explodierte es in ihrer Hand, und die brennende Flüssigkeit spritzte ihr – da sie es schon dicht vor dem Gesicht hielt – über den Kopf und auf den Oberkörper, und augenblicklich stand sie in Flammen. Das Haar brannte mit einer roten Glut, die kräftiger war als die normalerweise von ihm ausgehende, der Nylonanorak schoß als Stichflamme mit blaffendem Zischen empor und ihr in die Augen, was – wie sich zeigte – zum vollständigen Erblinden des einen und zur Teilerblindung des anderen Auges führte. Von dieser furchtbaren Minute waren Elisabeth Tennas Augenbrauen am deutlichsten in Erinnerung geblieben. Nach deren Aufflammen hatte ihr brennendes Gesicht einen phantastischen Ausdruck angenommen, eine fragende, dämonische Wildheit, als wolle sie alles auf einmal erfassen, während sie sich gleichzeitig der grausamen Konsequenzen dieses Wissens bewußt war und es deshalb vorzog, in Flammen aufzugehen, Medusa, das Haupt in züngelnde Schlangen gehüllt.

Vielleicht würde sie das nicht gern zugeben, aber im Grunde wußte Elisabeth doch, daß sie erst in diesem entsetzlichen Augenblick ihre Tochter zurückerhalten hatte, und war sie früher nicht schicksalsgläubig gewesen, so überzeugte sie diese Katastrophe von etwas, was sie nicht anders als „Macht des Schicksals“ definieren konnte. Gewiß hatte ihre Person darin eine Rolle gespielt – das wollte sie auch nicht leugnen –, aber es war ihr gelungen, ihre Rolle so umzuformulieren, daß aus ihr schließlich ein Mitopfer wurde. Sie war mit einer undeutlichen Sehnsucht im Gepäck zurückgekehrt, dann hatte sie den Tatsachen ins Auge gesehen und gehandelt, und wie sie sich selbst zugestehen mußte, im Interesse beinahe aller. Im Hinblick auf Johannes war sie da nicht ganz sicher, doch – mußte sie sich immer wieder sagen – wollte man ernsthaft etwas so in Angriff nehmen, ernsthaft so eingreifen, daß der Gerechtigkeit Genüge getan würde, mußte man bereit sein, Opfer zu bringen, und was mit Tenna an jenem Tag im Krankenhaus passiert war, lag außerhalb ihres Einflusses. Das war Zufall, nicht mehr und nicht weniger, das Leben war voller Absurditäten, doch nahm man die Bürde auf sich, konnte selbst ein Unglück dieser Art sich in etwas Positives verkehren, Glück konnte einem nie für ewig und alle Zeiten entrissen werden, ganz im Gegenteil enthielt ein Schicksalsschlag die Chance, einen tieferen Sinn und eine größere Perspektive unter der banalen – wenn auch schrecklichen – Oberfläche aufzuspüren.

Elisabeth hatte sich mit einem Aufschrei über ihr Kind geworfen, beide waren über den Fußboden gerollt, und sie hatte mit ihren Händen auf das Feuer eingeschlagen, es erstickt, mit ihm gekämpft (ein jeder, der ihre Hände sah, würde bezeugen, daß Elisabeth das Äußerste getan hatte), bis endlich Hilfe eingetroffen war. Und dann stand man am Anfang eines langen Weges zur Genesung – und zur Wahrheit! Der war nicht einfach und konnte es nicht sein, denn alle diese Ereignisse versenkten Tenna in einen Brunnen tiefster Verzweiflung, und beugte sich Elisabeth darüber, wußte sie, hier konnte nur eines helfen: Sie mußte Lächeln, sie mußte ihrem Kind Optimismus einflößen, Freude, Mut, um ihr die Lebenskraft wieder zurückgeben zu können. Und wenn es auch schmerzte und wenn auch die Zeit untragbar lang zu sein schien, Elisabeth lächelte. Und als ihr bewußt wurde, daß der Prozeß, den die beiden Frauen nun durchlebten, derselbe war oder jedenfalls dem glich, den sie mit so viel Schmerz vor einer Reihe von Jahren durchlitten hatte, lief ihr Herz vor Zärtlichkeit über, und dann schwor sie sich: „Kind, ich verlasse dich nie, niemand soll dich jemals von meiner Seite reißen können, einstmals ließ ich dich zurück, aber jetzt begreife ich, was für eine Sünde das war, du mußte mir vergeben, für den Rest meines Lebens will ich versuchen, die Sünden zu sühnen, die ich begangen habe."

Und der Triumpf blieb nicht aus. Sie hatte es die ganze Zeit gewußt, doch nie würde Elisabeth den Tag vergessen, wo die Sonne wieder kräftig schien und der richtige Frühling anbrach und wo die Ärzte die Verbände von Tennas Kopf, die Augen eingeschlossen, entfernten und sie die Arme hochreichte und Elisabeth zu sich hinunterzog, dabei dieses eine Wort zum erstenmal flüsternd: „Mutter!"

Doch jetzt kam es zuallererst darauf an, den Alltag einzurichten, Gefühle der soeben genannten Art mußten den großen, jedoch unentbehrlichen Ausnahmen überlassen werden. „Guten Tag, Alltag" lautete die Parole, und das, was Elisabeth am meisten freute, war, daß sie und Tenna Freundinnen wurden. Sie schienen gleichaltrig zu sein, und ab und zu wurden sie tatsächlich verwechselt, am meisten natürlich, als sie nach England gefahren waren und Elisabeth sich erlaubt hatte, sich mit Hilfe eines ihrer eigenen Präparate die Haarfarbe von Tennas Perücke zuzulegen, ja, die Ähnlichkeit war so groß, daß Tenna eines Tages zu berichten wußte, ein rothaariger Herr mit Melone – „Ein älterer Herr", sagte sie lachend – hätte sie längere Zeit über verfolgt, bis sie bei Harrod's eingetreten sei, wohin ihr diese sonderbare Person schamlos folgte, sie abpaßte und fragte, ob sie zufälligerweise Elisabeth heiße. Die Angelegenheit war recht peinlich, weil dieser Mann behauptete, sie müsse Elisabeth sein, und da er nach Bier roch und sein Hemd auch nicht ganz propper war, hatte sie ihn schließlich höflich, aber bestimmt gebeten, sie in Ruhe zu lassen, denn das sei doch sehr komisch, daß da einer glauben würde, sie sei Elisabeth, wo sie doch viel jünger war. Wer mochte das wohl gewesen sein?

Elisabeth nahm das gelassen auf. Dieser Mann, das konnte jeder x-beliebige sein, und so, wie Tenna ihn beschrieb, lohnte es nicht, darüber nachzudenken. Es gab so viele Details im Leben, über die man leicht hinweggehen konnte, während andere es vielleicht wert waren, im Gedächtnis behalten zu werden. Diesen Gedanken hatte Elisabeth eines Abends, als sie Tennas Perücke zurechtmachte, bevor sie die auf den Halter hängte. Die Tochter lag im Bett, hatte bereits ihre Schlafstellung eingenommen, die wachsbleiche Kuppel des Schädels sah unter dem Deckbett hervor. Es war still im Zimmer, dann aber hörte Elisabeth ein Geräusch, das von weither kam. Es war der Gesang eines Vogels, ein kleiner, verwehter melancholischer Triller. Aber sie konnte sich weder an den Namen des Vogels erinnern, noch wußte sie, wo er hingehörte. Auch das Nachdenken darüber ließ sie dann sein. Es war Zeit, ins Bett zu gehen, und da war noch so vieles, woran sie denken mußte. Mit einem Seufzer hängte sie die Perücke an ihren Platz, ließ den Zeigefinger nachdenklich über die Oberlippe gleiten, kroch unter die Seidendecke und löschte das Licht. Wenig später schlief sie.